Manfred Eichhorn

Frei zum Schuss

Manfred Eichhorn

Frei zum Schuss

Ein Ulm-Krimi

Silberburg-Verlag

Manfred Eichhorn, geboren 1951, ist selbstständiger Buchhändler in Ulm und Autor von Romanen, Erzählungen, Sketschen, Theaterstücken, Gedichten und Kinderbüchern in Schwäbisch und Schriftdeutsch.

Wir leben alle auf dieser Erde,
aber eben auf verschiedenen Spielhälften.
Klaus Augenthaler

1. Auflage 2008

Umschlaggestaltung: Wager ! Kommunikation, Altenriet.
Druck: CPI books, Leck.
Printed in Germany.

ISBN 978-3-87407-802-3

1

Gleich wird ein Regenguss diesem Pfingstfest den Rest geben, dachte Klaus Lott, am Fenster sitzend, von wo aus er das Wetter argwöhnisch beobachtete. Sein Blick richtete sich dabei auf die von zaghaften Blitzen durchzuckte Wolkenwand.

Dann schaute er wieder auf den Brief, der vor ihm lag.

Wo lebt sich's besser als im Schoße der Familie. Halte dich daran. Sonst …!

Ein Brief war das ja nicht gerade. Es war ein weißes Blatt, auf dem nur dieser einzige Satz stand; ausgeschnittene Buchstaben und Wortfetzen, ungelenk aneinandergeklebt. Der Brief, oder was immer das sein sollte, war an ihn adressiert gewesen. Ohne Absender, vom Briefzentrum 89 aus losgeschickt. Er hatte ihn am vergangenen Freitag aus dem Briefkasten geholt.

Lott wurde nicht schlau daraus, so oft er die Zeilen auch las. *Wo lebt sich's besser als im Schoße der Familie.*

Sollte das ein Drohbrief sein?

Er hatte im Laufe der Jahre einige Drohbriefe erhalten. Keinen davon hatte er wirklich ernst genommen. Obwohl die Ansagen sehr deutlich gewesen waren.

Halte dich daran, sonst …!

Dass der Absender ihn duzte, war ein gutes Zeichen. Zumindest aus Sicht der Psychologen. Der aggressiven Vertrautheit folgt in den seltensten Fällen die Ausführung einer Drohung, da die Drohung allein bereits den Aggressionstrieb befriedigt. So in etwa lautete ihr Argument.

Dass er die Familie ins Spiel brachte, machte Lott dennoch unruhig. Seine Familie, das waren seine Frau Elli und Lisa, ihre gemeinsame Tochter. Und Flaubert, wenn der Absender auch Hunde mit einrechnete.

Lisa lebte in Hamburg. Am Freitag kam ihre Mail, in welcher sie mitteilte, dass sie nun doch nicht über die Feiertage kommen würde. Da hatte sich Lott, enttäuscht über die Absage, vorgenommen, endlich den Kriminalroman »*Uferwald*« von Ulrich Ritzel zu lesen, den ihm die Kollegen zum Abschied überreicht hatten. Obwohl er sehr neugierig auf ihn war, stand er seit Wochen unberührt im Bücherregal. Aber er wollte dem Roman, schon weil er in Ulm spielte, genügend Zeit einräumen, ihn möglichst an einem Stück lesen. Vielleicht sah er sich ja hie und da vom Autor einmal wirklich getroffen. Seine Erwartungen steckte er allerdings nicht zu hoch. Schließlich machten Krimiautoren ihre Recherchen doch eher bei ihren Kollegen. Die Wirklichkeit war zu unspektakulär, um damit eine Leserschaft zu binden.

Wen interessierte es denn, mit welcher Beschäftigung ein Polizeibeamter im gehobenen Dienst seinen Tag hinter sich brachte. Waren es doch Verwaltungsarbeiten, die in erster Linie den Alltag bestimmten: Aufteilung der Dienstfahrzeuge, Erstellung des Ablaufkalenders, Besprechung der Tagesabläufe, Sichtung der Mails, Einlesen in die neuen Fälle. Und was sonst noch Spannendes anstand.

Dann lag im Briefkasten dieser Drohbrief, wenn es denn einer war: *Wo lebt sich's besser als im Schoße der Familie. Halte dich daran. Sonst ...!*

Irgendein Spinner, beruhigte sich Lott und steckte den Brief in den Umschlag zurück. Dann holte er sich den Kriminalroman aus dem Bücherregal und setzte sich wieder ans Fenster um zu lesen. Doch gleich schaute er wieder den Blitzen am dunklen Horizont zu und dachte, dass sie sein Interesse im Augenblick ungleich mehr weckten als ein Mord auf Papier. Lott war sich sicher, dass auch dieser Kriminalroman wieder ein äußerst kompliziert zu klärendes Kapitalverbrechen behandeln würde. Mindestens eines, wenn nicht gar mehrere. Und ein einsamer Wolf, immer auf der Blutspur des Täters, würde ermitteln. An seiner Seite ein Kollege, der den Wagen holt. Und in der Tasche ein Trost spendender Philosoph, der ihm von Zeit zu Zeit klugen Mut zusprach, ihn aufmunterte und ihm versicherte, dass das Leben, trotz allem, einen Sinn habe.

Kapitalverbrechen?! Ach Gott, dachte Lott, und ließ etliche der Mord- und Totschlagsdelikte der letzten zwanzig Jahre, in denen er dem damaligen Dezernat 1 der Ulmer Mordkommission angehörte, Revue passieren.

Bei den Kapitalverbrechen, die er aufzuklären hatte, führte Eifersucht, dieser traurige Klassiker, die Liste der gängigsten Mordmotive an. Eine solche Tat geschah fast immer unkontrolliert. Meist spielte auch erheblicher Alkoholkonsum dabei eine Rolle. Und die Ermittlung war, bevor sie noch richtig begonnen hatte, bereits wieder abgeschlossen. *Ich wollte das nicht, es war ein Versehen; im Suff habe ich meine Frau erwürgt; sie hat mich in Rage gebracht.* Zitternd vor Selbstmitleid, ein Täter, der sich selbst stellt, ein Täter der annimmt, er sei das eigentliche Opfer.

Eine Ermittlung dagegen, die nach wenigen Tagen noch keine Ergebnisse vorweisen kann, verläuft meist im Sande und ein Erfolg wird mit jedem Tag unwahrscheinlicher. Auch diese Erfahrung hatte er oft genug machen müssen.

Für einen dieser unaufgeklärten Fälle hatte man auf dem Münsterplatz eine Gedenktafel errichtet. Es war eine besonders grausame Tat gewesen, begangen an einem jungen Mann, ohne jedes erkennbare Motiv.

Lott schlug das Buch auf und ließ lustlos die Seiten durch seine Finger gleiten. Auf Seite 112 hielt er an und las: *Die Siedlung Buchenbronn liegt auf der westlichen Anhöhe über der Stadt* ... Lott dachte nach, gab es denn diese Siedlung Buchenbronn überhaupt? Oder beschrieb der Autor einen fiktiven Ort, irgendwo dicht an der Stadtgrenze?

Einen Eichenhang gab es, Richtung Böfingen.

Lott stellte das Buch zurück und ging in die Küche. Aus dem Kühlschrank holte er sich ein Stück Veroneser Käse. Man kann sich auch mit Essen ablenken, dachte er.

Er ging wieder zum Fenster. Gleich würde es regnen. Elli und Flaubert waren noch unterwegs.

Er wurde unruhig, dachte an den Brief. Und er fragte sich, was der Absender ihm mitteilen wollte, und ob der Brief die

Ursache seiner plötzlichen Unruhe war. Sorgte er sich bereits um Elli und den Hund, die auf einen Spaziergang aus dem Haus gegangen waren und doch schlimmstenfalls von einem Regenguss überrascht werden konnten? War es nur das Gewitter, das in der Luft lag, die elektrische Spannung, die sich noch nicht entladen hatte?

Er wäre ja gerne mit spazieren gegangen. Aber die Hüfte schmerzte heute mehr denn je.

Lott legte das Stück Veroneser Käse in den Kühlschrank zurück. Er wollte nicht aus Langeweile essen. Er schaute noch einmal aus dem Wohnzimmerfenster und erkannte, dass die Wolken über dem Birkenhain einen Stich ins Rötliche bekommen hatten. Das konnte Hagelschlag bedeuten.

Wenn schon, dachte Lott. Er war kein Bauer, der sich um die Ernte sorgen musste. Und die Bearbeitung von Flurschäden durch höhere Gewalt gehörte auch nicht in sein Ressort. Selbst um den Wagen, der geschützt in der Garage stand, musste er sich nicht sorgen, und nicht darum, ob das Dach ausreichend versichert war, denn sie wohnten hier zur Miete.

Während er die fernen Blitze, denen noch kein Donnergrollen folgte, beobachtete, dachte er beiläufig über das Pfingstfest nach, konnte sich aber nur noch sehr vage seine Bedeutung in Erinnerung rufen. Der fünfzigste Tag nach Ostern. Der Heilige Geist erscheint den Aposteln in Form feuriger Zungen, weil es das Himmelreich zu verkünden galt?

Lott dachte an Lisa. Wie viele ihrer Träume waren verflogen, seit er ihr das Märchen vom Blauen Licht vorgelesen hatte, in welchem man nur ein Pfeiflein anzünden musste, um sich seine Wünsche erfüllen zu können.

Dann dachte Lott an Ulm und daran, dass es vielleicht die falsche Entscheidung war, sich nach Tübingen versetzen zu lassen.

Er war jetzt 55 Jahre alt. Zehn Jahre trennten ihn noch von seiner Pensionierung. Im Augenblick sehnte er sie herbei. Gleichzeitig fragte er sich, warum ihm die Lebensumstände wichtiger waren als das Leben selber. Was sprach dagegen, dass er schon morgen mit seiner Arbeit aufhörte?

Vielleicht war es ja das, was der anonyme Briefschreiber von ihm forderte.

Es wäre nicht die schlechteste Lösung. Dann könnte er, sofern seine Hüfte es zuließ, täglich mit seiner Frau und Flaubert spazieren gehen.

Flaubert war ein nun dreijähriger Golden Retriever. Elli, gelernte Buchhändlerin, hatte den Namen bestimmt. Madame Bovary war eines ihrer Lieblingsbücher. Bis zu Lisas Geburt arbeitete Elli in einer Ulmer Fachbuchhandlung, dort hatte er sie auch kennen gelernt. Später, nach Lisas Abitur, hatte Elli noch einmal in ihren Beruf zurückgefunden. Ihre Anstellung war jedoch nicht von Dauer. Die Buchhandlung ging in Konkurs, und es dauerte Jahre, bis sich Elli wieder um eine Anstellung bemühte. Eine Buchhandelskette hatte in der Hirschstraße eine Filiale eröffnet. Sie hatte sich schriftlich beworben und eine Absage bekommen. Elli sagte: »Es ist, weil ich zu alt bin.« Die Absage war aber nur so begründet worden, dass derzeit kein Personalbedarf bestehe. Für Elli aber hatte die Absage etwas Endgültiges: Nie wieder würde sie versuchen, sich dem Lebensschwund über den Beruf entziehen zu wollen. Und in ihren Augen lag damals eine Trauer, die sich nicht benennen ließ.

Tage später hatte Elli von einer Freundin erzählt, die sich in einem Naturkostladen als Verkäuferin beworben hatte. Ihr hatte man unmissverständlich erklärt, dass sie zu alt für diesen Job sei. Die Kunden wollten junge Menschen sehen, denn junge Menschen verkörperten Vitalität, Gesundheit, und darauf komme es bei den Produkten, die sie verkaufen, doch vor allem an.

Lott dachte daran, dass er jetzt fünfundfünfzig Jahre alt war.

War er auch schon zu alt für das, was er tat?

In diesem Alter müsste man bereits Polizeipräsident sein.

Er dachte daran, dass es in Stuttgart einen Wechsel an der Spitze gegeben hatte. Bei der Verabschiedung des scheidenden Präsidenten war er vor Ort gewesen. Bei derlei Anlässen war er neuerdings immer vor Ort, denn Festbankette fielen jetzt auch in sein Ressort. Beim Wechsel von Ulm nach Tübingen war er in eine höhere Besoldungsgruppe gekommen, und dabei hatte sich sein Aufgabenbereich geändert. Jetzt gehörten vorwiegend Verwaltungstätigkeiten in sein Ressort, aber auch repräsentative Aufgaben. Mit konkreten Ermittlungen hatte er zumeist nichts mehr zu tun.

Lott nahm die Zeitung vom Samstag und setzte sich damit in die Küche. Gestern noch hatte er von allem nichts wissen wollen. Jetzt stellte er sich wieder der Welt, deren Zustand ihn quälte. Wohl oder übel musste er sich aber wieder einreihen, ein Teil dieser Sorgengemeinschaft werden, gemäß seinem abgelegten Eid: Menschlichkeit und Gerechtigkeit sind unser Ziel.

2

Was für ein idiotischer Treffpunkt, dachte Kathrin Freudenberg, als sie zum wiederholten Male von einem Seitentor zum anderen ging, um dann wieder einige Minuten vor dem Haupttor des Stadions auf ihn zu warten. Warum nur hatte sie sich auf diesen idiotischen Treffpunkt eingelassen? Im Nachhinein ärgerte sie sich. Aber sie war an jenem Abend, als er es vorschlug, zu müde für einen Einwand gewesen. Nun stand sie da wie eine dieser beschränkten Fan-Tussis, die nur darauf warten, dass einer der angehimmelten Stars aus der Dusche kommt, um ein ganz persönliches Autogramm zu schreiben.

Was mache ich eigentlich hier?, dachte sie und trat dabei ungeduldig von einem Bein aufs andere. Ein älterer Mann schob im selben Moment sein Fahrrad an ihr vorbei. Als er schon vorüber war, blieb er plötzlich stehen, um sich nach ihr umzudrehen.

»Mädle, da isch heut niemand«, sagte er. »'s Training fängt erst wieder in drei Wochen an.«

Kathrin nickte und sagte: »Ich weiß.« Dann bedankte sie sich für den Hinweis, drehte sich um und steuerte wieder das linke Seitentor an.

Dass er sie Mädle nannte, berührte sie irgendwie.

Immerhin hatte sie gerade ihren 44. Geburtstag gefeiert. Im Kreise der Lieben, wie man so schön sagt, mit einem Mann an der Seite, mit dem es kein Zusammenleben mehr gab, so dass eine Scheidung eher früher als später unausweichlich sein würde. So war die Feier zur Pflichtveranstaltung, wenn nicht zur Farce geraten, und das für alle Beteiligten.

Ihr Handy vibrierte und spielte dann *Time To Say Goodbye.*

Ich hätte nicht gedacht, dass diese Melodie mich einmal nerven würde, dachte sie. Mach niemals aus einer Lieblingsmelodie einen Klingelton. Diesen Rat konnte sie getrost an jedermann weitergeben. Die Lieblingsmelodie verkehrt sich ins Gegenteil.

Sie schaute aufs Display, drückte die Verbindungstaste und meldete sich verärgert: »Wo steckst du eigentlich? Ich steh mir hier die Füße in den Leib.«

»Entschuldige, Schätzle, ich bin aufgehalten worden. Zehn Minuten noch. Höchstens.«

»Kann ich nicht im Café auf dich warten?«

»Willsch unnötig Kosten machen?«

Kathrin schmunzelte still vor sich hin. Seinen Humor schätzte sie noch immer. Ihr Ton wurde versöhnlicher: »Also gut, noch zehn Minuten. Aber länger warte ich nicht mehr. Wir können die Angelegenheit auch anders regeln.«

»Zehn Minuten, Schätzle, versprochen!«

Sie schaltete ihr Handy aus und steckte es in ihre Handtasche. Dann unternahm sie einen Spaziergang rund um das Stadion. Sie fragte sich, warum das Stadion *An der Blutbuche* hieß. Eine Blutbuche war nämlich, so weit sie sehen konnte, nicht auszumachen. Hatte man sie etwa gefällt, als das Stadion gebaut wurde? Und durch die Namensgebung ihr Andenken bewahrt, als eine Art Wiedergutmachung?

Kathrin Freudenberg orientierte sich wieder zum Haupteingang, als der Wagen, ein Z3 mit offenem Verdeck, herankam und dann direkt vor ihr stehen blieb. Die Beifahrertür wurde geöffnet. Grußlos stieg sie ein und überhäufte den Fahrer mit Vorwürfen.

»Schätzle, du woisch doch, wie des isch!« Er versuchte ihr seine Verspätung zu erklären.

»Spar dir dein ›Schätzle‹!«

»Du woisch, ich spar an allem, aber damit net.«

»Hast du dir's überlegt?«, fragte Kathrin und schaute ihm lauernd in die Augen.

»Ich kann des net allein entscheiden. Du kennsch doch den Wolle.«

»Und?«

»Hano, der isch total drgega.«

»Ihr habt mich reingelegt.«

»Ond du hasch uns reinlega wella.«

Sie wandte sich wütend von ihm ab.

»Ich hätte wirklich Lust, euch auffliegen zu lassen.«

»I hädd auf was ganz anderes Luscht«, antwortete er ihr und begann mit einem Finger über ihr Knie zu streichen.

»Lass das!«

»Jetzatle!«

Plötzlich änderte sich der Ausdruck des Mannes, als hätte ihm jemand die Freundlichkeit aus dem Gesicht geschnitten.

Er startete den Wagen, ließ ihn kurz aufheulen und fuhr los.

»Wohin?«

»Des wirsch scho noch seha!«

Kathrin lehnte sich entspannt zurück. Vor Rudolf musste sie keine Angst haben, den konnte sie um den Finger wickeln, wann immer sie es brauchte. Sie wusste, ihrer Selbstsicherheit war er nicht gewachsen. Es wunderte sie deshalb nicht, dass er bald versöhnlich einlenkte: »Mir fahren zum Wolle, do könna mir über alles no amol schwätza.«

»Ihr tut gerade, als ob meine Forderung euern Verein in die nächste Insolvenz bringen würde.«

»Mir hend zahlt, wies ausgemacht war«, sagte Rudolf.

»Vereinbart war, im Erfolgsfall das Doppelte!«

»Drvo woiß i nix. Ond dr Wolle ao net.«

»Deshalb hab ich euch ja daran erinnert.«

Rudolf bog in Richtung Sonnenbühl ab. Fünf Minuten später hielt er direkt vor Wolles Einfamilienhaus.

Er klingelte an der Haustür, die sich im nächsten Augenblick öffnete. Wolle begrüßte Rudolf mit Handschlag, dann nahm er Kathrin in die Arme und gab ihr Bussis auf beide Wangen.

»Was wollt ihr trinken?«, fragte der Hausherr.

»Mach 'n Sekt auf«, sagte Rudolf.

Wolle ging in die Küche und kam mit drei Gläsern und einer Flasche Sekt, die er bereits geöffnet hatte, zurück.

»Wo isch deine Susanne?«, fragte Rudolf.

»Auf Fortbildung, bis zum Wochenende.«

Susanne war Wolles Lebensgefährtin. Er war nicht verheiratet, aber in sehr festen Händen.

Wolle schenkte ein, dann stießen sie miteinander an.

Im Hintergrund lief der Fernseher. Eine Diskussion über den Fußballskandal in Italien.

»Amateure«, lachte Rudolf.

Wolle suchte die Fernbedienung und stellte den Fernseher ab.

»Da seid ihr halt Profis. Aber Profis halten sich auch an das, was vereinbart war«, sagte Kathrin.

»Mir wären auch so aufgstiega«, bemerkte Rudolf.

Und Wolle hob sein Sektglas und sang mehr als er sagte: »Weil wir die Aufstiegsspezialisten sind.«

Kathrin lachte verächtlich.

»Amateure seid ihr, und es dauert nicht lange, dann liegt ihr wieder im Dreck.«

Wolle grinste: »Wenn euer Mittelstürmer, wie verwunderlich, von einem Tag zum anderen nicht mehr trifft.«

»Habt ihr das auch gedreht?«

»Woher denn«, feixte Rudolf und boxte Wolle in die Seite, der grinsend bemerkte: »So was kommt in den besten Vereinen vor.«

»Wenn wir den Lotti gekauft hätten ...«, warf Kathrin ein, doch Wolle ließ sie nicht ausreden. »Euer Etat hätte dreimal so hoch sein können, und eure Gurkentruppe wäre doch nie aufgestiegen. Nicht mit diesem Gurkentrainer!«

»Dass ich dafür gesorgt habe, dass unser Etat nicht erhöht wurde, hat euch mindestens neun Punkte gebracht, und die drei Punkte, die euch der WFV geschenkt hat ...«

Wolle fiel ihr wieder ins Wort: » ... die hat er uns nicht geschenkt, die hat er euch abgezogen.«

»Weil ein Stempel in einem Spielerpass verschmiert war. Etwas Blöderes ist denen ja nicht eingefallen«, erwiderte Kathrin.

»Seit gestern habt ihr die drei Punkte ja wieder. Die könnt ihr euch jetzt einrahmen lassen«, lachte Rudolf, »ond en dr Pfeif raucha.«

»Apropos Pfeife«, feixte Wolle, »meinst du denn, die Schiedsrichter pfeifen umsonst?«

»Auf jeden Fall net so, wie mir des wollen«, triumphierte Rudolf und lachte beifallheischend. Wolle aber ließ sich dieses Mal nicht von seinem Vereinskollegen anstecken und nahm sich Kathrin ruhig zur Seite: »Wir können im Augenblick nicht so viel Geld auftreiben. Zwar haben wir vom DFB jetzt grünes Licht, doch die Auflagen ...«

»Ich akzeptiere auch Ratenzahlungen«, unterbrach ihn Kathrin.

»In welcher Höhe?«

»Ist mir egal, aber ich bestehe auf meinem Geld. Schließlich habe ich einiges riskiert. Unser Fan-Beauftragter hat bereits Andeutungen in dieser Richtung gemacht.«

»Wer soll des rauskriega?«, versuchte Rudolf sie zu beruhigen.

Doch Kathrin drohte weiter: »Immerhin hättet ihr ohne mich die Lizenz für die Regionalliga nie erhalten. Und das lässt sich auch wieder rückgängig machen.«

»Ich hab den Oberlander so weit gebracht, dass er die Bürgschaft anerkennt«, erwiderte Rudolf betont hochdeutsch.

Und Wolle stimmte ihm kopfnickend zu.

Kathrin lächelte mitleidig. »Glaubt ihr wirklich, dass ihr ihn hättet überreden können?«

Dann stand sie auf, ging zur Schlafzimmertür und öffnete sie.

Sie blieb im Türrahmen stehen und zog sich aus.

Während die beiden Männer sie dabei anstarrten, schlüpfte Kathrin nackt unter die leuchtend rote Satindecke.

Diese Handlung schien Rudolf weit mehr zu beunruhigen als Wolle, der seine Erregung zu überspielen versuchte, indem er ihr zusicherte: »Wir werden uns schon einig werden.«

»Wer jetzt, er oder i«, stammelte Rudolf unsicher.

Kathrin antwortete in gespieltem Schwäbisch. »Boide.«

3

Lott nahm den Wagenschlüssel vom Schlüsselbrett. Flaubert horchte auf und wedelte.

»Du kannst heute nicht mit«, sagte Lott.

Flaubert legte den Kopf schief, gähnte und wedelte noch mehr.

»Es geht wirklich nicht.«

Lott beugte sich zu dem Hund und kraulte ihn am Ohr.

Elli kam dazu und versprach Flaubert, dass sie bald Gassi gehen würden. Dann verabschiedete sie sich von ihrem Mann und warf noch einmal ein, dass sie ihn doch hätte fahren können.

»Beim Fahren tut die Hüfte nicht weh«, sagte Lott.

»In Tübingen gibt es auch Ärzte«, meinte Elli mit leisem Vorwurf.

»Aber keiner davon ist mein Schulfreund gewesen.«

Er küsste seine Frau und sagte, dass er vielleicht noch die alten Kollegen besuchen würde.

Dann hatte er Mühe, in den Wagen zu steigen. Das rechte Bein schmerzte so, dass er es in den Wagen heben musste.

Seine Frau stand an der Haustür und winkte. Noch immer hatte sie die Figur des Mädchens, das er in der Buchhandlung kennen gelernt hatte. Nur die Frisur war jetzt eine andere. Damals hatte sie ihre dunkelbraunen Haare bis weit über die Schultern wachsen lassen, jetzt waren sie kurz, ein Bubikopf, aus dem gelegentlich Zimpelfransen wuchsen. Elli winkte, als wäre es ein Abschied für länger. Flaubert schmiegte sich um ihre Beine wie eine Katze.

Als er losfuhr, kam ihm der Brief wieder in den Sinn.

Wo lebt sich 's besser als im Schoße der Familie. Halte dich daran. Sonst ...! Das ungute Gefühl, eine falsche Entscheidung getroffen zu haben, machte sich wieder breit in ihm. Einen Moment lang dachte Lott daran, den Wagen zu wenden, umzukehren und den Arzttermin abzusagen. Doch wenn er jetzt nachgab und dieser vagen Furcht einen Spielraum ließ, dann war auch jede künftige Handlung dieser Sorge, Furcht, Angst, oder wie immer er dieses Unbehagen nennen wollte, ausgeliefert.

Er hatte Elli den Brief nicht gezeigt. Vielleicht war das auch ein Fehler gewesen. Und dass er ihr Angebot, ihn zu fahren, nicht angenommen hatte, ein weiterer. Aber er wollte ihr diese Autofahrten nicht zumuten, die sie, seit sie in den Wechseljahren war, allenfalls erduldete.

Die Sonne blendete ihn, als er auf die Hauptstraße einbog. An der Kreuzung hatte Lott sich dafür entschieden, die Landstraße über Urach zu nehmen. Er mochte die Stuttgarter Autobahn nicht. Er mochte überhaupt keine Autobahnen, aber am wenigsten mochte er die A 8 von Stuttgart nach Ulm oder umgekehrt.

Lott schaltete das Radio ein. Es war jetzt neun Uhr und er wollte Nachrichten hören. Den Sender SWR 4 hatte er gespeichert. Die ihm vertraute Erkennungsmelodie erklang.

Ballack hatte Probleme mit der Wade und würde vermutlich beim Eröffnungsspiel fehlen. Bruno, der Bär, hatte in Tirol ein Schaf gerissen. Der Marburger Bund drohte weitere Streiks an. Im Irak gab es wieder neue Vorfälle. Der Iran bestand nach wie vor auf dem Bau von Atomkraftwerken. Den zeitlich größten Raum in den Nachrichten nahm allerdings Ballacks Wade in Anspruch. Lott fragte sich, was er dabei empfinden würde, wenn ein Radiosender über den Zustand seiner Hüfte berichten würde.

Hinter Metzingen kam er in einen Stau. Ein Personenwagen mit Günzburger Kennzeichen war mit einem Kleinbus kollidiert. Lott war sich sicher, dass der Fahrer dieses Wagens der Unfallverursacher war. Günzburger waren von Natur aus schlechte Autofahrer. Ein Vorurteil, welches er nie widerlegen konnte, ebenso wenig wie seine Auffassung, dass Cabrios bevorzugt von blonden Frauen gefahren wurden.

Im Radio kam jetzt der WM-Song *54-74-90-2006*. Danach sagte Klinsmann, dass sie Weltmeister werden wollten.

Als der Stau sich auflöste, schaltete Lott das Radio wieder aus. Er fragte sich, was ihn nach Tübingen gelockt hatte.

War es wirklich nur die angestrebte Beförderung gewesen?

Ein paar Tage Urlaub lagen noch vor ihm, dann würde wieder alles von neuem beginnen. Unnütze Besprechungen. Überflüssige Protokolle, Programme zur Kostenreduzierung. Ein Rad griff ins andere, und er war eines dieser Zahnräder, mit denen der Apparat funktionierte.

Manchmal hatte er das Gefühl, es ging nicht mehr allein darum, dass ein Täter gefasst wurde, sondern darum, dass dies auf die kostensparendste Weise geschah.

Jetzt dachte er an den Maichel Bernd, der sein Schulfreund und Hausarzt war. Auch der hatte beim letzten Check geflucht, dass die Krankenkassen ihm bald mehr Arbeit machten als seine Patienten. Das System ist faul, hatte er geschimpft.

Einen Schulfreund hat man ein Leben lang, dachte Lott, und wegen eines Umzugs wechselt man nicht den Arzt seines Vertrauens.

Rechts tauchte die Burgruine Hohenurach auf. Er überlegte, ob er ein paar Schritte gehen sollte. Vielleicht den Wanderweg, der zum Wasserfall führte. Auf dem Wanderparkplatz hielt er an und stieg aus. Das rechte Bein musste er wieder aus dem Wagen heben. Die ersten Schritte schmerzten ihn so sehr, dass er an nichts anderes mehr denken konnte als an seine Hüfte. An der ersten Weggabelung kehrte er um. Eine Weile blieb er noch im Wagen sitzen, trank einen Schluck Wasser und schaltete das Radio wieder an. *SWR 4 Schwabenradio, da sind wir daheim.*

Die Nachrichten aus der Region hatte er versäumt; jetzt begann sich das Schlagerkarussell zu drehen und brachte eine Auswahl von Schlagern, die er aus seiner Kindheit kannte.

Schöner fremder Mann und *Teretomba* und dann noch *Ich schau den weißen Wolken nach und fange an zu träumen.*

Das letzte Lied erinnerte Lott an seine erste Liebe, an die Braun Ursel. Auch er hatte damals träumend den Wolken hinterhergeschaut, und, obwohl erst acht Jahre alt, eine Ehe in Betracht gezogen. Es gab etliche Lieder, die er mit den Frauen in seinem Leben in Verbindung brachte. Aus dieser Zeit allerdings wenige.

Lott ertappte sich dabei, dass er schon wieder in irgendwelchen sentimentalen Erinnerungen herumtappte. Das geschah ihm in letzter Zeit häufiger. Auch ein Zeichen dafür, dass man älter wird, dachte er und resümierte: Wenn man schon nicht Polizeipräsident wird, sollte man in diesem Alter damit beginnen, seine Erinnerungen aufschreiben.

Die Vergangenheit sollte ein Sprungbrett sein, kein Sofa. Das hatte Harold MacMillan, ein britischer Politiker, gesagt.

Für Lott war die Vergangenheit ein Sofa, von dem er nicht mehr herunter wollte. Zudecken mit Erinnerungen wollte er sich darauf.

Kurz vor Feldstetten hielt er an, um zu pinkeln. Er hatte die Wasserflasche leergetrunken. Dass er nun laufend pinkeln musste, war lästig, trank er jedoch zu wenig, machte ihm sein Harngrieß zu schaffen: kleine rote Steinchen, die sich schmerzhaft durch die Harnröhre zwängten. Seine Harnsäurewerte lagen noch immer über zehn. Dabei hatte er seinen Konsum von Wurst und Fleisch ziemlich reduziert. Und Bier trank er nur noch, wenn es frisch vom Fass kam. Zuhause hatte er sich das Biertrinken längst abgewöhnt.

Jetzt dachte er an den Maichel Bernd, der als Kind schon wusste, dass er einmal Arzt werden würde. Er war aus Söflingen nie wirklich herausgekommen. Hatte in Ulm studiert und im Krankenhaus gearbeitet. Nun hatte er in Söflingen eine eigene Praxis, nicht weit entfernt von seinem Elternhaus. Immer am selben Ort zu bleiben, war ein Fluch und ein Segen zugleich.

Es gab eine Menge Patienten, die den Maichel Bernd schon als Kind gekannt hatten. Dass sie ihn nun als Arzt akzeptierten, sprach für seine Kompetenz. Lott ging es ja nicht anders.

Er entschied sich, als er durch Blaubeuren fuhr, einen Umweg über den Blautopf zu machen. Er parkte den Wagen unmittelbar davor. Beim Aussteigen hatte er wieder Probleme, aber er wollte zumindest bis zur *Schönen Lau* kommen und sich dort auf eine Bank setzen, um in das hellblau leuchtende Wasser zu schauen. Lott musste daran denken, wie er mit Elli das erste Mal hier saß und wie sie anschließend gemeinsam Mörikes *Historie von der schönen Lau* lasen.

Plötzlich hatte er wieder dieses ungute Gefühl. Er verspürte, kaum dass er auf der Bank saß, den Drang, seine Frau anzurufen. Das Handy lag im Auto. Er zwängte sich durch eine Touristengruppe, die aus der Hammerschmiede kam und nun den Weg zum Parkplatz blockierte.

Als er wieder im Auto saß, war die Unruhe verflogen. Dennoch rief er Elli an. Die meldete sich nach dem zweiten Klingeln.

»Was gibt es denn, Klaus, hast du was vergessen?«, erkundigte sie sich.

»Nein, alles in Ordnung. Ich wollte dir nur sagen, dass ich gerade am Blautopf sitze.«

»Vergiss deinen Arzttermin nicht.«

»Nein, nein. Ich bin noch gut in der Zeit. Das Wasser leuchtet übrigens noch immer hellblau.«

»Das nächste Mal komme ich mit, Klaus.«

Lott verabschiedete sich und schaltete sein Handy aus.

Er mochte es, wenn Elli seinen Vornamen aussprach. Sie hatte noch immer diesen alemannischen Tonfall. Klaus mit einem *ou.*

Während der restlichen Fahrt nach Ulm dachte er immer wieder über ihre erste gemeinsame Zeit nach.

Als sie sich kennen lernten, war er gerade im sechsten Semester an der Polizeihochschule in Villingen-Schwenningen. Den praktischen Teil der Ausbildung absolvierte er aber vor Ort in Ulm. Seine Bücher kaufte er bei Hofmann. Gleich beim ersten Mal hatte sie ihm gefallen: die Art, wie sie lachte, immer ein wenig prustend, und ihre Augen, zwei kleine grüne Teiche, die, wie er später feststellte, gelegentlich über die Ufer traten, meist grundlos, aber doch immer, wenn sie einen sentimentalen Film anschauten.

An Mut, mit ihr zu flirten, hatte es ihm nicht gefehlt. Und weil sie zurückflirtete, lag der nächste Schritt, sie zu einem Kaffee in der Mittagspause einzuladen, auf der Hand.

Als Elli ihn fragte, was er studiere, hatte er geantwortet »Kriminalistik«. Als wäre dies eine andere, irgendwie gehobene Form des Polizistendaseins.

Polizisten genossen in der intellektuellen Szene nicht den besten Ruf. Polizisten waren in ihren Augen Leute, die auf Demonstranten losprügelten. Und umgekehrt war für viele Polizisten der Begriff Intellektuelle ein Schimpfwort.

Lott dachte in letzter Zeit öfter an die gemeinsamen Jahre. Er dachte bei sich, das liege daran, dass sie beide älter wurden und ihnen der Tod täglich ein Stückchen näherrückte. Die Vergänglichkeit zeigte sich längst nicht mehr nur im Wechsel der Jahreszeiten. Sie zeigte sich überall. In seinen Stimmungen und in seiner Hüfte.

Lott schaute auf die Uhr. Es war jetzt kurz vor elf. Er kam also pünktlich an. Er stieg aus dem Wagen, ohne sein rechtes Bein herausheben zu müssen. Es schien, dass allein die Nähe des Arztes schon eine heilbringende Wirkung hatte. Er ging zur Rezeption und meldete sich an. Im Wartezimmer saßen mehrere Leute. Er setzte sich und begann sie zu zählen. Sieben waren es, die noch vor ihm drankommen mussten. Jandls Gedicht *»Fünfter sein«* kam ihm in den Sinn. Zu seiner Verwunderung wurde er aber bereits an dritter Stelle aufgerufen. Seine Hüfte schmerzte nun überhaupt nicht mehr. Eine Weile lang ließ man ihn im leeren Behandlungsraum sitzen. Diese Zeit erschien ihm länger als die im Wartezimmer, obwohl es umgekehrt war.

Dann endlich stürmte der Maichel Bernd ins Behandlungszimmer und drückte Klaus Lott fest die Hand. In diesem Moment waren sie beide wieder Schulkameraden, und es dauerte eine Zeit, bis sie ihre Rollen als Arzt und Patient einnahmen und Lotts Hüfte mehr und mehr der Gegenstand ihres Gesprächs wurde.

»Du musst zum Kernspin«, sagte der Maichel Bernd schließlich.

Er hatte Lotts Hüfte von allen Seiten aus gedrückt und bei manchem Griff hatte Lott vor Schmerzen gestöhnt.

»Für die Schmerzen dürfte die Entzündung verantwortlich sein«, sagte der Maichel Bernd und diagnostizierte unter Vorbehalt eine Arthrose.

»Kannst du mir was dagegen geben?«, fragte Lott.

Der Arzt holte aus einem Wandschränkchen eine grüne Packung.

»Jeden Tag eine, bis die Entzündung abklingt.«

Dann hielt er seine Sprechstundenhilfe an, einen Termin für eine Kernspinuntersuchung zu vereinbaren.

»Und wie gefällt es dir mittlerweile in Tübingen?«, fragte der Schulfreund.

»Der Weg zum Polizeipräsidenten ist steinig«, antwortete Lott lachend, drückte ihm die Hand und ging.

An der Rezeption musste er auf die Überweisungspapiere warten.

Draußen begannen die Schmerzen von neuem. Obwohl der Maichel Bernd ihn auch chiropraktisch behandelt hatte, wurde er das Gefühl nicht los, sein rechtes Bein sei länger als das linke. Er setzte sich ins Auto, holte eine weitere Wasserflasche aus der Kühlbox und nahm die erste Tablette ein. Dann fuhr er in die Stadt und folgte dabei den Straßenbahnschienen. Sofort waren wieder die Erinnerungen da. Es schien ihm, als laufe seine ganze Kindheit auf diesen Schienen.

Im Parkhaus in der Rosengasse stellte er den Wagen ab.

Unterwegs zum Münsterplatz traf er auf australische Fußballfans. Es waren so viele, dass es den Anschein hatte, sie hätten die Stadt annektiert. Grund für diese Invasion war das letzte Vorbereitungsspiel gegen die Auswahl von Liechtenstein.

Lott wunderte sich, dass Menschen wegen eines Fußballspiels so weit reisten.

Auf dem Münsterplatz sah Lott, wie eine Großleinwand für die Fußball-Weltmeisterschaft aufgebaut wurde. Er schaute den Arbeitern eine Weile dabei zu, dann setzte er sich an einen der Tische vor dem Stadthaus, bestellte sich Tee und Würstchen mit Kartoffelsalat. Danach holte er sich von der Garderobe eine Zeitung. Finnische Spürhunde jagten jetzt den Braunbären Bruno. Die speziell ausgebildeten karelischen Elchhunde sollten Bruno aufspüren, damit die Jäger ihn anschließend betäuben konnten. Der Rest der Zeitung, so schien es ihm, bestand aus Fußballnachrichten.

Lott bezahlte. Die Schmerzen waren weg. Längst war dieser Zustand der Schmerzfreiheit für ihn nicht mehr selbstverständlich. Die Tablette wirkte. Er war hochgestimmt, und das nicht grundlos. Ein Freund der Pharmazie war er in diesem Augenblick. Auch wenn er wusste, dass diese Mittelchen nicht heilten, sondern eher Wegweiser hin zu den nächsten Beschwerden waren, für die bereits andere Mittelchen parat standen, vertraute er doch bedingungslos der Pharmazie, die einen in Würde durchs Älterwerden schummelte.

In diesem Zustand traute er es sich zu, einen Bummel durch die alten Gassen zu unternehmen. Auch die Australier schienen sich zu einem Stadtbummel entschlossen zu haben, denn man traf sie nun geradezu überall an.

Die Schaufensterdekorationen ließen keinen Zweifel daran aufkommen, dass die Fußball-Weltmeisterschaft bei jedem im Zentrum stand. Boutiquen, Parfümerien, Metzgereien, Optikerläden und erst recht der Elektrofachhandel hatten sich auf das Ereignis eingestellt. Irgendein Fußballgott schaute aus jeder Auslage und zwischen den angepriesenen Waren schlenkerte überall ein Fußballbein. Selbst Apotheken hatten in ihren Fenstern grüne Kunststoff-Rasen drapiert, auf welchem sich Voltaren-Tuben tummelten.

Und überall flatterte es geradezu flächendeckend in Schwarz, Rot und Gold.

Lott verkürzte seine Tour und lenkte die Schritte in Richtung Neuer Bau, dem Sitz der Ulmer Polizeidirektion.

Der Pförtner nickte ihm freundlich zu. Während er den Gruß erwiderte und danach die Treppen zu seinem ehemaligen Büro hochstieg, kam es Lott wieder in den Sinn, wie viel sich in den letzten beiden Jahren hier verändert und dass er seinen Teil zu dieser Veränderung beigetragen hatte, nicht ahnend, wohin seine *Vorschläge zur übergreifenden Zuständigkeit,* wie er seinen Aufsatz im Polizeiblatt betitelt hatte, führen würde. Dass dabei Stellen wegrationalisiert wurden, hatte nicht in seiner Absicht gelegen. Es war ihm einzig darum gegangen, dass sich die einzelnen Dezernate nicht strikt voneinander abgrenzten. Was dann passierte, dafür war er doch nicht verantwortlich, das wurde doch an höherer Stelle entschieden und abgesegnet.

Die ehemals elf Dezernate wurden zu vier Kriminalinspektionen geschrumpft. Das bedeutete, dass die Arbeit für den Einzelnen mehr wurde, das Ergebnis aber häufig nicht befriedigend war. Alles nur, um Kosten zu sparen. Lott dachte daran, dass sein Dezernat damals quasi über Nacht auch für die Jugendkriminalität und für die Sitte und obendrein für den Staatsschutz zuständig war. Und das bei einer kaum gewachsenen Personaldecke. Die Stellen der Kollegen, die ausfielen oder in Rente gingen, wurden nicht neu besetzt. Sein Vorschlag, das war deutlich, wurde missverstanden. Doch einige seiner damaligen Kollegen steckten ihm den schwarzen Peter zu.

Auf dem Gang stieß er auf Hattler vom Rauschgiftdezernat, der sich jetzt auch mit Diebstahlsdelikten und Bandenkriminalität herumschlagen musste. Seine Freude, Lott zu begegnen, hielt sich in Grenzen. Als Kollegen hatten sie sich gegenseitig akzeptiert, ohne sich sonderlich zu mögen. Lott fragte, ob Uwe Schwegler im Hause sei.

»Der hat zum 1.6. das Handtuch geworfen«, antwortete Hattler.

»Warum das denn?«

»Es gab Gerüchte, aber frag ihn doch selber. Er ist jetzt Stadtführer. Läuft den ganzen Tag mit Japanern herum und zeigt ihnen die Sehenswürdigkeiten. Jetzt hat er auch genügend Zeit für seinen Fußballverein und verpasst bestimmt kein einziges WM-Spiel.«

Hattler lächelte und verabschiedete sich von Lott, fügte aber noch hinzu, dass wegen des WM-Spektakels jede Menge Arbeit auf sie zukomme. Und dass der Chef deswegen ständig verrückt spiele.

Lott schaute ihm nach. Sein Vorhaben, Christoph Lander, dem Leiter der Polizeidirektion, guten Tag zu sagen, warf er über den Haufen. Wenn Lander verrückt spielte, gab es nur eines: ihm aus dem Weg zu gehen. Lott nahm die Treppe abwärts, da lief er ihm schon über den Weg.

»Lott, bist du dienstlich hier?«, fragte Lander.

»Nur ein Besuch«, erwiderte Lott.

Lander schaute ihn misstrauisch an, dann sagte er, gezwungen lächelnd: »Du wirst mir hier doch nicht wieder alles durcheinanderbringen?«

»Keine Angst«, sagte Lott, »ich bleibe in Tübingen. Hier ist nur noch mein Hausarzt.«

»Diese WM ist eine Herausforderung. Und man kann eigentlich nur verlieren. Passiert was, sind wir schuld. Greifen wir hart durch, sind wir die Spielverderber.«

»Das Problem haben wir in Tübingen zum Glück nicht«, sagte Lott.

»Und du bringst keine neuen Richtlinien mit?«

»Nein. Nur ein Arztbesuch. Im Übrigen habe ich noch Urlaub.«

Damit verabschiedete er sich und nahm die Treppe zum Ausgang.

Nun wusste er wieder, warum er sich in Tübingen beworben hatte. Dieses ewige Misstrauen war ihm auf die Nerven gegangen. Machte man es dem einen recht, trat man dem anderen damit auf die Füße.

Er ging zum Parkhaus zurück. Die Hüfte schmerzte wieder ein wenig, die Wirkung der Tablette ließ nach. Er war aber froh, zumindest in diesem Augenblick, Ulm wieder den Rücken zu kehren.

Er fuhr aus dem Parkhaus und nahm den Weg übers Blaubeurer Tor. Dort entschloss er sich für die Autobahn.

Er schaltete noch einmal das Radio ein, um Nachrichten zu hören. Einige Minuten lang musste er noch die Schlagerparade an sich vorüberziehen lassen, ehe die vertraute Erkennungsmelodie die Nachrichten ankündigte. Wesentlich Neues gab es nicht. Ballacks Wade machte noch immer Probleme. Und Bruno war jetzt auf dem Weg zum Schliersee.

4

Kathrin Freudenberg blieb im Wagen sitzen und wartete. Das Mondlicht fiel durch die Baumspitzen auf den Waldweg. Noch zwei Tage bis Vollmond, dachte sie. Heute stand der Mond in den Fischen. Das hieß, dass sie die Blumen hätte gießen müssen und den Rasen mähen. So zumindest verlangte es der Mondkalender, der seit Jahren ihr Begleiter durch den Alltag war. Obwohl sie sich beides am Morgen noch fest vorgenommen hatte, fielen diese Arbeiten anderen Forderungen, die der Tag an sie stellte, zum Opfer.

Die beiden Herzen, die laut Mondkalender Harmonie in Liebe und Partnerschaft versprachen, Symbol der letzten Tage, tauchten heute nicht mehr auf. Sie hatten den Münzstapeln Platz machen müssen, Symbol der Erdtage, die Erfolg bei allen Geldangelegenheiten in Aussicht stellten.

An Stier- und Fischetagen kann man sich ganz besonders gut in den Partner hineinfühlen. Ach Gott, dachte Kathrin, hatte sich diese Prophezeiung denn jemals erfüllt? Ihre Beziehungen waren auf dem Nährboden der Waage entstanden, wankelmütig, launisch und vom ersten Tag an zum Scheitern verurteilt.

Von der ersten Jugendliebe angefangen bis zu ihrer Ehe, alles wankelmütige Waagetage, von den sich häufenden Seitensprüngen ganz zu schweigen.

Ihren Mann hatte sie, seiner damaligen Berühmtheit wegen, mehr bewundert als geliebt. Und sich dabei selbst bewundert, dass ein solcher, wirklich umschwärmter Mann gerade sie geheiratet hatte. Wie es ihr schien, zum Entsetzen der gesamten Frauenwelt, die allabendlich ums Theater streunte. Nun war ihre Ehe zur Farce geworden und steuerte ungebremst auf die Scheidung zu.

Harmonie in Liebe und Partnerschaft! Was für eine erbärmliche Floskel, dachte sie. Funktionierte diese Harmonie doch einzig, wenn der eine tat, was der andere verlangte.

Aber die Ehe mit ihm, dem begehrten Schauspieler und Regisseur Severin Freudenberg, hatte ihr selbst einen Platz ganz oben auf der Karriereleiter beschert. Im Spazierschritt hatte sie jede Stufe genommen. Und jede Stufe genossen. Und bei jeder Stufe die Männer ein Stück weit mehr verachtet. Kaum gab sie sich paarungsbereit, wurden Männer zu hörigen Gefährten. Ein simples Spiel, so simpel wie die Männer selbst. Sie waren nicht nur bindungsunfähig, sie waren unfähig überhaupt.

Drohnen waren es. Nichts als stachellose Bienenmännchen, deren einzige Daseinsberechtigung die Begattung junger Königinnen war, um nach Verrichtung ihrer Dienste vertrieben und getötet zu werden.

Zum Glück isolierten sich diese Geschöpfe turnusmäßig von selbst, zwängten sich in ein Fußballstadion, in dem sie alles vorfanden, was sie zum Leben brauchten: einen rollenden Ball, jede Menge Bier, einen Schiedsrichter, den man nach Lust und Laune beschimpfen durfte, und eine Hymne, deren Text zu grölen keinerlei Musikalität erforderte. Durfte man den Umfragen trauen, so liebten englische Fußballfans ihren Verein mehr als die Frau, der sie angetraut waren.

Kathrin stieg aus und ging ein paar Schritte. Dabei wurde sie moralphilosophisch und dachte an Inquisition und andere männliche Gräueltaten, ehe sie wieder bereit war, das andere Geschlecht vom Sockel seiner Machtansprüche herunterzuholen. Waren sie doch einfach auszurechnen, diese Bienenmännchen mit ihrem Gockelgehabe, aufgeplustert und reduziert auf ihre Eitelkeit. Ein jeder groß- und einzigartig. Selbst ihre Dummheit verbuchten sie auf der Habenseite. Ein Sammelbecken jeglicher Grobheit.

Männer sind Handwerker und für den Straßenbau geeignet, dachte sie weiter in ihrem geistigen Pamphlet, doch vollkommen unbrauchbar auf verantwortungsvollen Posten in Politik und Wirtschaft. In Banken und Sparkassen gerade einmal zum Schalterdienst tauglich. Selbst als Kreditsachbearbeiter nur hohle Nüsse.

»Warum nur sind wir kein Bienenvolk!«, lamentierte sie und schaute dabei auf die Uhr.

Das Leben wird nicht lebenswerter, nur weil dein Verein eine Liga höher spielt. Und was macht es für einen Unterschied, ob man in Emmendingen oder gegen Hoffenheim antritt.

Ginge es nach ihren Vorstandskollegen, würde man immer wieder Unsummen von Geldern für Spielerkäufe ausgeben, nur um dann kurze Zeit später wieder in der Insolvenz zu landen. Alles schon dagewesen und nichts dazugelernt. Kapierten die denn nicht, was die eigentliche Aufgabe eines Sportvereins war?

Noch war sie die Präsidentin und sie würde es zu verhindern wissen, dass der Fußball alle anderen Abteilungen in die Ecke des allenfalls Geduldeten trieb. Ulm durfte auch im nächsten Jahr nicht aufsteigen!

Kathrin Freudenberg schaute zum Mond und dachte an die Zeit ihrer Schäferstündchen. Meist hatte sie sie genossen. Hatte triumphiert mit ihrer erotischen Präsenz, der kein Mann gewachsen war.

Doch ihre Blütezeit hatte längst den Höhepunkt überschritten. Selbst die eigene Lust war nicht einfach nur da, sie musste erarbeitet werden. Und die ihr hörigen Männer waren an Zahl und Potenz deutlich geschrumpft. Dass sie hier war, hatte nichts mehr mit den alten Spielchen zu tun. Ein Geschäft sollte abgeschlossen werden, mehr nicht. Das Geld stand ihr zu. Und sie bestand darauf. Sie wollte es ja nicht für sich selber. Sponsoring, wie es auch Waltraud Nass betrieb, war ihr Anliegen. Dem eigenen Verein unter die Arme greifen. Noch ein paar Aktien verkaufen und die Summe rund werden lassen, so rund wie ein Fußball. Alle sollten ein Stück davon abkriegen. Von der Kinderturngruppe bis zum Versehrtensport.

Nur die Fußballabteilung sollte leer ausgehen. Das würde das Wasser bei denen zum Kochen bringen, ihren eigenen Posten aber stärken. Die anderen Abteilungen würden hinter ihr stehen. Geld machte unabhängig. Von so vielem.

Jetzt dieses Geschäft mit ihm, dann wird ein Strich gezogen unter diese nur noch unerquickliche Angelegenheit.

Eine Kirchenglocke schlug elf. Sie schaute auf die Uhr in ihrem Wagen. Die Zeiten waren identisch: eine Stunde noch bis Mitternacht.

Kathrin Freudenberg spürte, dass sie ungeduldig wurde. Die Ungeduld war ein Kribbeln in den Beinen, das sich bis in den Unterleib hochschlängelte und den Harndrang forcierte.

Sie stieg aus dem Wagen, um sich zu erleichtern, und lauschte dabei dem Rauschen der Bäume. In der Ferne hupten Autos, die im Corso von der Innenstadt her durch die Vorstadt und bis in die Vororte zogen. Das Eröffnungsspiel gegen Costa Rica hatte die deutsche Mannschaft mit 4 : 2 gewonnen. Miroslav Klose hatte mit zwei Toren dazu beigetragen, an seinem 29. Geburtstag.

Ihr Tipp, den sie im Duo mit Waltraud Nass, der Vorsitzenden des Söflinger Sportvereins, für die Lokalredaktion abgeben musste, hatte gepasst. Was den Fußball betraf, war Waltraud Nass eine Seelenverwandte. Auch sie war mit ihrer Fußballabteilung ständig auf Konfrontationskurs. Dass sie richtig gewettet hatten und dabei ihre männlichen Fußballexperten hinter sich ließen, stimmte sie schadenfroh.

Als sich das Hupen allmählich wieder verlor, blieb das Geräusch der Bäume, das sie mit einem Male erschreckte und sie veranlasste, zum Wagen zurückzukehren.

Er hatte sie noch nie warten lassen. Also müsste er doch jeden Augenblick kommen.

Sie stieg wieder in den Wagen. Kaum eine Minute später wurde sie vom Licht der Scheinwerfer, das in ihren Rückspiegel fiel, geblendet. Kathrin schaute angestrengt in den Rückspiegel. Es war nicht das Auto, auf das sie gewartet hatte. Ein Gefühl der Angst kroch in ihr hoch, ehe sie sich damit beruhigte, dass er sich vielleicht, wie schon so oft, einen Wagen hatte leihen müssen. Die Nummer war ihr jedenfalls unbekannt. Hatten Leihwagen nicht häufig Hamburger Kennzeichen?

Das Fahrzeug fuhr dicht an ihren Golf heran. Ein Mann stieg aus und winkte mit einem dicken Briefumschlag in der Hand.

Kathrin Freudenberg ließ das Fenster heruntersurren und wartete.

Als der Mann auf sie zukam, überkam sie eine Angst wie niemals zuvor in ihrem Leben.

Wenig später waren mehrere Schüsse zu hören. Im nahen Dorf glaubte man, sie jagten wieder Füchse.

5

Etwas stimmte nicht. Peter Baudendistel, Schleusenwärter im Kraftwerk an der Steinhäule, starrte ins Kehrwasser. Etwas hing im Rechen. Es sah aus wie ein menschlicher Körper.

Er nahm einen Haken und versuchte das, was ihn dort störte, von dem übrigen Unrat zu befreien.

Jetzt war er, der noch vor Minuten in siegestrunkener Stimmung gewesen war, sicher: Was da hing, war der leblose Körper einer Frau, deren blonde Haare sich im Rechen verfangen hatten.

Er hastete zum Telefon und überlegte, ob er das Dezernat 1, welches für ungeklärte Leichen zuständig war, anrufen sollte. Die Direktnummer hatte er ganz oben auf seiner Liste der wichtigen Telefonnummern stehen. Schließlich war dies nicht die erste Leiche, deren Bergung er in die Wege leiten musste.

Um diese Zeit würde das Büro allerdings noch nicht besetzt sein. Deshalb wählte er die Nummer der Zentrale, um dort seine Entdeckung mitzuteilen.

Anschließend ging er wieder zum Geländer zurück. Er dachte an frühere Leichen, die hier angeschwemmt worden waren, und glaubte eine gewisse Regelmäßigkeit zu erkennen.

Meistens waren es Suizidfälle gewesen. Baudendistel fragte sich, welchen Grund diese Frau gehabt haben musste für diesen nicht mehr rückgängig zu machenden Schritt. Aber dann schweiften seine Gedanken, während er auf die Bergungskräfte wartete, wieder ab und er dachte daran, wie Frings gestern Abend das 4 : 2 gegen Costa Rica geschossen hatte. Ein Traumtor, wie auch das 1 : 0 von Philipp Lahm. Sorgen für den weiteren Verlauf des Turniers bereitete ihm allein die Abwehr, die gleich zwei Tore gegen einen nicht gerade angsteinflößenden Sturm zugelassen hatte. Bis Mitternacht hatte Baudendistel mit seinen Kumpels den Sieg gefeiert und dabei etliche Weizen getrunken. Danach hatte er ein paar Stunden geschlafen und war pünktlich und halbwegs munter um halb sechs zur Arbeit erschienen. Gleich beim ersten Rundgang hatte er dann die leblose Frau im Rechen entdeckt.

Jetzt stand er hier und beobachtete, wie die Frauenleiche immer wieder von der Strömung untergetaucht und hochgespült wurde. Einzig die blonden Haare blieben hartnäckig im Rechen. Er wartete, bis er die Sirene der Feuerwehr und der Polizeistreife hörte, dann ging er zum Eingang, wo er erst die beiden Polizeibeamten, dann die Feuerwehrleute empfing.

Gemeinsam gingen sie zur Brücke. Der Kommandant bestimmte, wie die Leiche zu bergen war.

Baudendistel sah, dass jeder Handgriff, jeder Teil dieser Aktion derart eingespielt war, als würden diese Feuerwehrleute tagtäglich Leichen aus der Donau bergen.

Während die beiden Polizisten die Angaben des Schleusenwärters protokollierten, fuhr der Notarztwagen vor.

Fast gleichzeitig kamen auch Hauptkommissar Max Brauchle von der Inspektion 1 und seine Kollegin, Kriminaloberkommissarin Petra Mai, zur Steinhäule.

Man begrüßte und bedauerte sich gegenseitig, wenn auch nicht ganz ernst gemeint, dass man bereits so früh, und das am Samstagmorgen, zum Einsatz gerufen worden war.

Brauchle spielte sich, alle Aufmerksamkeit auf sich ziehend, scherzend in den Vordergrund, als fiele gute Laune allein in seinen Zuständigkeitsbereich. Immer einen Spruch auf Lager, einen Witz, eine Anekdote. Falls es so etwas wie die Frohnatur überhaupt gab, dann war sie das Markante an seinem Charakter. Rein äußerlich war er so unscheinbar, wie man nur sein konnte: eine Allerweltserscheinung, besonders tauglich für verdeckte Ermittlungen, denn wer würde bei dieser untersetzten Statur, aus der lediglich ein Bierbauch herausstach, schon misstrauisch werden? Wer hinter diesem rotwangigen Allerweltsgesicht, diesem Rundkopf mit einigen letzten dünnen Haaren, quer über die Schädeldecke gekämmt, einen tüchtigen Ermittler vermuten?

Er war jetzt neunundvierzig Jahre alt, seit einigen Jahren geschieden, Vater einer Tochter, die längst dem Elternhaus entwachsen und selbst schon verheiratet und Mutter einer Tochter war. Er wohnte in Söflingen, noch immer in derselben Wohnung, in der er einst ein Familienleben geführt hatte.

»Wer zur Arbeit springt, der hat net viel im Sinn«, scherzte er jetzt mit seiner Kollegin.

Der Notarzt, Dr. Laepple, der neben den beiden stand, zuckte mit den Schultern.

»Wochenenddienst ist bei uns Standard«, sagte er.

Petra gähnte. Ihr blonder Krauskopf zeigte noch die Spuren ihres Kopfkissens. Die breiten Schultern hingen, wie aus Protest, teilnahmslos herab. Es schien, als wären ihre Augen noch unschlüssig, ob dieser Morgen bereits einer Betrachtung wert wäre.

»Noch müde?«, fragte der Arzt.

Petra hauchte ein Ja und fügte hinzu: »Entsetzlich müde.«

Brauchle griff Petras Antwort dankbar auf und nahm sie zum Anlass für einen seiner Witze, die er tagtäglich unter seine ihm ausgelieferten Kollegen schüttete: »Trostlose Langeweile im Stadion«, hob er an und fuhr fort: »Sagt ein Tribünengast: ›Guck amol, unser Minister Oettinger schläft scho.‹ – ›Und deshalb wecksch du mich?!‹«

Petra und der Arzt lächelten höflich. Worauf Brauchle, der fürchtete, der Witz wäre nicht verstanden worden, die Pointe wiederholte.

»Ond deshalb wecksch du mich«, sagte er mit Nachdruck.

»Ich hab den Witz verstanden«, sagte Petra Mai.

»Ond Sie, Herr Dokter?«

»Guter Witz«, lächelte der Notarzt.

»Bassat Se auf, der isch noch besser: Warum dauert bei den Ostfriesen ein Fußballspiel bloß eine Halbzeit?«

Der Arzt zuckte, Ahnungslosigkeit demonstrierend, mit den Schultern.

Da rief einer der Feuerwehrleute, noch bevor Brauchle den Witz zu Ende bringen konnte, von der Brücke herüber: »Die Leiche ist geborgen!«

Der Arzt eilte zur Brücke, Petra Mai und Max Brauchle folgten ihm. Als die beiden Kommissare die Leiche vor sich liegen sahen, schauten sie sich ungläubig an.

»Des gibt's doch net«, sagte Brauchle.

»Kennen Sie die Tote?«, fragte der Arzt.

»Wer kennt die net?«

»Ich zum Beispiel«, antwortete Dr. Laepple.

»Die Tote heißt Kathrin Freudenberg und ist die Präsidentin des Ulmer Sportvereins. Eine stadtbekannte Persönlichkeit«, klärte ihn Petra Mai, plötzlich wach geworden, auf.

Dr. Laepple kniete sich neben die Tote und nahm eine erste Untersuchung vor. Kurze Zeit später überraschte er die beiden Kriminalbeamten mit seinem Ergebnis.

»Sie ist durch mehrere Schüsse in die Brust getötet worden.«

Brauchle und Petra Mai schauten sich an. Beim ersten Blick auf die Tote waren ihnen zwar die Blutflecken aufgefallen, dennoch hatten sie nicht gleich eine Gewalttat von fremder Hand in Erwägung gezogen.

»Ruf den Lohner und die Raab an«, sagte Brauchle.

Harald Lohner und Ilona Raab waren vor allem Kriminaltechniker. Seit der Umstrukturierung fielen auch Fahndung und die Datenstation in ihr Ressort. Ursprünglich waren das drei Dezernate mit doppelt so viel Personal.

»Seit wann isch se dod?«, fragte Brauchle.

»Weniger als zwölf, mehr als sechs Stunden«, meinte der Arzt.

Petra Mai telefonierte.

»Lohner ist schon unterwegs«, sagte sie, nachdem sie ihr Handy wieder weggesteckt hatte. Dann schaute sie noch einmal die Tote an und fragte mehr sich als die anderen: »Wer um alles in der Welt bringt die Freudenberg um?«

»Ich wüsst scho oin«, sagte Brauchle und schmunzelte.

»Wer?«

»Unser Bobo!«

»Hör auf!«

Brauchle grinste. Und diesmal huschte auch ein flüchtiges Lächeln über das Antlitz seiner Kollegin. Der Gedanke, dass Bobo Müller, Chef der Kriminalinspektion 3 für Wirtschaftsdelikte, Kathrin Freudenberg ermordet haben könnte, hatte auch eine heitere Note. In seiner Freizeit war Bobo Müller ein geradezu verrückter Anhänger der Ulmer Fußballmannschaft und zudem ihr Fan-Beauftragter. Weil Kathrin Freudenberg seit dem Abstieg aus dem bezahlten Profifußball dieser Abteilung nur den sparsamsten Weg eingeräumt hatte, hatten Bobo und Kathrin sich bei jeder nur erdenklichen Gelegenheit am Wickel gehabt.

Bobo Müller wollte nichts anderes als den sofortigen Aufstieg in die Regionalliga, um dort gleich wieder ganz oben um den nächsten Aufstieg mitzuspielen. Mit einem Etat aber, der kaum Verstärkungen zuließ, war das nicht zu schaffen.

»Man kann ja viel gegen d'Kathrin han«, mutmaßte Brauchle, »aber ombrenga?« Brauchle nahm sein Handy und wählte die Nummer des Staatsanwaltes.

Es dauerte, bis Adrian Mollenkopf sich meldete.

»Hab ich Sie g'weckt?«, fragte Brauchle schadenfroh.

»Ja«, brummte der Staatsanwalt unwirsch. »Was gibt es denn?«

»Ein Mord.«

»Wo sind Sie?«

Es war die typischste aller Fragen, seit es Mobiltelefone gab.

Brauchle teilte dem Staatsanwalt mit, was passiert war, und sie vereinbarten eine erste Besprechung im Neuen Bau. Diese wurde für zehn Uhr anberaumt.

Inzwischen war Lohner im Kraftwerk angekommen und hatte sich gleich mit Dr. Laepple ausgetauscht. Kathrin Freudenberg war mit drei Schüssen in die Brust getötet worden, einer davon war direkt in die Herzkammer gedrungen. Harald Lohner veranlasste, nachdem er die mageren Möglichkeiten der Spurensuche vor Ort betrachtete, dass die Leiche ins Institut für Rechtsmedizin gebracht wurde.

Gemeinsam verließ man das Kraftwerk. Max Brauchle ging neben dem Notarzt. Bevor sie in ihre Wagen stiegen, fragte er: »Und warum spielen die Ostfriesen nur eine Halbzeit lang?«

Der Kriminalkommissar grinste und antwortete fast hochdeutsch: »Weil sie net wissen, wie sie den Platz umdrehn sollen.«

Brauchle schaute Beifall heischend, aber der Notarzt lächelte allenfalls höflich.

Zurück blieb der Schleusenwärter, der zu aufgewühlt war, um gleich zur Routinearbeit überzugehen.

Nachdem aber seine Erregung über den Vorfall etwas abgeklungen war, freute er sich auf den Abend. Da würde Argentinien gegen die Elfenbeinküste spielen.

6

Wegen des Sommerwetters erwarteten die Marktbeschicker ihre Kunden am Samstag früher als in den vergangenen Wochen. Bereits in den frühen Morgenstunden war der Münsterplatz sichtlich belebt und bot dem Betrachter eine bunte Vielfalt an Blumen, Obst und Gemüse.

Vom schwarzrotgoldenen Spektakel des Vortages zeugten nur noch die zur Münsterseite gezogenen VIP-Bälle, die der Designer Ralf Milde als Tribünenplätze für die Ulmer High Society entworfen hatte.

Das Ulmer WM-Dorf hatte seine Bewährungsprobe bestanden. Der Veranstalter war zufrieden und auch Christoph Lander, Leiter der Ulmer Polizeidirektion, zog eine positive Bilanz. Lediglich durch den Auto-Korso auf dem Altstadtring sei es zu Behinderungen gekommen, berichtete er dem Chef der Lokalredaktion, Bodo Thürheimer, der gleich am Tag nach dem Spiel ein Interview haben wollte.

»Am Rathaus brachte der Fußgängerstrom den Verkehr allerdings kurzzeitig zum Erliegen«, sagte Lander und räumte ein, dass es in der Innenstadt zu kleineren Auseinandersetzungen gekommen sei. Überall aber seien die Polizisten eingeschritten und hätten den Streithähnen auf dem Rathausplatz Platzverweise erteilt.

»Der Einsatz ist so gelaufen, wie wir ihn geplant und vorbereitet haben«, sagte der Polizeichef. »Nur eines bereitet mir Sorgen: Viele Menschen, vor allem Jugendliche, verlieren vollkommen das richtige Maß für den Alkohol.«

Hätte der Reporter Bodo Thürheimer geahnt, was ein paar Türen weiter besprochen wurde, er hätte dem Polizeichef samt WM-Dorf und Ralf Mildes VIP-Bällen keinerlei Beachtung mehr geschenkt.

Dort nämlich führte Adrian Mollenkopf, Oberstaatsanwalt am Ulmer Landgericht, ein erstes Gespräch mit den Kommissaren der Inspektionen 1 und 4.

Nachdem er sein Interview beendet hatte, war Christoph Lander umgehend dazugestoßen und lamentierte, dass das WM-Dorf schon genügend Probleme aufwerfe.

»Und jetzt auch noch ein Mord an einer öffentlichen Person!«

Beunruhigt setzte er sich, streckte die Füße weit von sich, als ließe die Last der Verantwortung sich allenfalls in dieser Stellung ertragen. Und fragte. »Müssen wir die Öffentlichkeit nicht sofort informieren?«

»Bloß net!«, warf Brauchle ein.

»Die Angehörigen müssen aber doch informiert werden«, ordnete Adrian Mollenkopf an.

»Sie ist verheiratet und hat einen Sohn«, teilte Petra mit.

»Gibt es bereits Hinweise auf einen Täter?«, fragte der Polizeichef.

»Bis jetzt nicht den geringsten«, sagte Lohner. »Was wir wissen, ist, dass Kathrin Freudenberg mit drei Schüssen aus einer Pistole Kaliber 9 mm erschossen und ihre Leiche anschließend in die Donau geworfen wurde.«

»Wissen wir, ob die Waffe registriert ist?«, fragte der Staatsanwalt.

»Noch nicht«, antwortete Lohner.

Staatsanwalt Mollenkopf fasste noch einmal die Vorkommnisse zusammen. Dann sagte er: »Max Brauchle wird die Soko leiten«, und ihm zunickend fügte er hinzu: »Gratuliere. Welchen Namen wollen wir ihr geben?«

Brauchle grinste, so dass man ihm ansah, dass er gleich einen Vorschlag bringen würde, der allenfalls mit Gelächter, nicht aber mit Zustimmung bedacht werden würde. Und so war es auch. »Spatzen-Soko«, schlug er vor.

Mollenkopf schien den Vorschlag zu überhören, und laut ins Gelächter der anderen hinein bestimmte er: »Belassen wir es bei Soko Ulm, damit beim LKA klar ist, dass wir die Sache in Ulm behalten.«

Die Anwesenden klopften als Zeichen der Zustimmung auf den Tisch.

»Dann an die Arbeit«, sagte Mollenkopf, stand auf und belächelte selbst seinen verbalen Vorstoß, mit dem er seine Leute hatte motivieren wollen.

Neben Max Brauchle waren Petra Mai, Harald Lohner und Ilona Raab mit im Team. Wie viel Personal der Ermittlungsgruppe noch zugeteilt werden würde, hing vom Verlauf der Ermittlung ab.

»Wer benachrichtigt den Ehemann?«, fragte Petra Mai.

»Immer die, wo fragt«, antwortete Brauchle.

»Soll ich vorher anrufen?«

»Noi, mir fahrad glei na«, antwortete Brauchle. »Als Erster isch immer der Ehemann verdächtig.«

»Ich benachrichtige das LKA«, sagte Lander.

»Sagen Sie denen gleich, dass der Fall in Ulm bleibt«, sagte Mollenkopf und unterstrich damit noch einmal, dass er die Sache nicht aus der Hand zu geben vorhatte.

»Wann soll ich die Presse informieren?«, fragte Lander.

»Nicht vor heut Abend, bis do na hemmer den Sauhond.« Max Brauchle wandte sich zur Tür und feixte. »Oder ao net.«

Damit verabschiedete er sich. Petra Mai folgte ihm.

»Weshalb bist du dir so sicher, dass ein Mann sie umgebracht hat?«, fragte ihn die Kollegin.

Max Brauchle grinste. »Frauen nehmen Gift, damit d'Kinder net aufwachat!«

Sie stiegen in den BMW, der ihnen zugeteilt worden war, und fuhren die Neue Straße in Richtung Weststadt.

Petra hatte sich gleich ans Steuer gesetzt. Es war ein stilles Übereinkommen der beiden: Sie fuhr lieber, als daneben zu sitzen, und Max Brauchle ließ sich gerne chauffieren.

»Die Adresse ist Maienweg 37«, sagte die Kommissarin.

»Ich kenn des Haus.«

»Schon einmal drinnen gewesen?«

»Ja«, sagte Brauchle knapp.

»Es war wohl keines deiner Highlights.«

»Bei Gott net.«

Petra Mai bog in die Söflinger Straße ein und fuhr die Straßenbahnschienen entlang bis zur Endhaltestelle Söflingen. Dann wies ihr Brauchle den Weg: »Vorne geht's links da Berg nauf. Und dann zweite rechts.«

»Wohnst du nicht auch hier irgendwo?«

»In Hausschuhen hädd ich sie b'sucha könna.«

»Und, hast du?«

»Hör auf!«

Plötzlich stutzten beide.

»Was sucht jetzt der do«, brummelte Brauchle.

Bobo Müller, ihr Kollege von der Inspektion 3, ließ gerade das Gartentor zu Freudenbergs Anwesen hinter sich ins Schloss fallen, drehte sich noch einmal um, schaute zu den Fenstern der Villa hoch und ging zögernd, immer noch darauf wartend, dass sich hinter den Fenstern irgendetwas rührte, zu seinem Wagen.

Petra hielt dicht hinter ihm. Brauchle stieg aus. Müller zuckte zusammen, als er die Kollegen wahrnahm.

»Servus«, grüßte er, wirkte dabei aber verlegen und irgendwie wie am falschen Ort.

Und fragte: »Was treibt euch denn her?«

»Das wollten wir eigentlich dich gerade fragen«, antwortete Petra.

»Weshalb? Ich hab Urlaub. Oder muss ich erst um Erlaubnis fragen, wenn ich unsere Vereinsvorsitzende ...«

»Was?«, fiel ihm Brauchle ins Wort. »Was wolltest du von ihr?«

Das klang ungewohnt scharf.

»Was geht dich das an?«, konterte Bobo Müller.

»Einiges«, fauchte Petra.

»Das ist eine Privatangelegenheit!«

»Nicht mehr«, warf Petra ein.

»Was soll das heißen?«

»Kathrin Freudenberg ist gestern Nacht ermordet worden.«

Bobo Müllers Gesichtsfarbe veränderte sich schlagartig.

»Was?«, hakte er ungläubig nach, mit einem Funken Hoffnung noch, er hätte sich verhört.

»Sie ist erschossen worden.«

»In der Steinhäule hemmer se rauszoga«, nahm Brauchle den Faden auf und erzählte dem Kollegen die bisher bekannten Tatumstände.

Bobo Müller hielt sich an seinem Wagen fest. Seine schlaksige Art wirkte hilflos.

»Das ist doch ein Witz«, flüsterte er vor sich hin und begann zu schwitzen. Man konnte dabei förmlich zusehen: die Schweißperlen auf der Stirn, die sich rasch ausbreiteten und bald das ganze Gesicht bedeckten.

»Also, was hasch von ihr wella?« Brauchle wurde ungeduldig.

»Mich bei ihr entschuldigen, wenn du es genau wissen willst.«

»Wofür?«, forschte Petra Mai.

»Für die Reutlinger Schnepfe.«

»Für was?«

»Reutlinger Schnepfe hab ich zu ihr gsagt. Wegen ihrer Kontakte zur Eintracht«, stammelte Bobo.

»Wann war des?«, fragte Brauchle.

»Bei der Eröffnungsfeier auf am Münsterplatz. In der VIP-Loge. Sie hat mich aber zuvor provoziert.«

»Und du?«, fragte Brauchle nach.

»Reutlinger Schnepfe. Mehr hab ich nicht gsagt.«

»Des wissa mir jetzt scho, und sonscht?«, stellte ihn Brauchle weiter zur Rede.

»Jemand hat sie in Reutlingen beobachtet, deshalb ...«

Bobo zögerte, dann fuhr er fort: »Intim! Und mit wem? Mit Leuten aus der Vorstandschaft der Reutlinger Eintracht. Und sogar mit dem Trainer. Mit Spielern. Da läuft doch was, Mensch!«

»Lief«, korrigierte die Kommissarin den Kollegen.

Der fiel wieder in sich zusammen. »Ich kann es noch immer nicht glauben.«

»Und was war sonst noch?«, forschte Petra Mai weiter.

Bobo zögerte, schnappte nervös nach Luft und hatte sichtlich Probleme damit, die Ereignisse zu ordnen und die Informationen der Kollegen zu verdauen.

Brauchle half ihm: »Hot se wieder über jeden d'Gosch verrissa?«

»Freilich! Der Trainer, die Mannschaft, der Abteilungsleiter. Alles Nieten! Weil es mit dem Aufstieg wieder nicht geklappt hat. Und Schuld hätten alle, bloß net sie. Die, mit ihrer Furzklemmerpolitik.«

Petra übernahm: »Ist es zum offenen Streit gekommen?«

»Wenn sie alles durch den Dreck zieht, wofür jeder von uns gekämpft hat.«

»Geht's etwas genauer?«

»Wer als Fan-Beauftragter nicht einmal fähig ist, einen Bus zu bestellen, der soll froh sein, wenn seine Mannschaft in die Kreisliga abrutscht. Da kann er dann zu Fuß oder mit der Straßenbahn zu den Auswärtsspielen.«

»Hot se des gsagt?«, fragte Brauchle erheitert.

»Einmal, ein einziges Mal ist mir das passiert. Frag nicht, in wie vielen Jahren! Und daraus macht sie ein Exempel.«

Petra wurde ungeduldig: »Und weiter, oder war das bereits alles?!«

»Euer Stürmerstar braucht hundert Chancen, bis er einmal trifft! Das war auf den Sascha gemünzt. Da hab ich zu ihr, betont höflich, du kennst mich, gesagt: ›Bei dir würde mir ein einziger Schuss genügen.‹«

»Du Sembl!«, fuhr ihn Brauchle an.

»Gibt es dafür Zeugen?«, fragte Petra.

»Die ganze VIP-Loge.«

»Du bisch doch ein Allmachtsseggl!«, schimpfte Brauchle.

»Das mit dem Schuss, das war anders gemeint. Jeder hat doch gelacht deshalb.«

Petra Mai klärte ihn auf: »Du bist dir schon im Klaren darüber, dass du unter diesen Umständen, aber nicht allein deshalb, zu den Verdächtigen zählst.«

»Der einzige Verdächtige, den mir im Moment hend.«

Beide warteten, ob Bobo Müller dazu Stellung nehmen wollte. Aber da er nur mit einem nervösen Nach-Luft-Schnappen reagierte, fuhr Petra Mai fort: »Was ist dann passiert?«

»Sie ist einfach gegangen. Aufgestanden und gegangen. Ohne ein Wort noch.«

»Und du?«, forschte Brauchle.

»Bin ihr hinterher.«

»Was?«, hakte Brauchle nach.

»Ich wollte das nicht so im Raum stehenlassen.«

»Weshalb nicht?«, fragte Petra Mai scharf nach.

»Bei aller Gegensätzlichkeit – wir gehören immer noch demselben Verein an. Aber sie. Auf und davon.«

»Ond du?«, fragte Brauchle.

»Bis zum Auto bin ich ihr noch gefolgt und dann heimgefahren und hab mir des Spiel daheim und allein angeschaut. 4 : 2 hat Deutschland gewonnen.«

»Des hädd ich jetzt net denkt. Ein prima Alibi, Bobo, des muss ich dir scho lassa.«

Petra Mai und Max Brauchle schauten sich an, als würden sie beide in diesem Augenblick dasselbe denken. Petra nickte und Brauchle sprach es aus: »Eins isch sicher, den Fall sind mir los.«

Beide wussten, dass mit dieser Entwicklung der Fall an das Dezernat für Sonderfälle zur Landespolizeidirektion nach Tübingen käme.

7

Klaus Lott leerte, bevor er die Zeitung aus der darunter montierten Blechrolle nahm, den Briefkasten.

Es waren nur Werbezettel drin. Die eigentliche Post kam erst kurz vor Mittag. Aber ein Brief von Lisa würde ohnehin nicht dabei sein, die schickte nur noch Mails.

An diese elektronische Post konnte Lott sich nur schwer gewöhnen. Vor allem, wenn es sich um Privatpost handelte.

Als Lott den Briefkasten schloss, kam ihm mit einem Mal diese sonderbare Drohung wieder in den Sinn:

Wo lebt sich's besser als im Schoße der Familie. Halte dich daran. Sonst ...!

Er hatte sie tatsächlich vergessen, zumindest beiseitegeschoben, vielleicht auch nur verdrängt, wie eine Krankheit, die man nicht wahrhaben will. Aber jetzt war sie wieder da, diese absonderliche Drohung, der Lott keinen Raum zugestehen wollte. Auch jetzt nicht. Was soll's, dachte er, und versuchte, alle Gedanken daran wegzuwischen. Zeitung lesen wollte er jetzt, und das in aller Ruhe, und sonst nichts.

Er hatte Mühe, die Treppe in einer normalen Schrittfolge zu gehen, setzte das rechte Bein immer erst nach, bevor er mit dem linken Bein die nächste Stufe nahm.

Oben angekommen, jammerte er: »Gestern tat mir die Hüfte weh, heute ist es das linke Knie.«

»Du liebst die Abwechslung«, sagte Elli.

Lott antwortete mit einem Lächeln. Elli goss noch einmal Tee auf. Sie nahmen sich Zeit für ein ausgedehntes Frühstück. Es war Lotts letzter Urlaubstag. Er legte die freien Tage, sofern es sich einrichten ließ, immer so, dass der Montag noch dazu gehörte.

In dieser Woche musste er auch noch nach Stuttgart. Es standen Gespräche an. Polizeiliche Maßnahmen rund um die WM-Dörfer im Ländle. Die Angst vor Terror-Anschlägen war ebenso präsent wie die Befürchtung, öffentlich angegriffen zu werden, wenn die Polizei durch zu rigoroses Vorgehen für die Fans in die Rolle des Spielverderbers geriet.

Lott nahm, nachdem er gegessen und sich eine abschließende Tasse Tee eingeschenkt hatte, die Zeitung zur Hand.

Auf der unteren Hälfte der Titelseite stieß ihm sofort eine Schlagzeile ins Auge: *Mord in Ulm.*

Er las, sichtlich aufgewühlt, was da über die Ermordung von Kathrin Freudenberg stand, und betrachtete das Zeitungsbild, auf welchem sie, leicht geziert, in die Kamera lächelte.

Er reichte seiner Frau die Zeitung über den Tisch.

»Lies«, sagte er.

Elli las kopfschüttelnd den Bericht. Die Freudenbergs waren auch ihr ein Begriff. Lott stand auf, zog sich eine andere Hose an und nahm den Wagenschlüssel. Flaubert wedelte. Er glaubte, der Aufbruch gelte ihm.

»Nein«, sagte Lott, griff dabei ins Nackenfell des Hundes und sagte, Elli zugewandt: »Ich muss wissen, wie weit die Ermittlung schon fortgeschritten ist.«

Elli nickte nur.

Lott fuhr ins Präsidium. Unterwegs versuchte er, sich ein Bild von dem Verbrechen zu machen. Gleichzeitig beschäftigte ihn sein Knie. Es hatte die Schmerzen seiner Hüfte übernommen.

Da montags derzeit nur eine Rumpfbesetzung Dienst machte, war er froh, dass Frieda Rampf am Zentralcomputer saß.

Lott mochte sie. Vom ersten Tag an. Obwohl sie rein äußerlich überhaupt nicht seinem Typ entsprach. Frieda Rampf war ein Dauerwellen-Typ, der sich vermutlich ganzjährig in einem mausgrauen Kostüm verkroch. Dieses Erscheinungsbild passte überhaupt nicht zu ihrem Wesen, das vor Leichtigkeit sprühte. Bei aller Kompetenz, die er an ihr schätzte, zog ihn auch diese ehrliche Freundlichkeit an, die sie ihm gleich entgegengebracht hatte.

»Was macht die Hüfte?«, empfing sie ihn auch jetzt, ohne einen umständlichen Gruß vorauszuschicken.

»Heute ist es das Knie«, antwortete Lott.

»Sie lieben die Abwechslung«, scherzte Frieda.

Lott lächelte, wollte ihr aber nicht sagen, dass ihn bereits seine Frau mit dieser Bemerkung bedacht hatte.

Jetzt holte sie den Gruß nach, in der Herzlichkeit, die Lott erwartet hatte.

»Sie wissen schon, dass heute Montag ist«, kokettierte sie weiter.

Lott wollte sich Erklärungen sparen und hielt ihr die Zeitung hin.

»Gibt es Genaueres darüber?«, fragte er.

Frieda Rampf holte die Mails her, die in den letzten Stunden hier eingegangen waren.

Die Ermittlung war, soweit die Informationen ans LKA dem aktuellen Stand entsprachen, noch nicht vorangeschritten.

Kathrin Freudenberg war mit drei Schüssen, von denen einer direkt ins Herz getroffen hatte, getötet worden. Ihre Leiche hatte man im Rechen des Kraftwerks an der Steinhäule entdeckt. Noch war der Tatort unbekannt. Über ein mögliches Motiv, über eine Spur, die zum Täter führte, war ebenfalls laut Computerstand noch nichts bekannt.

Frieda Rampf lächelte: »Es drängt Sie nach Ulm.«

Lott wehrte ab: »Um Himmels willen!«

»Wie sagt man hier: Es bizzelt Se doch a wenga. Ich sehe es Ihnen an«, bohrte Frieda weiter.

»Mich interessiert eben noch alles, was in Ulm passiert. Ich lese ja auch noch die Zeitung mit dem Ulmer Lokalteil.«

Friedas Lächeln wurde entwaffnend. Und Lott gestand: »Manchmal ziehts mich zurück. Aber bin ich dann dort, überkommen mich Fluchtgedanken.«

»Ach, Herr Lott«, seufzte Frieda, und hinter diesem Seufzen verbarg sich so etwas wie Verständnis.

Lott hätte jetzt gerne ihre Hand getätschelt, sie zum Kaffee eingeladen oder sonst was Verwegenes unternommen. Aber ein Zaudern stellte sich dem in den Weg und Lott dachte, dass die Gegenwart, bevor er sie nutzen konnte, wieder einmal schon vorbei war.

Sein *Ade,* als er sich zum Gehen wandte, klang verlegen, auch wenn er sich an der Tür noch einmal umdrehte und die Hand zu einem ungelenken Winken hob.

Er nahm die Treppen jetzt so, als hätte er weder Knie- noch Hüftprobleme, und er stieg in den Wagen, ohne dem rechten Bein zu Hilfe zu kommen.

Schnurstracks fuhr er nach Hause. Während der Fahrt schaltete er das Radio ein, aber dann gleich wieder aus. Die ersten Liedfetzen hatten genügt. Das musste er jetzt nicht hören.

Lott ließ beide Fenster heruntersurren. So heiß war es. Jetzt schon. Obwohl er merkte, dass sein Rücken bereits schweißnass wurde, kam ihm der Wunsch nach einem klimatisierten Wagen nicht in den Sinn. Ein Wagen mit Klimaanlage! Sich noch mehr entfernen von dem, was draußen so vor sich ging. Nicht einmal mehr am Wetter teilhaben. Und er dachte daran, dass er damals, als er noch jeden Morgen den Bus nehmen musste, viel mehr am Leben beteiligt war als später, isoliert im eigenen Fahrzeug.

Und Lott dachte, dass sein Leben zu einem nicht unerheblichen Teil in der Vergangenheit passierte, ein untrügliches Zeichen dafür, dass der größte Teil davon bereits aufgebraucht war. Die Zukunft hatte ihm schon immer näher gestanden als die Gegenwart, die ihm im Alltag stets unterging und erst als Vergangenheit wieder greifbar wurde. Und Lott dachte, irgendwann wachst du morgens auf und der Tod sitzt auf deiner Nase und lacht dich aus.

Flaubert bellte vom Balkon herunter, als er Lotts Wagen heranfahren hörte. Dieses Motorengeräusch konnte er von allen anderen Motorengeräuschen unterscheiden.

Als Lott den Wohnungsschlüssel ins Schloss steckte, saß Flaubert auch schon zum Sprung bereit für seine Begrüßungszeremonie. Aus der Küche roch es nach Zwiebeln und Knoblauch. Ellis Sommerküche roch immer sowohl nach Zwiebeln als auch nach Knoblauch. Sie trug jetzt auch ihre Sommerkochschürze, in der sie unbeschwerter daherkam als in den anderen Schürzen.

»Wir können auf dem Balkon essen, Klaus«, sagte sie, und trug schon einmal die Teller ins Freie, während Klaus das *ou* der alemannischen Aussprache seines Vornamens in sich nachhallen ließ.

Das Thermometer an der Hauswand zeigte 31 Grad. Lott kurbelte die Markise herunter, damit sie während des Essens im Schatten saßen. Dann deckten sie gemeinsam den Campingtisch und Elli fuhr eine italienische Vorspeise auf: Auberginen und Zucchini, in Zwiebeln und Knoblauch gebraten, dazu Weißbrot.

Als Hauptgang hatte sich Elli Gnocchi in Salbeibutter ausgedacht. Und als Nachtisch ein Zitronensorbet.

Sie tranken Wasser dazu, obwohl ein Rotwein besser gepasst hätte. Aber beide hatten es sich angewöhnt, Alkohol erst dann zu trinken, wenn der Tag nichts mehr von ihnen forderte.

Als Lott den letzten Bissen des Sorbets gelöffelt hatte und sich danach den Mund mit der Serviette abwischte, sagte Elli: »Herr Hilbinger hat angerufen, du sollst gleich ins Präsidium kommen.«

Hans Hilbinger war Chef der Landespolizei Tübingen und Lotts unmittelbarer Vorgesetzter.

Wenn der anrief, um einen Kollegen aus dem Urlaub zu holen, musste etwas passiert sein, was keinen Aufschub duldete.

Lott verzog sich für eine Weile aufs Klo, nahm noch eine von den Tabletten aus der grünen Schachtel, damit die Hüfte ihm heute nicht noch in die Quere kam, dann zog er ein frisches Hemd an, das gerade noch als rosafarben durchging, nahm die Autoschlüssel vom Schlüsselbrett, kraulte Flaubert den Nacken, küsste Elli; vollzog also die üblichen Rituale, ehe er losfuhr. Er war Elli dankbar dafür, dass sie ihm den Telefonanruf erst nach dem Essen serviert hatte. Aber so viel war sie sich selbst wert, dass sie ihnen das Essen nicht einer womöglich unangenehmen Nachricht opferte.

Während Lott auf die erste Kreuzung zufuhr, schaltete er das Radio ein. Regionalnachrichten. Die Australier standen heute vor dem ersten Auftritt bei dieser WM. Ihr Gegner war

Japan. Weil die Mannschaft im Ländle Quartier bezogen hatte, waren sie der Regionalredaktion eine Nachricht wert. Jetzt dämpfte die Sprecherin ihre Stimme: Noch keine neuen Hinweise gibt es in der Mordsache Kathrin Freudenberg. Bei den Wetteraussichten wurde ihre Stimme wieder frischer.

Klaus Lott fuhr durch die Stadt und erwischte, was selten vorkam, eine Grünphase, auf die er aber im Moment gerne verzichtet hätte. An einer Ampel warten zu müssen, schien ihm, brachte zusätzliche Sekunden, in denen er etwas Unrat aus dem Kopf kehren konnte. Dieser gezwungene Stillstand, bis die Ampel wieder auf Grün schaltete, war für ihn eine geschenkte Zeit, über die er ganz alleine verfügen durfte. Augenblicke genügten ihm manchmal, um in irgendeiner Sache plötzlich klarer zu sehen. Heute aber war er schneller im Präsidium, als er sich gewünscht hatte.

Er ging gleich in Hilbingers Büro. Sein Chef stand sofort auf und kam ihm mit ausgebreiteten Armen entgegen. Diese Geste erschien dann aber beiden zu theatralisch, so dass der anschließende Händedruck eher lasch ausfiel, als müsste das zuvor Übertriebene wieder wettgemacht werden.

Hilbinger sagte: »Ich weiß, es ist ärgerlich, wenn man seinen Urlaub unterbrechen muss.«

»Es ist sowieso mein letzter Tag«, beschwichtigte Lott.

Hilbinger ging hinter seinen Schreibtisch zurück und bat Lott, davor Platz zu nehmen.

»Außerdem habe ich keine guten Nachrichten für Sie«, fuhr er fort, »und um es kurz zu machen, Sie müssen nach Ulm, wegen der Mordsache an der Präsidentin dieses Sportvereins. Sie haben gewiss in der Zeitung darüber gelesen.«

»Können die Ulmer das nicht selber in die Hand nehmen?«, fragte Lott.

»Ein Kollege steht unter Mordverdacht«, erklärte Hilbinger.

»Wer?«

»Ein Kollege aus dem Wirtschaftsdezernat, Bertold Müller.«

Lott schmunzelte.

»Was ist?«, forschte Hilbinger.

»Bobo Müller: ein Mörder, der dreimal zielt.«

Hilbinger unterbrach: »Sie haben sich ja schon gut informiert«, und fuhr fort: »Die Staatsanwaltschaft in Ulm hat den Fall an uns abgegeben. Rechtlich gesehen blieb ihnen ja keine andere Wahl, wenn ein Kollege unter Verdacht steht. Mollenkopf hat ausdrücklich darum gebeten, dass Sie die Ermittlungen übernehmen. Einerseits kennen Sie das Terrain, andererseits sind Sie distanziert genug, um objektiv zu ermitteln.«

Lott schmunzelte noch einmal.

»Sie scheinen sich ja auf Ulm zu freuen«, wunderte sich Hilbinger.

»Gott bewahre!«

»Und Ihr Schmunzeln?«

»Gilt noch immer dem Tatverdächtigen Bobo Müller.«

»Sie sind doch lange genug im Geschäft, um zu wissen, dass alles möglich ist«, sagte Hilbinger.

»Auch wieder wahr«, lächelte Lott.

Hilbinger wurde plötzlich ungeduldig, als müsste ein dringender Termin eingehalten werden. Gehetzt sagte er: »Dann lösen Sie rasch den Fall. Aber, wenn möglich, ohne übertriebene Maßnahmen. Dieser Fußballzirkus kostet schon genug Geld.«

»Es ist zumindest ein Heimspiel für mich«, sagte Lott. »Aber das muss kein Vorteil sein.«

»Benutzen Sie nicht diesen Fußballjargon«, monierte Hilbinger.

»Der bietet sich in diesen Tagen doch an«, verteidigte sich Lott.

»Hören Sie auf. Hunderte von Polizisten sind für diesen Zirkus im Einsatz. Tausende von Überstunden fallen da an. Und das Schlimmste daran, die Kollegen haben noch ihren Spaß dabei.«

Lott schmunzelte zum wiederholten Mal. Diesmal war Hilbinger der Anlass. Seine Fußball-Aversion war sympathisch.

»Ich habe Sie in Ulm bereits angekündigt. Fahren Sie also gleich los.«

Lott reichte Hilbinger die Hand. Der drückte sie diesmal fester.

»Ich verlass mich auf Sie«, sagte er. Und dachte im nächsten Moment, dass Lotts Rang nur geringfügig unter seinem stand, so dass dieses »Ich verlass mich auf Sie« eigentlich unpassend von oben herab kam.

Also drückte er jetzt, als wären sie gleichgestellte Kollegen, sichtbar beide Daumen und wünschte Lott Glück. Aber das roch nun wieder nach Sport. Und damit lag er wohl völlig daneben.

Lott ging leichten Fußes die Treppen hinunter. Zweimal machte er sogar kleine Hüpfer. Da besann er sich aber gleich wieder und nahm sich zurück. Bei der Datenstation machte er Halt und schaute nach Frieda Rampf und den aktuellen Nachrichten. In Friedrichshafen, so konnte er dem Bildschirm entnehmen, war ein Mittvierziger nach einer Messerstecherei mit einem Rivalen gestorben. Unter der Rubrik Ulm war zu lesen: Müller, Bertold, genannt Bobo, steht unter Verdacht, die 44-jährige Kathrin Freudenberg ermordet zu haben. Und darunter alles weitere, was Lott bereits wusste.

»Da haben Sie's«, sagte Frieda Rampf.

Und Lott: »Man schickt mich nach Ulm zurück.«

»Sind Sie deshalb so vergnügt?«, Frieda Rampf lächelte.

Ihr Lächeln löste bei Lott eine gewisse Verwegenheit aus.

»Trinken wir einen Kaffee zusammen?«, fragte er deshalb.

»Bei Ihnen oder bei mir?«, fragte Frieda Rampf schlagfertig zurück.

Lott errötete. Dann wurde auch er schlagfertig und konterte: »Sagen wir auf neutralem Terrain.«

»Feigling«, hauchte Frieda und fragte, gespielt flehend: »Wann?«

»Sobald ich aus Ulm zurück bin«, versprach Lott, küsste einen seiner Finger und drückte diesen flüchtig auf Frieda

Rampfs Lippen. Dann nahm er die letzte Treppenfolge, diesmal wirklich hüpfend, und pfiff die Melodie von *54, 74, 90, 2006,* was ihm im nächsten Augenblick aber schon wieder peinlich war.

Auf dem Hof knallte ihm die Sonne ins Gesicht. Er ging zu seinem Wagen, setzte sich die Sonnenbrille auf und entschied sich, trotz der Dringlichkeit, gegen die Autobahn und folglich für die B 28 über Urach, Feldstetten, Blaubeuren.

Der Fall war ohne Zweifel reizvoll. Lott dachte an Bobo Müller und dass er es für unwahrscheinlich hielt, dass er diese Frau ermordet hatte. Er kannte doch seinen Kollegen. Gutmütig war der und hilfsbereit. Gewiss, ein Fanatiker, was den Fußball betraf, reizbar in dieser Sache, aber niemals berechnend. Aber dann räumte Lott ein, dass ein Mensch sich auch ändern kann, manchmal von einem Tag auf den anderen. Durch irgendeinen Vorfall, ein Erlebnis, das einem den Charakter auf den Kopf stellt.

Lott schaltete das Radio ein. Wolfgang Petry sang *Wahnsinn. Warum schickst du mich in die Hölle.* Das fragte sich Lott jetzt auch, dennoch schaltete er das Radio gleich wieder aus. Er durfte sich jetzt durch nichts ablenken lassen, musste an den Fall denken. Aber was wusste er denn schon. Seine Ermittlung hatte ja noch nicht einmal begonnen und er hatte wenig Kenntnisse darüber, wie weit die Ermittlung der Kollegen schon vorangeschritten war.

Lott hatte ein unbehagliches Gefühl, wenn er daran dachte, mit den alten Kollegen wieder zusammenarbeiten zu müssen. Zwar war alles im besten Einvernehmen zu Ende gegangen. Eine Trennung ohne Schmerz, aber auch ohne Bedauern. Nur der Schwegler hatte ihn dabei umarmt und Brauchle rief ihn eine Zeitlang noch regelmäßig in Tübingen an. Mollenkopf, der Staatsanwalt, und Christoph Lander, der Polizeichef, hatten ihm gratuliert. Tübingen war schließlich ein Karrieresprung. Aber nun kam er wieder. Wurde denen vor die Nase gesetzt, denen die Ermittlung bereits anvertraut worden war.

Die Burgruine Hohenurach tauchte auf und Lott schaltete nun doch das Radio ein. Die Jagd auf Bruno wurde vertagt, weil ein Jagdpächter dem Bärensuchtrupp die Durchquerung seines Jagdgebietes verweigert hatte. Lott wartete auf Musik. Aber es kam nur ein Interview mit einem Physiotherapeuten aus dem medizinischen Lager der Nationalmannschaft, der den Zustand von Ballacks Wade zuversichtlich erläuterte. Lott schaltete das Radio aus, fuhr auf einen Parkplatz und rief Elli an.

»Ich bin auf dem Weg nach Ulm«, sagte Lott. Und berichtete.

»Ich habe so etwas geahnt«, sagte Elli.

»Und befürchtet«, ergänzte Lott.

Und versuchte zu erklären: »Es ist auch eine Herausforderung.«

»Pass auf deine Hüfte auf.«

»Bis heute Abend«, sagte Lott und legte auf.

Lott wusste freilich, dass es ab jetzt keine geregelte Arbeitszeit mehr für ihn geben würde. Wann er nach Hause konnte, hing ganz davon ab, wie die Ermittlung verlief. Notfalls konnte er auch bei Brauchle übernachten oder im Hotel.

Er fuhr jetzt durch Feldstetten und dachte an die Zeit, als sie noch in Ulm gewohnt hatten und im Winter gelegentlich nach Urach ins Thermalbad gefahren waren. In Feldstetten waren die Schneemassen immer derart groß gewesen, dass sie an den Straßenrändern aufgetürmt wurden. Jetzt brannte die Sonne herab. Er spürte, dass sein Rücken bereits nassgeschwitzt war.

Beim Autofahren dachte Lott gerne an die Vergangenheit. Da kamen ihm Bilder, in denen er sich ausruhen konnte. Wie auf einem Sofa eben. Alles Gewesene konnte einem nicht mehr genommen werden, darin lag wohl das Beruhigende. Das gelebte Leben. Ein Fotoalbum im Kopf. Ein Film ohne Überraschungen. Wenn er jetzt stürbe, so dachte Lott, würde in diesen Film eine unangebrachte Spannung kommen.

Darauf konnte er wirklich verzichten. Außerdem hatte er einen Fall zu lösen.

Und nun tauchte in der Ferne auch noch der Münsterturm auf. Schemenhaft flirrend, doch plötzlich wieder blanke Gegenwart.

8

Eberhard Dietrich, der Geschäftsführer des Gesamtvereins, hatte eine Krisensitzung angesetzt, weil Dieter Hirzel, der Abteilungsleiter der Fußballabteilung, dringend darum gebeten hatte.

Der Anlass war offensichtlich: Kathrin Freudenberg war ermordet worden und der Verein stand seit zwei Tagen ohne Präsidentin da. Nun galt es, rasch erste Maßnahmen zu ergreifen.

Zudem musste man sich einig werden, in welcher Form der Verein sein Beileid ausdrücken wollte. Sollte man die Kranzspenden den einzelnen Abteilungen überlassen? Oder war dies doch eine Aufgabe, welche das Präsidium im Namen des Gesamtvereins übernehmen sollte? Außerdem musste man über Inhalt und Größe der Todesanzeigen in den regionalen Blättern beraten. Und ganz wichtig war: Wer sollte am Grabe sprechen? Und: Wie lange sollten diese Reden im Einzelnen sein? Sollte jeder Abteilung ein Abschiedswort zugestanden werden oder sollte nur einer im Namen aller eine große Grabrede halten?

Es gab also einiges, was Präsidiumsmitglieder, Abteilungsleiter, Turn- und Kassenwarte und Beisitzer beraten und beschließen mussten.

Was Dieter Hirzel aber viel mehr unter den Nägeln brannte, war eine ganz andere Sache. Sie war zunächst nur für wenige Ohren bestimmt, weshalb er den Geschäftsführer gebeten hatte, dass vor der eigentlichen Krisensitzung mit dem Gesamtverein die Fußballverantwortlichen zusammenkommen sollten.

Er wollte Peter Keckeisen, im Beruf Allianzvertreter, dabeihaben und das Vorstandsmitglied Dr. Walter Maus, Chirurg im Bundeswehrkrankenhaus. Der Trainer Markus Bangemann war nur telefonisch zu erreichen gewesen, mit ihm konnte man erst kurz vor Trainingsbeginn für die neue Saison rechnen. Und der war auf den 1. Juli, 10 Uhr, angesetzt.

Andere kamen für eine Interimslösung ohnehin nicht in Frage. Mit ihnen musste man reden und einig werden, um den Ulmer Fußball vor dem weiteren Abrutsch zu bewahren. Und zwar sofort und ohne die anderen Abteilungsleiter, Präsidiumsmitglieder, Turn- und Kassenwarte. Es ging schließlich um Fußball. Den Boxern und Leichtathleten, Ringern und Schwimmern, den Volleyballdamen und Hockeyherren, denen würde man früh genug eine neue Präsidentin oder einen neuen Präsidenten zur Wahl anbieten.

Der Fußball war das Prestigeobjekt, an dem ein Verein gemessen wurde. Was zählte schon ein Hürdenläufer, der sich unter den ersten acht in einer deutschen Meisterschaft platzieren konnte. Wer schaute schon einem Hockeyspiel am Sonntagmorgen zu oder fieberte mit den Volleyballdamen einem Satzgewinn entgegen. Der Fußball war das Aushängeschild eines Vereins. Ein Jahr lang war Ulm im Fußballhimmel gewesen, ein Jahr lang spielte man in der Ersten Fußballbundesliga. Die Heimspiele waren immer ausverkauft. Immer 23 500 Zuschauer. Na also!

Das Ziel für die kommende Saison musste im Auge behalten werden. Es war die letzte Chance, nicht für Jahre in den Grauzonen der Oberliga zu versauern. Ein Aufstieg in die Regionalliga hatte, angesichts der Dritten Profiliga, die in zwei Jahren gestartet werden sollte, alleroberste Priorität. Denn käme man nach einem Aufstieg in die Regionalliga in der ersten Saison gleich unter die ersten acht, so wäre man auf Anhieb in dieser neugeschaffenen Profiliga.

Es gab aber noch einen anderen Grund, weshalb gerade diese vier Männer sich untereinander absprechen mussten. Der Grund war Bobo Müller, ihr Fan-Beauftragter. Er hatte vor Wochen schon einen Verdacht geäußert, dem man nachgehen musste. Seit Bobo unter Mordverdacht stand, mehr denn je.

Laut Bobo waren mehrere Spiele im Laufe der letzten Saison verschoben worden. Und Kathrin Freudenberg hatte damit zu tun. Bobo hatte ihr Verbindungen zur Reutlinger Eintracht unterstellt. Dass sie sich auch mit Oberlander vom WFV, dem württembergischen Fußballverband, mehr als nur in der Funktion der Vereinspräsidentin verstand, war ein offenes Geheimnis. Ein Umstand, der die Ulmer Spatzen, wie man die Fußballer hier nannte, verärgerte. Sie waren auf Oberlander alles andere als gut zu sprechen. Der Punkteabzug wegen des verwaschenen Stempels auf dem Spielerpass eines Ulmer Spielers war ein Witz gewesen und ein noch größerer Witz war, dass dem Einspruch erst stattgegeben wurde, als der Aufstieg und die Meisterschaft bereits in den Händen der Reutlinger war.

Fragwürdige Schiedsrichterentscheidungen hatten darüber hinaus die Saison begleitet. Und immer ging's gegen die Spatzen. Lachhafte Entscheidungen, hohntriefende. Man denke nur an das Nöttinger Spiel vor eigenem Publikum. Wie viel musste man einem Schiedsrichter zahlen, damit aus dem Handspiel eines Nöttingers ein Ulmer Handspiel wurde? Noch dazu im eigenen Strafraum – mit Elfmeterentscheid und Platzverweis.

Die Ulmer sollten nicht aufsteigen, und Kathrin Freudenberg hatte damit zu tun.

Ein Stürmer, der sechzehn Tore in der Vorrunde schießt und dann überhaupt nicht mehr trifft, ist das normal? Ein Stürmer wohlgemerkt, der bereits seit der Winterpause einen Vertrag mit einem Ligakonkurrenten in der Tasche hat.

Wenn Bobo das ans Licht gebracht hätte, wäre es aus mit der Ära Freudenberg gewesen. Und Bobo hatte von Beweisen gesprochen. Jetzt aber stand er unter Mordverdacht. Wie sollte der Verein sich verhalten, wie die Fußballabteilung?

Peter Keckeisen, Dr. Walter Maus, Dieter Hirzel und Eberhard Dietrich saßen also in der Vereins-Gaststätte zusammen. Es war Montag, der 12. Juni, später Nachmittag. Außer ihnen und dem Wirt war niemand in der Gaststätte. Die Gäste saßen auf der Terrasse und verfolgten eher gelangweilt die Vorberichte zum Spiel USA – Tschechien.

Von der Tennisanlage wehte das Geräusch der Ballmaschine herüber und hin und wieder der Klang eines Tennisschlages, begleitet von der Stimme des Trainers, der seinen jungen Schützling lautstark korrigierte.

Eberhard Dietrich begann umständlich diese nichtoffizielle Sitzung, die er in seinen einführenden Worten auch so nannte, nachdem er die Anwesenden zuvor eher offiziell begrüßt hatte.

»Kathrin ist tot«, fiel ihm deshalb Peter Keckeisen ins Wort und bestand auf einer sofort einzulegenden Gedenkminute.

Keckeisen sagte eigentlich immer das, was er eigentlich nicht sagen wollte, und ließ das die Anwesenden auch wissen, und zwar in dem Augenblick, als er bereits gesagt hatte, was er eigentlich nicht hatte sagen wollen. Diesmal aber war er mit seinem Vorschlag im Reinen.

Dr. Walter Maus nickte und schaute beleidigt in die Runde. In dieser Minute des Gedenkens trauerte er nicht um Kathrin. Er war beleidigt. Beleidigt, weil jemand sie ermordet hatte. Beleidigt sein war seine Grundstimmung. Und das immer. Er war beleidigt wegen Gott und der Welt und wegen jedem Blinddarm, den er entfernen musste.

Nach dieser Gedenkminute aber hielt Dieter Hirzel nicht länger hinterm Berg und ließ frei heraus, was ihm unter den Nägeln brannte.

»Bei allem Respekt vor dem, was passiert ist«, begann er, legte eine kurze, dramaturgische Pause ein und fuhr dann fort: »Aber wir müssen uns jetzt die Frage stellen, wie weit Kathrins Richtlinie, was die Fußballabteilung betrifft, noch Gültigkeit hat.«

»Solange das Amt nicht neu besetzt wird, bleibt alles, wie es ist«, antwortete der Geschäftsführer.

»Aber die neue Saison steht vor der Tür«, gab der Abteilungsleiter zu bedenken, »und Bangemann hat einige Wunschkandidaten, die mit Kathrins Budgetvorstellungen nicht realisierbar sind.«

»Der Trainer muss eben mehr auf den Nachwuchs setzen«, sagte Dietrich.

»Das reicht nicht, nicht für den Aufstieg«, meinte Dr. Maus.

»Ich denke, wir sollten erst einmal klären, was wir mit Bobos angeblichen Beweisen machen sollen«, lenkte Eberhard Dietrich das Gespräch in eine andere Richtung.

»Sollten wir nicht die Ermittlungen der Polizei abwarten?«, fragte Keckeisen.

»Wir müssten eher dafür sorgen, dass die Polizei auch in dieser Richtung ermittelt«, meinte Dieter Hirzel und wollte dann gleich wieder das Gespräch auf mögliche Spielerkäufe lenken.

Doch der Geschäftsführer ging nicht darauf ein. »Wir müssen erst die Wahl abwarten«, sagte er.

Und Peter Keckeisen schlug vor: »Stell du dich doch als Kandidat zur Verfügung!«

»Mein Posten genügt mir«, wehrte Hirzel ab. »Früher oder später muss die Fußballabteilung ohnehin vom Gesamtverein getrennt werden.«

»Nicht solange wir in der Oberliga spielen«, sagte Dietrich und lächelte mitleidig.

»Solange wir in der Oberliga spielen, profitieren wir vom Gesamtverein, ab der Zweiten Bundesliga profitiert der Gesamtverein von uns. Und dann ist es an der Zeit, sich zu lösen«, meinte Keckeisen.

»Ich sehe schwarz für die Zukunft des Ulmer Fußball«, lamentierte Hirzel.

»Dann stell ich mich halt zur Wahl«, sagte Dr. Walter Maus und schaute beleidigt in die Runde.

9

Als Lott im Neuen Bau eintraf, fand er die alten Kollegen im Besprechungszimmer des Polizeichefs vor.

Christoph Lander begrüßte ihn eine Spur zu überschwänglich. Staatsanwalt Mollenkopf sagte. »Schön, dass man Sie geschickt hat, das war auch mein ausdrücklicher Wunsch.«

Lott drückte jedem die Hand. Zuletzt Brauchle.

»So sieht man sich wieder, Max«, sagte er.

Brauchle lächelte gequält. Man sah ihm an, dass Lotts Rückkehr ihn nicht gerade fröhlich stimmte. Schließlich hatte man ihn mit der Leitung dieser Soko betraut. Nun setzte man ihm Lott vor die Nase. Und nur weil Bobo ...

»Max, mir zwoi schaffad des«, unterbrach Lott Brauchles Enttäuschungsgedanken, packte ihn dabei an beiden Schultern und drückte ihn kumpelhaft.

»Trausch du mir des zu?«, fragte Brauchle skeptisch.

»Wem sonst?«, versuchte Lott den alten Kollegen aufzumuntern.

»Brauchsch dich aber mit deim Schwäbisch net eischmoichla. Kannsch es sowieso net«, bruddelte Brauchle, schon wieder versöhnlicher.

Mollenkopf unterbrach die Unterhaltung.

»Auf Grund der Ereignisse, ich spreche von unserem in Verdacht geratenen Kollegen Müller, blieb mir rechtlich keine andere Wahl, als die Leitung der Soko an das Sonderdezernat weiterzugeben. Zum Glück hat die Landespolizei meinem Wunsch, uns Klaus Lott zu schicken, entsprochen. So darf ich unseren ehemaligen Kollegen im Namen aller herzlich begrüßen.«

Die Kollegen reagierten mit höflichem Beifall, Lott nickte ihnen zu. Und der Staatsanwalt fuhr fort: »Klaus Lott wird die Soko besetzen sowie die Logistik erstellen, ob außerplanmäßige Gelder beantragt werden müssen und so weiter. Die

Soko braucht zudem einen neuen Namen, Soko Ulm passt ja nun, da der Kollege in Tübinger Diensten steht, nicht mehr. Ich freue mich also, Herr Lott, dass Sie hier sind.«

Wieder klatschten die Kollegen, diesmal heftiger, und Lott wurde ein wenig verlegen. Und er hob zu einer kleinen Rede an:

»Den Kriminalroman, den ihr mir zu meinem Abschied geschenkt habt, den hab ich inzwischen gelesen. Er handelt unter anderem von einem ermittelnden Hauptkommissar, der, obwohl krankgeschrieben, auf eigene Kosten nach Paris fährt, um dort nach einer Zeugin in einem weit zurückliegenden und bereits abgelegten Fall, Fahrerflucht nach Unfall mit Todesfolge, zu suchen. Nehmt euch den Arbeitseifer dieses Hauptkommissars zum Vorbild, dann müssen wir keine außerplanmäßigen Gelder beantragen, außerdem ist der Fall dann schnellstens gelöst und ihr habt mich wieder los.«

Die Kollegen lachten. Lott hatte das dünne Eis gebrochen. Dann bat er zu einer ersten Besprechung.

Plötzlich öffnete sich die Tür und Petra Mai trat ein.

»Bist du wieder der Chef?«, fragte sie, ging schnurstracks auf Klaus Lott zu und reichte ihm die Hand.

»Auf Zeit«, beruhigte sie Lott.

Dann umarmten sie sich. Die Umarmung war höflich, aber nicht herzlich. Klaus Lott und Petra Mai, das war schon immer eine nur dem Zweck dienende Symbiose gewesen. Da hatten nicht zwei Menschen, da hatten zwei Welten miteinander konkurriert. Doch am Ende hatte es ihre Ermittlungsarbeit stets vorangetrieben.

Auch im Privaten waren sie so verschieden, wie man nur sein kann. Lott war ein Familienmensch, Petra Mai das genaue Gegenteil. Frei und ungebunden, ein Single aus Überzeugung. Und doch, erinnerte sich Lott, einmal waren er und Petra sogar intim miteinander geworden, nach einer hitzigen Diskussion über das Für und Wider einer Observation. Als wäre diesem aufgestauten Gegeneinander nur noch so Herr zu werden, hatten sie sich aufeinander gestürzt und leidenschaftlich ihre Emotionen entladen. Danach war es beiden peinlich gewesen. Und es war zunehmend zu unkreativen Streitereien gekommen, die im Persönlichen ankerten und nicht mehr der Sache dienten. Erst als Lotts Weggang beschlossene Sache war, wurden die eigenen Standpunkte nicht mehr wie uneinnehmbare Festungen verteidigt.

»Bist du bei der Ermittlung dabei?«, fragte Lott.

»Bis jetzt, ja«, antwortete Petra und blickte ihn forschend an.

»Dann kommst du zur ersten Besprechung gerade recht.«

Sie setzte sich zu den anderen an den Konferenztisch, und Lott begann: »Was wissen wir bisher über die Tat? Wie weit ist die Ermittlung bereits vorangeschritten? Gibt es außer unserem Bobo noch andere, die für diese Tat in Frage kommen? Was ist, zum Beispiel, mit dem Ehemann?«

»Freudenberg stand zur Tatzeit in Regensburg auf der Freilichtbühne und hat in *Maske in Blau* gespielt«, berichtete Petra Mai.

»Wusste gar nicht, dass der auch singen kann«, wunderte sich Lott.

»Was heißt auch? Was kann er denn sonst? Theaterspielen etwa?«

Ilona Raab, die eine begeisterte Theatergängerin war, konnte sich diesen Kommentar nicht verkneifen. Ilona war die jüngste im Team. Ein Schöngeist. Eigentlich hier fehl am Platz, wie Lott früher meinte, doch Ilona hatte eben mehrere Seiten. Das zeigte sich auch an ihrer Haarfarbe. Mal war sie blond, mal schwarz und seit neuestem hennarot.

Harald Lohner fasste seine Notizen zusammen: »Kathrin Freudenberg wurde mit drei Schüssen getötet, zwei Steckschüsse, ein Durchschuss. Alle drei in die Brust, einer direkt ins Herz. Kaliber 9 mm. Die Waffe ist nicht registriert. Vermutlich stammt sie aus dem ehemaligen Jugoslawien. Der Fundort der Leiche: im Rechen des Kraftwerks Steinhäule, mit Sicherheit aber sind Fundort und Tatort nicht identisch.«

»Wir wissen also noch nicht, wo Kathrin Freudenberg ermordet wurde«, konstatierte Lott und fragte: »Gibt es Hinweise aus der Bevölkerung?«

»Fehlanzeige«, sagte Ilona.

»Hat man das Donauufer nach Spuren abgesucht?«

»Ohne Erfolg«, sagte Lohner.

»Ist unser Hauptverdächtiger in U-Haft?«, fragte Lott.

»Awa«, wehrte Brauchle ab, »der hockt drhoim.«

Lott schmunzelte.

»Er wartet drauf, dass du den Mörder findesch.«

»Wir«, korrigierte ihn Lott.

»Fehlt bloß no dr Name für d' Soko«, grinste Brauchle.

»Später«, vertröstete ihn Lott.

Das Telefon klingelte. Petra nahm ab.

»Sie haben den Wagen von Kathrin Freudenberg gefunden.«

»Wo?«

»Auf einem Wanderparkplatz bei Harthausen. Der Beamte hat außerdem deutliche Blutspuren auf dem Fahrersitz entdeckt.«

Lott übernahm das Gespräch und gab erste Instruktionen.

Er veranlasste, dass die Absperrmaßnahmen, die der Sicherung des Tatortbefundes dienen, weiträumig durchgeführt wurden.

Dann gab er Petra Mai den Telefonhörer zurück.

»Also, nichts wie hin«, sagte Lott und orderte: »Wir brauchen die Spurensicherung. Das ganze Programm.«

»Was des wieder koschtet«, sagte Brauchle und grinste.

»Und bitte die Einsatzfahrzeuge außerhalb des Absperrbereichs abstellen.« Lott bläute ihnen seine Checkliste ein und sprach wie aus dem Lehrbuch, sprach wie mit den Studenten der Polizeihochschule, wo er ein paar Mal im Jahr Vorlesungen hielt.

Unkontrollierte Personen, unkontrolliertes Verbringen von Sachen aus dem Tatortbereich, störendes Einwirken auf

Spuren oder andere Beweismittel sowie Veränderungen des Tatorts galt es auszuschließen. Wie oft war es vorgekommen, dass die eigenen Beamten für die Vernichtung von Spuren verantwortlich waren.

Obwohl er wusste, dass sowohl Brauchle als auch Petra Mai und Lohner zuverlässige und achtsame Ermittler waren, konnte er es nicht lassen, schullehrerhaft die Regeln der Tatortsicherung von sich zu geben: Unmittelbaren Tatort nach Möglichkeit nicht betreten. Nichts verändern. Nichts unnötig anfassen. Nicht rauchen. Nichts fortwerfen. Veränderungen notieren. Eigene Spuren markieren. Unbefugte, auch Angehörige, Betroffene und nicht zuständige Vorgesetzte vom Tatort fern halten.

»Wissen wir doch alles«, bemerkte Petra Mai.

»Dann ist ja alles klar«, sagte Lott und entließ die Kollegen in ihre Dienstfahrzeuge, stieg danach selbst in seinen Golf und fuhr los.

Brauchle war wie gewohnt zu Petra Mai in den Wagen gestiegen.

»Sind wir Deppen?«, empfing sie ihn.

Brauchle zuckte mit den Achseln.

»Zumindest behandelt er uns so«, zischte Petra und setzte Blaulicht.

Das Einsatzkommando war nun unterwegs zum Wanderparkplatz, auf dem Kathrin Freudenbergs Wagen gefunden wurde. Der vermutliche Tatort war, zu Lotts Zufriedenheit, weiträumig gesichert worden.

»Mit wem habe ich telefoniert?«, fragte Lott den Beamten, der sich für die Absicherung des vermutlichen Tatorts verantwortlich zeigte.

»Dr Huber isch gschwend hoim«, sagte der Beamte in Uniform.

»Wie bitte?« Lott glaubte, sich verhört zu haben.

»Ist Ihrem Kollegen denn nicht klar, dass der als Erster am Tatort eingetroffene Polizeibeamte als Auskunftsperson benötigt wird und sich am Tatort zur Verfügung zu halten hat?«

»Seine Schicht wäre sowieso rum, hat er gmoint, aber er kommt trotzdem wieder. Er muss bloß sei Jonga gschwend von dr Singstund abholen.«

Wütend wandte Lott sich ab. Aber dann fragte er sich, was der Beamte ihm hätte groß mitteilen können. Dass der Wagen der Toten gefunden wurde, war ein Ergebnis, auf das man bauen konnte. Jetzt war die Arbeit der Spurensicherung gefragt. Ilona Raab hielt alle Informationen durch Tonaufzeichnungen fest. Lohner fotografierte.

Noch bevor Kathrin Freudenbergs Wagen zur genauen Untersuchung weggebracht wurde, war klar, dass der Mord hier verübt worden war. Es gab jede Menge Spuren. Und eine davon würde zum Täter führen. Davon war zumindest Lohner überzeugt.

10

Die Konferenz der Soko, die noch keinen Namen hatte, war für neun Uhr anberaumt worden.

Lott war am Montagabend, nachdem er vergeblich versucht hatte, Severin Freudenberg zu erreichen, nach Hause gefahren.

Die Ergebnisse mussten ohnehin erst ausgewertet werden, denn erst, wenn sie vorlagen, war ein gezieltes Handeln möglich.

Brauchle hatte Lott angeboten, dass er jederzeit bei ihm übernachten könne. Lott hatte deshalb einen kleinen Koffer mit dem Nötigsten gepackt.

Am Morgen war er früher als geplant losgefahren. Er war früh aufgewacht und konnte nicht mehr schlafen. Die Hüfte schmerzte, egal auf welcher Seite er lag.

Elli sagte: »Du hast dir gestern zu viel zugemutet.«

Am liebsten hätte sie ihm gesagt: Lass dich krankschreiben. Aber da sie seine Antwort kannte, ließ sie es bleiben.

Sie stand um sechs Uhr mit ihm auf und kochte Tee, machte Frühstück für beide, brachte aber selbst noch keinen Bissen runter.

Um sieben Uhr fuhr Lott los, wieder über den Landweg.

Eine Hochdruckzone sorgt für trockene und warme Luft, versprach das Wetteramt. Es bleibt sonnig und wird mit 27 bis 33 Grad noch etwas wärmer.

Auch von Bruno gab es Neues: Experten der Umweltstiftung WWF hatten versucht, Bruno mit einer Spezialfalle zu fangen. Doch weil Bruno nie an den Ort seiner Taten zurückkehrte, blieb die überdimensionale Aluminiumröhre leer.

Die Hoffnung ruht jetzt wieder auf den finnischen Elchhunden, hieß es, die, sobald sie nahe genug an den Bär kommen, von der Leine genommen werden, um ihn zu stellen. Während die Hunde den Bären ablenken, will ein Wiener Professor für Wildtiermedizin und Artenschutz ihn mit einem Narkosegewehr betäuben.

Weidmannsheil, dachte Lott und schaltete das Radio aus.

Kurz vor halb neun war er in Ulm, geriet aber unmittelbar vor dem Neuen Bau in einen Stau, der von der Baustelle Neue Straße, wo unter anderem die Sparkasse ihren neuen Beton-Glas-Bau errichtete, verursacht worden war.

Mehrere dieser Hochbauten waren bereits vor Monaten gepflanzt worden, zwischen Münster und Fischerviertel. Blickverderber wurden sie in der Bevölkerung genannt, weil sie das Münster von der Donauseite her verdeckten. Andere hielten das, was da am Entstehen war, für ein architektonisches Ereignis. Lott wiederum dachte, dass die Architektur einer Epoche immer auch ihre gesellschaftliche und soziale Struktur widerspiegelte.

Wir wollen unseren Kunden einen angemessenen Rahmen für unsere Beratungstätigkeit bieten, ließ die Sparkasse kurz vor Baubeginn verlauten. Der lag jetzt schon mehr als zwei Jahre zurück, und einige der ansässigen Läden hatten diese Baustelle nicht überlebt. Lott fragte sich, ob diese so aufwendige Dekoration für Geschäftsgespräche notwendig war.

Jemandem, der um einen Kredit nachsucht, von dem vielleicht seine Existenz abhängt, dürfte die gute Aussicht aus den Prachtbüros der Sparkasse ziemlich gleichgültig sein.

Als er angekommen war, ging er auch heute, wie in früheren Zeiten, zur Datenstation. Am Computer saß eine Frau, die er noch nicht kannte. Sie hatte dunkle Locken und trug eine Brille. Und sie hatte Ähnlichkeit mit Bärbel Röser, seiner Freundin aus Grundschulzeiten. Genauer gesagt: Es war eine vergilbte Version von ihr. Sie stand auf, ging auf Lott zu und streckte ihm die Hand entgegen: »Lina Bausch«.

»Lott«, sagte Lott und lächelte. Dann ließ er sich die aktuellen Polizeiberichte geben: Drei Tote bei Familiendrama, las er. In Göppingen hat ein 70-Jähriger seinen 20 Jahre alten Sohn und seine 44-jährige Ehefrau erschossen und sich anschließend selbst getötet.

Eine 36-Jährige aus Bühl ist an den Folgen einer Messerattacke durch ihren Ehemann gestorben. Die Frau erlag ihren schweren Bauchverletzungen. Gegen den 56 Jahre alten Ehemann wurde Haftbefehl wegen Totschlags erlassen. Er war bei der Tat betrunken gewesen.

Alles Fälle, dachte Lott, die von den Tätern selbst gelöst werden. Er las noch die neuen Fahndungsberichte, dann ging er in den Konferenzraum.

Lohner und Mai warteten bereits. Brauchle, Ilona Raab und Christoph Lander, der Polizeichef, trafen nach Lott ein.

Lohner hatte die Ergebnisse vor sich liegen und brannte förmlich darauf, sie weiterzugeben. Lott zögerte deshalb nicht lange und ließ ihn loslegen.

»Das Blut stammt eindeutig von der Ermordeten«, begann Lohner seinen Bericht. »Und zweifelsfrei ist dies auch der Tatort. Frau Freudenberg wurde auf dem Fahrersitz in ihrem Wagen getötet. Es gibt Reifenspuren am Tatort, die nicht mit dem Wagen des Opfers identisch sind. Die Reifen sind fabrikneu. Es gibt außerdem eine Schleifspur, die vom Wagen des Opfers bis zu den noch nicht identifizierten Reifenspuren führen. Im Wagen der Freudenberg wurde ihre

Handtasche mit folgendem Inhalt gefunden: Lippenstift. Deostick. Eine Geldbörse mit EC-Karte und wenigen Münzen, fast nur Zehn- und Fünfcentstücke drin, außerdem ein Taschenmondkalender und ein unbeschrifteter brauner DIN-A-4-Briefumschlag. Der Umschlag, der im Übrigen nicht zugeklebt war, enthält folgendes Schriftstück.«

Lohner reichte nun den Brief herum. Absender war, wie der Briefkopf verriet, der Württembergische Fußballverband.

Brief und Umschlag steckten in einer Plastikfolie. Lohner hatte den Brief für die Ermittlungsarbeit kopiert und las ihn laut vor:

Sehr geehrte Frau Freudenberg,
wir bedanken uns herzlich für Ihre Mitarbeit
Anbei erhalten Sie das vereinbarte Honorar.
Mit freundlichen Grüßen
Walter Oberlander

»Gibt es verwertbare Fingerabdrücke?«, fragte Lott.

»Es gibt jede Menge Fingerabdrücke«, antwortete Lohner, fast triumphierend, als wäre das sein Verdienst, dämpfte aber im nächsten Augenblick die Erwartung seiner Kollegen, indem er sie darüber aufklärte, dass keiner der Fingerabdrücke in den Afis-Datenbanken des BKA gespeichert sei.

»Leider haben wir derzeit noch kein vorhandenes Vergleichsmaterial«, räumte er bedauernd ein. Doch war er sich sicher, dass das Schriftstück des WFV sie auf eine ganz heiße Spur führen würde.

»So sehe ich das auch«, stimmte ihm Christoph Lander zu. »Und ich meine sogar, dass wir der Aufklärung des Falles schon ein gutes Stück nähergekommen sind. Unser Polizeisprecher darf doch die Ergebnisse der Presse vorlegen?«

»Aber sagen Se nix von dem Brief«, meinte Brauchle.

»Der Brief könnte aber eine Spur sein, bei der uns jemand auf die Sprünge helfen könnte«, sagte Ilona Raab.

»Oder auch net«, widersprach ihr Brauchle. »Ich möcht amol wissa, was dr WFV mit dem Mord zum doa hot?«

Lott wusste, dass der Fußball für Brauchle eine heilige Kuh war und ein offizieller Verband für ihn so etwas wie Immunität besaß. Was das Verschweigen der Details betraf, war Lott jedoch derselben Meinung wie Brauchle. Die Öffentlichkeit sollte davon noch nicht in Kenntnis gesetzt werden, diese Spur musste die Polizei zunächst allein verfolgen.

»Was ich nicht verstehe«, sagte Lohner, »warum hat der Täter sein Opfer weggeschleppt und in die Donau geworfen? Warum hat er sie nicht einfach im Wagen gelassen?«

»Er wollte sichergehen, dass sie wirklich tot ist«, warf Petra ein.

»Nach drei gezielten Schüssen in die Brust musste er sicher sein«, widersprach Lohner.

Lott wusste auch keine Antwort darauf, was den Täter zu dieser anscheinend unsinnigen Handlung veranlasst haben könnte, und schwieg deshalb. Stattdessen fand er es an der Zeit, die Aufgaben zu verteilen.

Lohner sollte sich näher mit der Herkunft des Schriftstücks befassen, Brauchle und Petra die Anwohner in Harthausen befragen, ob ihnen zum Zeitpunkt des Mordes etwas Ungewöhnliches aufgefallen sei. Ein fremdes Auto, auffällige Personen, ob Schüsse gehört wurden und so weiter.

»Was ist mit dem Ehemann und dem Sohn?«, fragte Lott.

»Beide haben ein Alibi, wir haben deshalb nur kondoliert und gesagt, dass wir uns wieder melden würden, wenn die Leiche freigegeben wird«, berichtete Petra.

»Wurden die Alibis überprüft?«

»Nein«, gab Brauchle zu.

»Und warum nicht?«, bohrte Lott weiter.

»Weil er in Regensburg Theater g'spielt hat.«

»Ich möchte, dass beide, Vater und Sohn, möglichst umgehend ins Präsidium kommen. Außerdem recherchiert ihr die Vermögensverhältnisse, Ehevertrag, Erbbegünstigter usw.«, instruierte Lott und bat Ilona Raab, dies zu übernehmen. Frau Bausch kann dich dabei unterstützen«, fügte er hinzu.

Frau Bausch war, wie Lott jetzt erfuhr, eine Verwaltungsangestellte, die vom Landratsamt zu ihnen gewechselt war. Sie hatte den überwiegenden Anteil an Büroarbeit zu erledigen, übernahm Aufgaben der Datenstation und machte Telefondienst.

»Außerdem müssen die Hunde noch einmal ans Donauufer. Es wird jetzt einfacher für sie sein, die Stelle zu finden, an der das Opfer ins Wasser geworfen wurde. Ich will jetzt erst mit Bobo sprechen.«

»Haben wir doch bereits gemacht«, warf Petra Mai ein und schaute dabei zu Brauchle, der ihr bestätigend zunickte.

»Du hast den Bericht doch vorliegen!«

»Trotzdem«, sagte Lott.

»Was soll ich nun der Presse sagen?«, fragte der Polizeichef.

»'s Gleiche wie immer«, grinste Brauchle.

Und Christoph Lander formulierte: »Unsere Ermittlungen laufen derzeit in verschiedene Richtungen. Etwas Konkretes können wir aber in dieser Phase der Ermittlungen nicht sagen.«

»Genau so«, bestätigte Brauchle, noch immer grinsend, die Standarderklärung des Polizeichefs an die Presse.

Christoph Lander machte Anstalten sich zu verabschieden, sagte aber dann noch: »Heut wird es ruhig bleiben, heute sind keine aufregenden Spiele auf dem Programm. Aber morgen ...«

Er ließ seine halbfertige Bemerkung im Raum stehen und winkte ab, während die andere Hand bereits die Türklinke festhielt.

Lott sagte, nachdem die Ermittlungsgruppe wieder unter sich war: »Wir treffen uns um 18 Uhr hier wieder. Sollte jemand verhindert sein, ich bin auf dem Handy erreichbar.«

Eilfertig machten sich alle auf den Weg. Eilig wollte auch Lott zu seinem ersten Verhör in diesem Fall, aber nachdem er eine Stunde lang auf dem relativ harten Stuhl gesessen hatte, meldete sich seine Hüfte jetzt mit einem stechenden Schmerz. Er musste einen Schrei unterdrücken, sich an der Tischkante festhalten und warten, bis dieser Schmerz sich allmählich wieder zurückbildete. Dann ging er langsam, in Schonhaltung, nach unten zu seinem Wagen. Er stieg ein und fuhr Richtung Türmle.

Dort wohnte Bobo Müller, und Lott war schon ein paar Mal in dessen Wohnung gewesen. Immer mit Uwe Schwegler, der damals noch im Wirtschaftsdezernat arbeitete. Er erinnerte sich jetzt an einen Fall, der so ziemlich alle Dezernate auf Trab gehalten hatte. Den Täter hatten sie dann in Prag gestellt und gemeinsam mit den tschechischen Kollegen dingfest gemacht.

Bobo öffnete gleich nach dem ersten Klingeln. Er freute sich, den alten Kollegen wieder zu sehen. Fast hätte er ihn umarmt, es blieb aber bei einem heftigen Händedruck.

»Setz dich doch, Klaus. Ein Bier?«

Lott winkte ab und bat um ein Wasser. Bobo schlug vor, dass sie auf den Balkon gingen, der momentan noch im Schatten lag.

»Wie weit bist du mit der Ermittlung?«, fragte Bobo und konnte seine Ungeduld nicht verbergen.

»Wir haben den Wagen des Opfers gefunden. Kathrin Freudenberg wurde in ihrem Auto erschossen und dann weggebracht und in die Donau geworfen.«

»Verrückt!«, fuhr es aus Bobo schrill heraus.

»Und das soll ich g'wesen sein?«, driftete Lotts ehemaliger Kollege ins Schwäbische ab. »Dem Brauchle wär's recht. Der isch stinksauer, dass ich ihm in seine Karriere gepfuscht hab.«

Lott versuchte ihn zu beruhigen. Aber Bobo ließ sich nicht bremsen: »Ich bin schuld, dass man dich wieder nach Ulm geholt hat.«

»Ich weiß und ich bin dir auch dankbar dafür«, antwortete Lott ironisch und versuchte weiter beruhigend auf Bobo einzuwirken.

»Als ermittelnder Kommissar dürfte ich es dir ja nicht sagen, aber als Freund sag ich es dir. Ich habe deine Täterschaft von Anfang an für einen Witz gehalten.«

Bobos Gesicht zeigte Erleichterung.

»Weißt du es noch, damals, als wir in Prag den, wie hat der denn noch geheißen ...?«

»Satkowski«, half ihm Lott auf die Sprünge.

»Richtig, Satkowski, als wir den in Prag geschnappt ... Der Uwe, du und ich.«

»Die Prager Kollegen nicht zu vergessen«, warf Lott ein.

»Natürlich, die Prager Kollegen, feine Kerle übrigens.« Bobo kam ins Schwelgen.

In der Erinnerung, dachte Lott, bekommen selbst die Kollegen, die man seinerzeit kaum wahrgenommen hat, nachträglich einen Glanz.

»Was hatte der Satkowski nicht alles auf dem Kerbholz?!« Bobo zählte auf: »Scheckfälschung, Raub, Diebstahl, Erpressung, illegales Glücksspiel, Anstiftung zur Prostitution ...«

»Brandstiftung«, fiel Lott ein.

»Ja, der Satkowski hat damals sämtliche Dezernate beschäftigt.«

Lott, der mittlerweile sein Glas leergetrunken hatte, bat um Nachschub. Bobo ging in die Küche und kam kurze Zeit später mit einer neuen Flasche Mineralwasser zurück.

Bobo, der sich ein Bier mitgebracht hatte, tat aus der Flasche einen kräftigen Schluck und sagte: »Es soll ja noch heißer werden, behauptet der Wetterbericht.«

Lott ließ ein paar Sekunden verstreichen, dann bat er den ehemaligen Kollegen: »Erzähl mir, was an dem Tag vor dem Mord passiert ist.«

Bobo antwortete, wie es später in etwa im Protokoll stehen würde: »Wir saßen beide im selben VIP-Ball. Die Eröffnungsfeier lief gerade. Und irgendwie haben wir uns gegenseitig provoziert. Sie mich mehr als ich sie. Obwohl ich mir sicher bin, dass in der letzten Saison einiges faul war und dass sie damit irgendwie mit drinsteckte, hat sie mir vorgeworfen, dass ich als Fan-Beauftragter versagt hätte.«

»Bei der Toten wurde dieser Brief des Württembergischen Fußballverbandes gefunden«, sagte Lott, holte eine Kopie des Briefes hervor und gab sie dem einstigen Kollegen.

Bobo wurde blass. Seine Augen zuckten. Aufgewühlt betrachtete er den Brief. Dann plötzlich knallte er ihn wie eine Spielkarte, die sticht, auf den Tisch und sagte: »Blödsinn!«

Und fügte kopfschüttelnd hinzu: »Der Brief stammt nie und nimmer vom Verband. Außerdem ist die Unterschrift gefälscht.

»Bist du sicher?«

»Dazu muss man kein Graphologe sein, um das zu checken. Schau doch, viermal hat der Verfasser beim Nachnamen angesetzt. Eine Pfuscharbeit.«

Bobo gab Lott den Brief zurück.

»Oberlander, als ob der so etwas schriftlich macht.«

»Kennst du ihn?«

»Und ob, ein Arschloch durch und durch!«

Lott steckte den Brief weg. Er fragte sich, welchen Grund es für den Täter geben konnte, diese Spur zu legen, und was das sein könnte, worauf er damit aufmerksam machen wollte? Aber warum war Bobo bleich geworden, als er den Brief las?

»Der Brief soll doch wohl andeuten, dass Kathrin Freudenberg für eine Leistung ein Honorar bekommen hat, und das in bar«, folgerte Lott und fragte: »Welche Leistungen werden denn beim Fußballverband in bar abgegolten?«

»Nur Schwarzgeld geht bar über den Tisch, aber ohne Quittung«, brummte Bobo verächtlich und nahm noch einmal einen Schluck aus der Bierflasche.

»Oberlander und Kathrin Freudenberg, glaubst du, es gab da, außerhalb des Administrativen, eine Verbindung?«

»Die Kathrin und die eheliche Treue. Die passen zusammen wie der Teufel und das Weihwasser.«

»Ist das nicht nur ein Gerücht?«

»Das haben nicht nur die Ulmer Spatzen von den Dächern gepfiffen. Aber bitte. Ihre Bettgeschichten sind mir wurscht.«

»Was wirfst du ihr dann konkret vor?«

»Dass sie für den Verein eigentlich untragbar war. Zumindest für die Fußballabteilung. Ihr lagen ganz andere Abteilungen am Herzen. Versehrtensport. Schwangerschafts-Yoga, Turnabende für Infarktgeschädigte und so weiter. Aber für einen Verein wie der unsere ist die Fußballabteilung das Aushängeschild. Da führt kein Weg dran vorbei.«

»Sonst nichts?«

»Sie hat die Fußballabteilung gehasst.«

»Und du liebst deine Fußballabteilung. Das wäre doch ein Mordmotiv.«

»Bin ich für dich jetzt verdächtig?«, fragte Bobo.

»Hauptverdächtig«, sagte Lott und lächelte.

»Dass sie allerdings mit unseren Erzrivalen erotische Beziehungen gepflegt haben soll, das verzeih ich ihr nicht übern Tod hinaus.«

»Das mit der Unterschrift war sehr aufschlussreich. Ich hätte die Fälschung nicht erkannt«, bemerkte Lott und kam damit zu einem wesentlichen Grund seines Besuches zurück.

»Du bist auch nicht im Dezernat für Wirtschaftskriminalität«, wiegelte Bobo ab, »da bekommst du einen Blick für so was.«

Die Stimmung zwischen den ehemaligen Kollegen stimmte, als Lott sich zum Gehen bereit machte. Er drückte Bobo die Hand, um sich zu verabschieden. Bobo hielt Lotts Hand fest.

»Ist noch was?«

»I muss dir …«, stammelte Bobo.

»Was?«, hakte Lott nach.

»Ach nichts«, wehrte Bobo plötzlich ab, ließ Lotts Hand los und sagte: »Bist ein prima Kumpel.«

»Du auch«, sagte Lott und ging. Auf dem Weg zu seinem Wagen hatte er dann plötzlich das Gefühl, dass etwas nicht stimmte. Irgendetwas passte nicht zusammen. Aber er wusste nicht, wo er ansetzen sollte.

Als Lott in seinen Wagen stieg, überfiel ihn ein Schwall heißer, schier unerträglich dämpfiger Luft. Lott öffnete gleich alle Fenster. Das Lenkrad war so heiß geworden, dass er es kaum anfassen konnte.

Er fuhr gleich los, um möglichst schnell in den Genuss des Fahrtwindes zu kommen.

Bald jeder Wagen, der ihm entgegenkam oder der ihn überholte, war mit schwarzrotgoldenen Fähnchen ausgestattet, die im Fahrtwind flatterten.

Lott beobachtete diesen deutschtümelnden Patriotismus mit Unbehagen. Nationalismus hat die Menschen noch nie weitergebracht, dachte er und fuhr geradewegs zum Neuen Bau zurück.

Er ging zu Frau Bausch. Sie hatte Severin Freudenberg für 16 Uhr herbestellt. Den Sohn dagegen hatte sie nicht erreicht.

Ilona hatte sich in der Zwischenzeit über die Vermögensverhältnisse der Freudenbergs kundig gemacht. Und recherchiert, dass in deren Ehevertrag Gütertrennung vereinbart worden war und dass beide Ehegatten als jeweilige Alleinerben eingesetzt waren.

Sämtliche Notizen hatte Lina Bausch zusammengefasst. Sie lagen in dem Aktendeckel, den sie nun Lott übergab, der den Bericht kurz überflog.

»Außerdem haben die Neu-Ulmer Kollegen angerufen«, sagte Frau Bausch. »Ich glaube, es geht um bayrische Amtshilfe. Hier die Nummer, Kommissar Angerer bittet um einen Rückruf.«

Lott ging in sein Büro. Es war ein seltsames Gefühl, wieder an dem Schreibtisch zu sitzen, an dem er eine nicht unerhebliche Zeit seines Lebens verbracht hatte. Er fragte sich, wer den Schreibtisch für ihn hatte räumen müssen. Eigentlich kam nur Brauchle in Frage.

Dann nahm er den Hörer und wählte durch.

»Angerer«, meldete sich eine etwas verschnupfte Stimme.

»Hier Kommissar Lott, guten Tag. Sie hatten angerufen?«

»Ja, es geht um den Mordfall Kathrin Freudenberg. Ihre Leiche wurde doch im Rechen des Kraftwerks geborgen. Wir fragen uns hier natürlich, ob die Leiche von der württembergischen Seite oder von der bayrischen Seite in die Donau geworfen wurde.«

»Und weshalb?«, fragte Lott.

»Weil, wenn sie von der bayrischen Seite in die Donau geworfen wurde, wir grenzüberschreitend ermitteln müssten.«

Sonst noch was, dachte Lott. Und erklärte: »Der Tatort ist aber auf württembergischer Seite.«

»Sicher?«, fragte der Neu-Ulmer Kommissar zurück.

»Todsicher!«

»Dennoch, von wo aus die Leiche entsorgt wurde, ist doch für die Ermittlungskompetenz auch mitentscheidend«, beharrte der Neu-Ulmer Kollege, wenn auch eine Spur kleinlauter.

Lott blieb förmlich die Spucke weg. Hatten die denn keine Arbeit? Waren die jetzt sogar auf die württembergischen Leichen neidisch?

»Unsere Suchhunde klären das im Augenblick«, sagte Lott moderat und versprach einen umgehenden Rückruf bei neuen Erkenntnissen in der Sache. Dann legte er auf und schmunzelte vor sich hin.

Lott wusste, dass es immer schon ein gewisses Konkurrenzdenken zwischen den beiden Donaustädten gegeben hatte. Neu-Ulm, eine graue Maus ohne jedes Charisma, die sich bürgerfreundlich Mühe gab, mit freien Park-Viertelstunden und freiem Eintritt zu vielen kulturellen Veranstaltungen Punkte gut zu machen. Doch konnte wohl nichts über das Schattendasein hinwegtäuschen, das die kleine Schwester im Licht der ehemaligen Reichsstadt führte. Wie hieß es doch so sarkastisch: Das Schönste an Neu-Ulm ist der Blick aufs Ulmer Münster.

Lott musste jetzt erst einmal aufstehen und ein paar Schritte durchs Büro gehen, einmal aus dem Fenster schauen, ganz grundlos, nur um abzuschalten, um sich danach wieder auf den Fall konzentrieren zu können.

Er hatte sich den Tatort genau eingeprägt und versuchte nun zu rekonstruieren, was in der Nacht zum Samstag auf dem Wanderparkplatz bei Harthausen geschehen war.

Kathrin Freudenberg war nicht zufällig dorthin gefahren. Sie hatte sich mit jemandem dort verabredet. Es ging um Geld. Geld, das Kathrin Freudenberg dort in Empfang nehmen wollte. Erpresstes Geld vielleicht. Aber warum hat der Täter die Leiche mitgenommen? Spuren in Kauf genommen, die zu ihm führen mussten. Warum hat er nicht einfach geschossen und ist weitergefahren? Warum hat er die Leiche in die Donau geworfen und sich damit einer weiteren Gefahr entdeckt zu werden ausgesetzt?

Lott starrte vor sich hin und dachte, dass das alles keinen Sinn ergab. Er nahm ein DIN-A4-Blatt, notierte die Namen und Orte, die Bezug zu dem Mordfall hatten; er schrieb sie nicht untereinander, sondern ordnete sie in einer Art Matrix an. Eine Methode der Betriebswirtschaft eigentlich, doch hatte er sie sich für die Ermittlungsarbeit zu eigen gemacht und sie auch bei seiner Gastdozentur an der Polizeihochschule in Villingen-Schwenningen an seine jungen Kollegen weitergegeben.

Jetzt saß er vor dem DIN-A4-Blatt, notierte Namen und Orte, suchte nach Verbindungen und lauerte, ob sich irgendein Motiv aus diesem Verwirrspiel ans Licht wagte. Der Täter wollte von sich ablenken, die Ermittlung in eine falsche Richtung lenken. So weit war Lott in seinen Überlegungen gekommen, als plötzlich die Tür aufging.

Brauchle schaute herein, stammelte ein »Tschuldigung« und sagte: »Hab ganz vergessen, dass des wieder dein Schreibtisch isch.«

»Ich kann mich auch woanders hinsetzen«, antwortete Lott.

»Lass no, der Lander hat's ja so wollen.«

Lott stand auf und ging zum Fenster. Er schaute auf den Münsterplatz mit den riesigen Fußbällen, die als Tribünen fungierten. Auf der Leinwand sah man irgendwelche Spielszenen. Das Bild war unscharf, weil die Sonne derart hell schien, dass die Luft zeitweilig flimmerte. Nur wenige schauten den Spielszenen zu. Vermutlich waren es Wiederholungen vom Vortag.

»Habt ihr was Brauchbares?«

»Nix! Keiner hat was bemerkt.«

Lott ging zum Schreibtisch zurück, nahm einen zweiten Stuhl und stellte den neben sich. »Komm, setz dich her«, sagte er.

Brauchle setzte sich zu ihm. Ein Lächeln huschte über sein Gesicht. Lotts Geste zeigte Wirkung.

Klaus Lott wollte Brauchle eben in seine Matrix einweihen, als das Telefon klingelte. Lott nahm ab. Frau Bausch kündigte den Schauspieler Severin Freudenberg an, der eben eingetroffen war.

»Schicken Sie ihn her«, ordnete Lott an.

11

Severin Freudenberg war eine Figur wie aus einer Seifenoper, ohne Zweifel ein Bonvivant wie aus dem Bilderbuch. So hatte man sich gefälligst einen Künstler vorzustellen. Und Severin Freudenberg wollte keinen Zweifel daran aufkommen lassen, dass er zu dieser Gattung gehörte. Einer, der sich im Rampenlicht von der Muse küssen ließ. Er war Künstler und ein Künstlerdarsteller zugleich.

Das graue Haar verdeckte die Ohren und berührte gerade noch den Kragen eines weißen Leinenhemdes, dessen Ärmel wie ein schlaffes Flügelpaar herunterhingen. Der graue Dreitagebart dagegen demonstrierte Verwegenheit. Und sein Eintreten war ein bühnenreifer Auftritt.

»Mein Sohn wird sich bei Ihnen melden. Er war nicht abkömmlich zur Stunde«, sagte er, ohne einen Gruß voranzuschicken.

Lott trat ihm entgegen und reichte ihm die Hand.

»Mein Beileid, Herr Freudenberg. Ich danke Ihnen sehr, dass Sie es so schnell haben einrichten können.«

Auch Brauchle stand jetzt auf und grüßte den Schauspieler mit Handschlag.

»Ich habe es bereits zu Protokoll gegeben. Ich stand auf der Bühne, als das Unsägliche uns heimsuchte. Auf einer drittklassigen Bühne, wohlgemerkt. In Regensburg. *Maske in Blau.* Freilicht. Nicht unbedingt eine Herausforderung. Aber in diesen Zeiten darf man nicht wählerisch sein.«

»Wir wissen das«, bestätigte Lott.

Und Brauchle hakte auf Hochdeutsch nach: »Gibt es Zeugen?«

Worauf Severin Freudenberg bitter lächelte.

»Wenn Sie mit einem dummen niederbayrischen Operettenpublikum zufrieden sind?«

»Die Aussage Ihrer Kollegen genügen uns«, sagte Lott.

»Es ist zwar kein Kassenmagnet, diese *Maske in Blau,* aber so dreihundert Zuschauer werden es wohl gewesen sein. Immerhin hieß unser Konkurrent König Fußball.«

»Gewiss«, gab ihm Lott recht.

»Die Operette ist ja auch wie geschaffen, um dem Fußball eine Konkurrenz zu sein. Ein nichts als zur Unterhaltung dienendes Bühnenstück mit Gesangseinlagen. Melodiöse Arien, Duette und ein Chor darf nicht fehlen und freilich Ballett. Man will ja etwas fürs Auge. Und weil Freilicht, ein wenig Feuerwerk. Das Auge hört mit. Was für ein unsinniger Slogan. Und dann diese Liedchen, die angeblich in den gesprochenen Text eingestreut werden. Andersrum wird ein Schuh daraus. Ein Weniges an sinnlosem Sprechen geht in den sinnlosen Liedchen unter.«

»Sie gehen hart mit der Operette ins Gericht«, warf Lott ein, lächelnd und auch ein wenig anbiedernd. »Lehár und Strauß und Suppé erlangten schließlich Weltruhm mit ihren Operetten. Und später auch die Berliner. Paul Lincke und Künneke.«

»Ich habe es wohl mit einem Kenner zu tun«, bemerkte Severin Freudenberg geringschätzig. »Aber, lieber Operettenliebhaber, ich habe eine schlechte Nachricht für Sie: Das Musical verdrängt die Operette. Der Teufel wird mit dem Belzebub ausgetrieben.«

Lott spürte, dass es jetzt an der Zeit war, das Gespräch in eine andere Richtung zu lenken. Die Berührungsphase war vorbei.

»Was verdienen Sie in so einer Freilichtsaison«, fragte er deshalb.

»Fragen Sie lieber, was ich verdient habe, als die Welt noch nicht vom Kulturschwund heimgesucht wurde. Da habe ich nichts ausgelassen. Weder Burleske noch Dramolett. Immer gab es einen Platz für einen Mimen. Und jetzt Operette. Ein Wort schon, wogegen sich alles in mir spreizt. Ein gesungenes Rührstück mit einem Hanswurst. Und der Hanswurst bin ich. Kein Platz für einen Charakterdarsteller. Folglich bin ich dort fehl am Platz. Oder eben nur als Hanswurst geduldet. Es ist die Zeit der Sternchen. Lauter kleine Sternchen, die durchs Bett des Intendanten gezogen werden, um nach der Wurst zu schnappen, die er ihnen vor die Nase hält. Die Karrierewurst! Verstehen Sie?«

»Und Ihre Karriere?«, fragte Lott.

»Sie sprechen von meinem Comeback? Zu dem, was ich unter Theater verstehe, braucht man eine eigene Bühne.«

»Und?«

»Eine Aufgabe, der ich mich noch stellen werde.«

»Die finanziellen Mittel?«

»Es gibt Subventionen. Die Stadt, das Land, Sponsoren.«

»Sponsoren«, hakte Lott ein, »da dieses Wort einmal gefallen ist – wussten Sie, dass Ihre Frau den Sportverein finanziell unterstützt hat?«

»Sie hatte den Glauben ans Theater verloren, sich mehr dem Sport zugewandt in den letzten Jahren. Körperertüchtigung statt Geistesertüchtigung. Ich kann es ihr nicht verdenken. Ich sagte es schon: Kulturschwund, wohin man auch schaut.«

»Isch Ihne der Name Oberlander bekannt?«, fragte Brauchle jetzt dazwischen.

»Ein Sportfunktionär«, antwortete der Schauspieler prompt, »meine Frau hatte mit ihm zu tun.«

»Wissen Sie Näheres über dieses ...«

Lott stockte, als suche er nach einem passenden Begriff, und sagte schließlich, den Satz abschließend: »Verhältnis.«

Severin Freudenberg lächelte.

»Ich bin Künstler, und da gelten andere Moralvorstellungen als bei Polizeibeamten.«

»Sie sind, abgesehen vom Pflichtteil, den Ihr Sohn erhält, als Alleinerbe eingesetzt?«

»So wie sie Alleinerbin gewesen wäre, wäre ich denn vorausgegangen.«

Lott konnte sich ein Grinsen nicht verkneifen.

»Die Vermögensverhältnisse stehen im krassen Gegensatz zueinander.«

»Sie hatte geerbt. Zuvor aber hat sie von meinen Gagen gelebt, gut gelebt. Bevor der Kulturschwund uns heimgesucht hat.«

Lott wollte gerade zur nächsten Frage ansetzen, als er sah, wie sich die Verfassung des Mannes, den er verhörte, plötzlich veränderte. Mit einem Male wirkte Severin Freudenberg wie ein vom Schicksal gebrochener Mann. Leidend sackte sein Kopf nach vorne. Und als er den Kopf wieder zurückwarf, sah Lott, wie Tränen über die Wangen des Witwers rannen.

»Schnöder Mammon. Ersetzt er den Hauch des Moschusduftes, der durchs Bad weht? Das Gesicht im Spiegel, in den sie schaut, und in dem ich sie bewundere, mit meinem Blick von der Seite, unbemerkt, doch sehnend bereits nach der nächsten Umarmung?«

»Nein, wohl nicht«, sagte Lott. Und bedauerte im selben Moment seine lakonischen Worte. Da war er aber bereits aufgestanden und signalisierte, dass er nun keine Fragen mehr hatte.

Brauchle, der ebenfalls aufgestanden war, reichte dem Schauspieler die Hand.

»Wann müssen Sie wieder auf die Bühne?«, fragte er.

»Freitag, Samstag, Sonntag«, antwortete Severin Freudenberg, und im Hinausgehen fügte er hinzu: »The Show must go on!«

Als Lott mit Brauchle wieder allein war, sahen sich beide ratlos an. Das Verhör war rein ermittlungstechnisch recht dürftig geführt worden. Das war beiden klar. Lott fragte sich, ob sein Abstand von der Praxis inzwischen so groß war, dass er eine einfache Vernehmung besser seinen Kollegen überlassen hätte.

12

Die Konferenz, die Lott für 18 Uhr anberaumt hatte, verzögerte sich um gut eine halbe Stunde, weil Lohner bei seinen Ermittlungen, wie er selbst per Handy mitteilte, mehr Zeit brauchte.

Lohner kam dann um exakt 18.35 Uhr und winkte mit einem Haftbefehl für Bobo Müller, den er nach Absprache mit Max Brauchle beim Oberstaatsanwalt beantragt hatte, als schwenke er siegesbewusst eines dieser schwarzrotgoldenen Fähnchen.

»Wir haben bei Bobo Müller das fehlende Vergleichsmaterial gefunden«, klärte Lohner den Kollegen auf. »Die Fingerabdrücke auf Brief und Briefkuvert stimmen mit denen von Bobo Müller überein.«

»Und die Fingerabdrücke auf Lenkrad, Armaturenbrett, Handtasche und an der Wagentür und am und im Handschuhfach?«, fragte Lott.

»Sind nicht identifizierbar«, gab Lohner zu.

Lott wurde ungehalten: »Warum hast du Haftbefehl beantragt, ohne mich vorher zu fragen?«

»Ich konnte dich nicht erreichen«, verteidigte sich Lohner. Ilona stimmte ihm zu. Und Petra Mai warf ein: »Du musstest ja unbedingt den Schauspieler verhören. Unsere Anrufe wurden nicht durchgestellt.«

Lott antwortete ihr mit einem giftigen Blick.

Dann wandte er sich ab, ging zum Fenster und schaute auf den Platz mit den überdimensionalen Fußbällen, und er fragte sich, warum Bobo gelogen hatte. Dann drehte er sich wieder den Kollegen zu und sagte zu Lohner: »Dann verhafte ihn. Ich werde Bobo morgen verhören. Und zwar in aller Früh!«

»Und wir?«, fragte Petra.

»Feierabend«, sagte Lott. Und fügte lakonisch hinzu: »Morgen ist auch noch ein Tag.«

Lohner griff zum Telefon und forderte zwei Polizisten an, mit denen er die Verhaftung vornehmen wollte.

Während Petra Mai und Ilona Raab den Konferenzraum verließen, trat Brauchle zu Lott und klopfte ihm auf die Schulter.

»Auch der beschte Bauer ackert amol eine krumme Furch«, sagte er.

»Ich hätte ihm nicht von vornherein einen Persilschein geben dürfen«, machte sich Lott Vorwürfe.

»I glaub dennoch, mit dem Mord hat unser Bobo nix zum doa.«

»Wissen wir's?«, fragte Lott.

Jetzt zuckte Brauchle mit den Achseln und war auch im Begriff zu gehen, da hielt ihn Lott zurück.

»Kann ich bei dir übernachten?«, fragte er.

»Sicher. Ich hab dir's ja a'bota«, antwortete Brauchle.

»Aber«, räumte er ein, »es kommt Fußball. Brasilien gegen Kroatien. Des will ich a'gucka.«

»Nichts dagegen«, sagte Lott.

Brauchle schaute auf die Uhr. »Aber des pressiert no net.«

Während sie die Treppen zum Hof hinuntergingen, spürte Lott, wie seine Hüfte wieder bei jedem Schritt schmerzte.

»Ich will heute einfach nicht mehr Auto fahren«, erklärte er Brauchle, ließ den eigenen Wagen stehen und stieg ins Auto des Kollegen. Von unterwegs rief er Elli an. »Es ist wegen der Hüfte, und morgen geht es früh los«, erklärte er kurz und versprach noch einmal anzurufen. Später, bevor er schlafen gehen würde.

Kaum waren sie in der Wohnung, schaltete Brauchle den Fernseher an. Das Spiel Frankreich gegen die Schweiz lief gerade. Die 81. Minute war angezeigt und noch immer stand es 0 : 0. Obwohl das Spiel noch nicht zu Ende war, sprach der Kommentator bereits jetzt von einer ernüchternden Nullnummer. Offensichtlich glaubte er nicht mehr daran, dass noch ein Tor fallen könnte.

Brauchle wohl auch nicht, denn er ging in die Küche und schaute, was er seinem Übernachtungsgast anbieten könnte. Als er wieder ins Wohnzimmer kam, wurde das Spiel abgepfiffen. Der Kommentator sprach jetzt von einer Nulldiät, die hier statt des erwartenden Champagner-Fußballs geboten worden sei, und hatte dann gleich eine Statistik parat, die aussagte, dass den Franzosen seit acht Jahren und nunmehr 360 WM-Minuten kein Endrunden-Treffer mehr gelungen sei. Anschließend bemerkte der deutsche Meistertrainer Ottmar Hitzfeld, dass die Schweizer Mannschaft sich absolut systemtreu präsentiert habe. Lott überlegte, ob Hitzfeld mit »systemtreu« den Schweizer Abwehrriegel meinte, den Lott noch von seiner Schulzeit her kannte.

Brauchle hatte sich eine Schürze umgebunden. Die Nachricht, dass der gebürtige Kölner Otto Pfisterer, der jetzt Togos Nationaltrainer war und als solcher gestern entlassen wurde, heute wieder zum Team zurückgekehrt sei, nahm er noch mit. Dann verschwand er in seine Küche. Lott fragte, ob er etwas helfen könne, aber der Kollege wehrte ab. Lott solle nur aufmerksam die Nachrichten aus dem WM-Studio verfolgen und ihn auf dem Laufenden halten, bis er fertig wäre.

Da talkten jetzt Trainer und Moderatoren über die Philosophie der Viererkette, noch immer über Ballacks Wade und über die Reservisten-Rolle des Olli Kahn, welche er wegsteckte, beleidigt zwar, doch verbissen, weil es ja um die Sache und um die ganze Nation ging und nicht nur um ihn.

Die Talkrunde verursachte bei Lott eine plötzliche Müdigkeit und er wäre vielleicht auch eingeschlafen, wenn ihn nicht im letzten Augenblick Max Brauchle mit einer Aufschnittplatte, garniert mit Gurken und Radieschen, wieder munter gemacht hätte.

Lott lobte den Koch, wunderte sich aber doch über die Zeit, die der Kollege dafür gebraucht hatte, und dass er sich eine Schürze dafür hatte umbinden müssen.

Jetzt entkorkte Brauchle eine Flasche Rotwein. Dann stießen sie an, tranken und aßen, während aus dem WM-Studio bereits die Vorbereitungen mit allen wesentlichen Informationen zum Spiel Kroatien – Brasilien liefen.

Lott griff zu. Er hatte Hunger und er wunderte sich, dass die Sache mit Bobo ihm nicht den Appetit verdorben hatte.

Wenn er jetzt aber an ihn dachte, blieb ihm doch der Bissen im Halse stecken. Er war wütend, verärgert, enttäuscht. Und er hätte sich ohrfeigen können, machte sich Vorwürfe und klagte sich selbst an. Vielleicht war er in Tübingen ja doch besser aufgehoben. Bei der Erstellung des neuen Haushaltsplanes etwa. Bei Festivitäten. Wie zum Beispiel der Bestätigung Oettingers im Amt, die demnächst anstand.

Brauchle unterbrach Lotts stumme Selbstanklage und hob das Glas zu einem Trinkspruch an: »Wenn die Sirene heult, haben wir nichts zu lachen.«

Lott schmunzelte und stieß mit ihm an.

Dann redeten sie von alten Zeiten. Vor allem Brauchle. Er tat, als wäre früher alles besser gewesen.

»Das hat bereits Platon behauptet«, warf Lott ein.

»Ond recht hot er khet«, konterte Brauchle.

Lott lachte und griff wieder zu. Trank das nächste Glas leer und Brauchle musste bald eine neue Flasche holen.

Die Nationalhymnen von Kroatien und Brasilien wurden gespielt. Und Brauchle meinte: »De unser isch doch de allerschönst.«

Dann verfolgten sie eine ganze Weile lang wortlos Platzwahl, Anstoß und die ersten Minuten des Spiels.

»Am Samstag isch's Zeitbeerfest«, sagte Brauchle plötzlich. »Wie wär's?«

»Wenn ich's einrichten kann, warum nicht«, sagte Lott vage zu.

Das Söflinger Zeitbeerfest beruhte auf der Sage, dass es einst die Zeitbeeren waren, welche die Söflinger vor Übergriffen der Franzosen bewahrt hätten. Alljährlich wurde dieses Ereignis gefeiert. Immer im Juni und immer im Söflinger Klosterhof.

Das Spiel Brasilien – Kroatien plätscherte so dahin. Selbst Brauchle hatte Mühe, sein Interesse dafür aufrechtzuerhalten. Nur als Kaká unmittelbar vor der Pause überraschend das 1 : 0 für Brasilien gelang, blitzte es für einen Moment auf.

Während der Halbzeitpause gingen beide in Brauchles kleinen Vorgarten. Der Himmel war wolkenlos, die Sternbilder klar zu deuten und die Luft noch aufgeheizt vom Tag. Sie standen im Garten wie für eine Zigarette, doch da sie Nichtraucher waren, sogen sie lediglich die milde Nachtluft in sich hinein, was aber auch etwas Rituelles hatte.

Nach einer Viertelstunde sagte Brauchle: »Ich glaub, es geht wieder los«, und beendete damit ihre ganz private Halbzeitpause.

Im Berliner Olympiastadion wurde bereits wieder gespielt. Nach einer weiteren Viertelstunde, in der sich so gut wie nichts ereignet hatte, schimpfte Brauchle plötzlich: »Das isch doch Arbeitsverweigerung!«

»Was?«, fragte Lott.

»Ja, gucksch du net zu?«

»Nebenbei halt.«

»Das isch Arbeitsverweigerung, was der Ronaldo do bringt!«

Brauchle hielt sich bald nicht mehr mit dem, was auf dem Rasen passierte, auf und tendierte, da der Rotwein bei ihm Wirkung zu zeigen schien, zu einem persönlichen Lamento.

»Ein Polizist sollte nicht heiraten«, sagte er betont hochdeutsch. Und wenig später: »So schlecht war unsere Ehe nicht. Bloß mehr Zeit hätte ich dafür gebraucht.«

Lott dachte einen Augenblick lang über das Phänomen nach, dass selbst Schwaben nach einen gewissen Alkoholkonsum zu einem astreinen Hochdeutsch fähig waren. Brauchle war ein Beispiel dafür. Zum Inhalt wollte er nichts sagen, denn obwohl Lott wusste, dass Brauchle in seiner Freizeit mehr dem Fußball als seiner Frau zugetan gewesen war, mischte er sich nicht in dessen Selbstmitleid ein.

»Eine Spielerfrau hätte ich gebraucht«, polterte Brauchle laut und wurde dann wieder überdeutlich hochdeutsch, ein Zeichen, dass die Wirkung des Alkohols auf den Höhepunkt zusteuerte.

»Einer Spielerfrau würde es nie einfallen zu sagen: ›Musst du denn jeden Samstag spielen? Kann das nicht einmal ein anderer für dich tun?‹ Stell dir die Frau vom Ballack vor. Oder vom Kahn: ›Musst du jetzt auch schon mittwochs im Tor stehen?‹ ›Jetzt auch noch Champions-League, reicht denn dir deine Bundesliga nicht?‹ Eine Spielerfrau würde sich das nie erlauben.«

Lott musste lauthals lachen und stimmte in Brauchles Ausführungen ein: »Die sitzen sogar bei jedem Heimspiel als blonde Hühner nebeneinander auf der Stange.«

»Auf der Tribüne, Lott, auf der Tribüne, Lott«, lallte Brauchle und hakte nach: »Ond warum blond?«

»Spielerfrauen sind meistens blond und fahren Cabrio«, erklärte Lott. Und Brauchle lallte: »Und ins Theater können die nicht! Zumindest nicht mit ihrem Ehemann.«

Übergangslos kommentierte Brauchle plötzlich wieder das Spiel: »Jetzt guck dir doch den schwammigen Ronaldo an. Der tapst doch rum wie ein Bär. Do macht ja der Bruno eine bessere Figur.«

Endlich hatte der Schiedsrichter ein Einsehen und pfiff ab. Auch die Zuschauer pfiffen. Und Brauchle fragte, ob er noch eine Flasche öffnen sollte.

Lott lehnte ab: »Wir müssen morgen früh raus.«

Brauchle brachte ihm Bettzeug und wünschte eine gute Nacht.

Lott griff nach seinem Handy und telefonierte mit Elli.

13

Lott wachte gegen sechs Uhr auf. Wenn man überhaupt von Aufwachen reden konnte. Er hatte ja kaum geschlafen. Die Couch war viel zu weich gewesen und die Hüfte hatte ihn die Nacht über schon so geschmerzt, dass er immer wieder aufgestanden war und beim Wiederhinlegen stets aufs Neue eine Stellung gesucht hatte, die erträglicher war. Schließlich hatte er zwei der Tabletten aus der grünen Schachtel genommen und sie mit dem Rest des Rotweins, den er noch im Glas hatte, geschluckt. Danach war er eingeschlafen, aber als er Brauchle in der Küche werkeln hörte, hatte er das Gefühl, nicht eine Minute Schlaf hinter sich zu haben. Lott schaute durch die Gardinen. Das Einzige, was dieser Tag versprach, waren Temperaturen über dreißig Grad.

»Tee oder Kaffee?«, fragte Brauchle durch die halboffene Tür.

»Tee, wenn es dir keine Umstände macht.«

»Kannsch solange ins Bad«, sagte Brauchle.

Lott bewegte sich vorsichtig. Er traute seiner Hüfte heute noch weniger zu als die Tage vorher. Obwohl er sie doch zu schonen versuchte, wo es nur ging, kam es ihm vor, als wäre sie trotzdem überlastet, so dass er sich fragen musste, ob in diesem Zustand überhaupt daran zu denken war, diese Arbeit hier erfolgreich weiterzuführen. Und er spielte einen Moment lang mit dem Gedanken, den Fall abzugeben, um sich in Tübingen wieder den Organisations- und Haushaltsfragen zu stellen. Doch als Lott unter der Dusche sein rechtes Bein von der Hüfte aus bis zum Knie hin massierte, verwarf er den Gedanken wieder. Dass seine Hüfte Entscheidungen fällte, das fehlte noch. Und er bohrte seine Finger ins Fleisch, so dass ein Schmerz entstand, der den vorigen ablöste. Dass er die Schmerzen tauschte, war aber auch keine Lösung.

Er trocknete sich ab, zog frische Wäsche und ein frisches Hemd an und ging in die Küche, wo ein gedeckter Frühstückstisch auf ihn wartete.

»Tee kommt gleich«, sagte Brauchle, während er das Teenetz über der Spüle abtropfen ließ.

Dann kam er mit der vollen Kanne zum Tisch.

»Hasch schlofa könna?«, fragte er.

Lott winkte ab. »Beschissen wäre geprahlt.«

»Soddesch zum Dokter oder dir gleich eine neue Hüfte leisten«, schlug Brauchle vor, und fügte auf Hochdeutsch hinzu: »Zweite verbesserte Auflage«, und grinste.

Dann machten sie sich fertig und fuhren zum Neuen Bau.

Bobo Müller wartete bereits. Er wirkte zerzaust wie ein aus dem Nest gefallener Spatz. Lott grüßte ihn reserviert.

»Es tut mir leid, Klaus«, empfing Bobo ihn.

»Was tut dir leid, der Mord?«

»Quatsch.«

»Was dann?«

»Dass ich dir das nicht gleich gebeichtet hab.«

»Was?«

»Den Brief an Kathrin. Unterzeichnet von Oberlander WFV. Ich weiß, ich hätte es dir gleich sagen müssen.«

»Allerdings!«

»Nichts als ein kleiner Denkzettel hätte es sein sollen. Ein Stich ins Wespennest. Damit sie weiß, dass wir etwas wissen. Aber mit dem Mord hat das doch nichts zu tun.«

»Wann hast du ihr den Brief gegeben?«

»Das ist Wochen her.«

Lott atmete tief durch. »Sauber«, sagte er.

»Und jetzt?«, fragte Bobo kleinlaut.

»Ilona nimmt deine Aussage zu Protokoll. Den Haftbefehl kann ich leider nicht aufheben.«

»Schon klar.« Bobo schaute geknickt zum Ventilator hoch, der sich über ihm drehte.

Lott stand auf und drückte Bobos Oberarm und schimpfte leise, fast zärtlich: »Arschloch.« Und ging.

»Schmeichler«, sagte Bobo und grinste dem Kommissar, der sein Freund war, hinterher.

»Wir müssen diesen Oberlander vernehmen«, meinte Lott und bat Petra Mai, die im Büro auf ihn wartete, dies zu übernehmen. Petra nickte, ihre Gedanken schienen aber woanders zu sein. Sie teilte Lott mit: »Es ist ein Anruf aus Reutlingen eingegangen. Jemand hat Kathrin Freudenberg dort am Mordtag vor dem *Stadion an der Blutbuche* gesehen. Der Anrufer hat in der Zeitung das Foto gesehen und hat sie sofort wiedererkannt.«

»Dem müssen wir nachgehen, und zwar schnell«, sagte Lott alarmiert.

»Wer soll das machen?«, fragte Petra.

Lott überlegte. Und war drauf und dran, die Soko aufzustocken. Zumindest zog er es in Betracht. Einen Antrag konnte er ja schon einmal stellen.

Lina Bausch meldete sich übers Haustelefon und fragte an, ob es recht wäre, wenn Pascal Freudenberg, der Sohn der Ermordeten, erst um 19 Uhr zum Verhör erscheinen würde, anstatt um 17 Uhr, wie ursprünglich vereinbart.

Lott stimmte zu. Das würde er selbst übernehmen. Aber wer sollte nach Reutlingen fahren und wer die Vorstandsmitglieder des Ulmer Sportvereins befragen, die vielleicht Bobo entlasten könnten. Er spürte, dass er wieder an jenem Punkt angekommen war, an welchem er am liebsten alles selber erledigen würde und möglichst alles gleichzeitig. An jenem Punkt also, an welchem er den anderen nichts zutraute, sich selbst aber alles.

Er atmete tief durch, ging zu seinem Schreibtisch, holte seine Matrix her und notierte: Reutlingen und Oberlander und die Namen der Vorstandsmitglieder des Sportvereins und dann die Namen Brauchle und Mai und Lohner und Raab. Und vielleicht konnte er Hattler vom Rauschgift- und Diebstahlsdezernat und Karl Kurfeß, der wie Bobo für Wirtschaftsdelikte zuständig war, mit ins Team holen. Anstatt alles selber zu machen, alles, so gut es eben ging, zu verteilen. Ein engmaschiges Netz spannen, für welches er die Fäden liefern würde. Die Matrix sollte ihm helfen. Er zog Linien und malte Kreise um die Namen, dann rief er Lina Bausch an, sie solle die nächste Konferenz für 10.30 Uhr anberaumen. Das war in gut einer Stunde.

Zu Petra Mai sagte er: »Das mit Reutlingen könnten wir beide doch übernehmen.«

»Und wann?«

»Wie wär's mit morgen, am Feiertag?«

Petra Mai schaute etwas konsterniert. Dann schien sie darüber nachzudenken und sagte schließlich: »Da spielt Ecuador gegen Costa Rica und England gegen Trinidad und Tobago. Muss ich nicht unbedingt sehen.«

»Da bin ich ja beruhigt«, sagte Lott sarkastisch.

»Morgen ist Feiertag«, konterte Petra Mai.

»Wir besprechen es bei der Konferenz«, beschwichtigte Lott und machte sich auf den Weg zum Leiter der Polizeidirektion.

Die Tür zu dessen Büro stand offen. Lander war auf dem Sprung.

»Was gibt's?«, fragte er Lott.

»Ich müsste Kurfeß und eventuell noch den Hattler haben«, sagte Lott.

Christoph Lander schaute ihn groß an. »Heute Abend spielen die Polen gegen Deutschland«, sagte er.

»Und?«, fragte Lott kopfschüttelnd.

»Da müssen alle Einsatzkräfte parat stehen. Wir erwarten zehntausend Fans auf dem Münsterplatz. Mindestens zehntausend. Da brauchen wir jeden Mann.«

»Auch den Kurfeß?«, spottete Lott.

»Nein, natürlich nicht. Ich mein nur, dass ich jetzt den Kopf woanders hab.«

Lander machte ein Gesicht, als überlege er. »Der Kurfeß?«

»Es gibt einen Verdacht, dass bei diesem Mord eventuell auch Wirtschaftsdelikte mit im Spiel sind«, versuchte Lott Lander zu überzeugen.

»Wenn du meinst, dann nimm halt den Kurfeß auch noch. Ich sag ihm Bescheid.«

»Und Hattler?«

»Der Hattler geht auf keinen Fall. Der steckt in einer Rauschgiftsache.«

»Mit dem Kurfeß ist mir auch schon geholfen. Kann er um halb elf zur Konferenz kommen?«, bat Lott.

Lander nickte. Dann packte er seine Mappe zusammen, eine Arbeit, bei der Lott ihn unterbrochen hatte, und machte sich zum Gehen bereit.

»Ich will dich nicht aufhalten«, sagte Lott.

»Schönen Tag«, sagte Lander.

»Dir auch«, antwortete Lott und hörte einen Seufzer Landers nachhallen.

Dann verließ auch Lott das Polizeigebäude. Er ging über den Münsterplatz. Er hoffte, dort Uwe Schwegler, seinen ehemaligen Kollegen, zu treffen. Der war doch auch mit dem Sportverein verheiratet und wusste vielleicht das eine oder andere, was ihm weiterhelfen konnte.

Auf dem Münsterplatz war Markt, wie jeden Mittwoch. Und Ralf Mildes Fußbälle, die Tribünen für die besser situierten Fans, waren wieder zur Münsterseite geschoben worden, um den Marktständen Platz zu machen.

Lott entdeckte Uwe, der jetzt Fremdenführer war, wie er gerade einer japanischen Reisegruppe das Münster erklärte.

Als Schwegler seinen ehemaligen Kollegen erkannte, winkte er ihn herbei und führte ihn seiner Reisegruppe als Attraktion vor: »Hier steht Ulms berühmtester Kriminalkommissar.«

Während der Dolmetscher übersetzte, lächelten die Japaner drauflos und zückten ihre Digitalkameras.

»Ich brauch deine Hilfe«, sagte Lott.

Uwe strahlte. Lott spürte, dass es dem ehemaligen Kollegen gut tat, dass er gebraucht wurde.

»Ab zwölf Uhr hab ich Zeit«, sagte Schwegler.

»Das trifft sich gut«, meinte Lott, »ich habe noch eine Dienstbesprechung vorher.«

»Wir treffen uns im Café vor dem Stadthaus«, schlug Schwegler vor.

Lott nickte. Dann bemerkte er links und rechts neben sich je einen japanischen Touristen, die sich mit ihm fotografieren lassen wollten. Lott legte die Arme um deren Schultern und lächelte in die Kameras. Dann verabschiedete er sich von Uwe und der Reisegruppe.

Vom Kaufhaus Abt her wehte der Klang des Glockenspiels *Ulmer Fischermarsch.* Lott schaute den sich drehenden Figuren zu. Die Uhr daneben zeigte kurz vor halb elf. Höchste Zeit also für die Konferenz.

Die Soko hatte sich bereits versammelt. Lina Bausch hatte sich mit in die Runde gesetzt. Sie hatte sich bereit erklärt, das Protokoll der laufenden Dienstbesprechung zu führen.

Auch Karl Kurfeß vom Dezernat für Wirtschaftsdelikte war anwesend. Das Dezernat war nach der Umstrukturierung in Kriminalinspektion 3 umgetauft worden. Ansonsten hatte sich aber bei denen nichts geändert. Keines der ehemals neun anderen Dezernate wurde dort untergebracht. Mit Betrug und illegalem Glücksspiel, Falschgelddelikten, Ausweisfälschungen, Betrug per Internet und der ganzen Vielfalt, welche die Wirtschaftskriminalität zu bieten hatte, schien diese Kriminalinspektion ohnehin schon überfordert. Und nun zog Lott auch noch Kurfeß, ihren derzeit fähigsten

Mann, ab. Karl Kurfeß zeigte sich auch nicht gerade begeistert, doch andererseits reizte ihn die Aufgabe. Auch wenn sie ihm nicht viel mehr als Überstunden einbringen würde.

Lott hieß ihn in der Soko willkommen und ließ anklingen, dass Verdachtsmomente aufgetaucht wären, welche den Mord an Kathrin Freudenberg in Zusammenhang mit Wirtschaftsdelikten bringen könnten. Dass Kurfeß kein Lückenfüller war, sondern sich als Spezialist bei der Soko einbringen sollte, steigerte dessen Motivation, und, wie seine Körpersprache zeigte, fühlte er sich augenblicklich wohl im Kreis der Kollegen. Er lehnte sich zurück und hörte sich gespannt den Obduktionsbericht an, den Lohner verteilte und erläuterte.

»Die Obduktion weist Spermaspuren auf, aus denen klar hervorgeht, dass Kathrin Freudenberg an ihrem Mordtag Verkehr mit mindestens zwei Männern hatte.«

»Lompamensch«, bemerkte Brauchle grinsend.

»Ihr Ehemann stand in Regensburg auf der Bühne«, sagte Ilona.

»Wir müssen herausfinden, mit wem Kathrin Freudenberg kurz vor ihrem Tod sexuellen Kontakt hatte«, konstatierte Lott.

»Vielleicht führt eine Spur ja nach Reutlingen, wo sie am Mordtag angeblich noch gesehen wurde«, mutmaßte Petra Mai.

»Dem gehen wir beide morgen nach«, teilte Lott den Kollegen mit.

»Die Hunde haben im Übrigen die Stelle entdeckt, an der die Tote in die Donau geworfen wurde«, berichtete Ilona. »Der Bericht liegt allerdings noch nicht vor.«

»War es auf württembergischer Seite?«, wollte Lott wissen.

»Beim Messegelände«, gab Ilona ein weiteres Detail preis.

Lott lächelte. »Gott sei Dank.«

Weil die Kollegen ihn fragend anschauten, erklärte Lott ihnen, dass der Neu-Ulmer Kollege für den Fall, dass die

Leiche auf bayerischer Seite entsorgt worden wäre, eine grenzüberschreitende Mitarbeit angeboten hätte.

Lotts Erklärung erzeugte Heiterkeit. Jeder wollte jetzt selbst mit einer lustigen Episode aufwarten, die er mit den Kollegen auf der anderen Donauseite erlebt hatte. Bald ergriff aber Ilona Raab nochmal das Wort und dämpfte Lotts Erwartung hinsichtlich der Spurensicherung mit den Hunden. »Leider gibt es an der Stelle keine verwertbaren Spuren. Keine Wagenspuren und für die DNA kein brauchbares Vergleichsmaterial. Die Hunde haben uns nicht weitergebracht.«

»Wenigstens haben sie uns die Neu-Ulmer vom Hals gehalten«, lächelte Lott und dachte daran, dass er wohl Lina Bausch darum bitten würde, den bayerischen Kollegen zu informieren.

Lott war nun bemüht, mit mehr Ernsthaftigkeit die Dienstbesprechung fortzuführen, und instruierte die Kollegen.

Karl Kurfeß sollte sich um die Bankkonten der Freudenbergs kümmern. Das war bislang nur sehr oberflächlich und nicht in dem von Lott erwünschten Maße geschehen. Kurfeß, das wusste Lott, war der richtige Mann dafür. Ilona Raab und Harald Lohner sollten sich Bobo Müllers Computer vornehmen. Petra Mai sollte Oberlander verhören. Und Lott selbst hatte sich mit Schwegler verabredet, um mehr über Verein und Vereinsführung des Ulmer Sportvereins zu erfahren.

Da platzte Lander in die Versammlung. Der Leiter der Polizeidirektion entschuldigte sich dafür, hatte aber eine Sache auf dem Tisch, die er zu klären versuchte, die keinen Aufschub duldete und die auch die Soko, oder besser ausgedrückt, deren Dienstfahrzeuge betraf.

»Es geht um die Beflaggung der Dienstfahrzeuge«, begann er. »Es sind von Seiten der CDU und FDP Forderungen laut geworden, die Dienstanweisung zurückzunehmen, nach der die Einsatzwagen der Beamten nicht mit Fahnen geschmückt werden dürfen. Auch bei einigen Kollegen hier flattert es Schwarz-Rot-Gold.«

Beim letzten Satz schaute er Petra Mai an.

»Wir sollen doch sonst immer Bürgernähe demonstrieren«, fühlte sie sich angesprochen. »Warum soll die Polizei denn nicht auch Flagge zeigen, wie ein überwiegender Teil der Bevölkerung.«

Lott hörte ihr kopfschüttelnd zu und antwortete: »Weil wir Polizisten zur Neutralität verpflichtet sind und im Dienst nicht einfach als Fußballfans auftreten können.«

»Das Verbot kommt vom Innenministerium«, erklärte Lander, »mir persönlich wäre es egal. Also achten Sie bitte darauf, dass die Dienstfahrzeuge nicht beflaggt werden. Und entschuldigen Sie die Unterbrechung, aber ich denke, das war wichtig.«

Damit verabschiedete sich der Leiter der Polizeidirektion und wünschte der Ermittlung Erfolg. Eine ganze Weile wurde die Sache mit den Flaggen sehr kontrovers diskutiert, bis es Lott zuviel wurde.

»Wo waren wir stehen geblieben?«, fragte er in die Runde.

»Bei der Beflaggung unserer Dienstfahrzeuge«, half Lina Bausch ihm auf die Sprünge.

Alle lachten. Nur Lina wurde rot, schaute Lott verstört an und sagte: »Oder meinen Sie, bevor Herr Lander unterbrochen hat?«

»Ja, das meine ich«, antwortete ihr Lott.

Frau Bausch blätterte das Protokoll zurück und sagte: »Frau Raab und Herr Lohner sollen sich um den Computer des Kollegen Müller kümmern.«

»Und wir müssen uns natürlich auch den Computer von Kathrin Freudenberg vornehmen«, warf Lohner ein.

Lott stimmte dem zu.

Dann instruierte er Brauchle: »Max, du hängst dich an Petra an oder Petra an dich, ganz wie ihr wollt. Und ihr verhört mir den Oberlander. Seine Adresse liegt bei Frau Bausch. Also, gute Fahrt. Aber ihr wisst, ohne Beflaggung!«

Petra erwiderte Lotts Bemerkung mit einem giftigen Blick.

Die Konferenz wurde aufgelöst, und während die Münsterglocken das Zwölfuhrläuten anstimmten, war Lott schon auf dem Weg zum Stadthaus, um sich mit Uwe Schwegler zu treffen.

Der saß bereits an einem der Tische, die noch für mindestens eine Stunde Schatten hatten. Als Lott näher kam, stand er auf und umarmte ihn.

»Wie geht es dir?«

Man gab sich gegenseitig Antwort. Und sie erzählten eher lapidar, was sich in beider Leben in den letzten Monaten ereignet hatte.

Dann kam Lott zur Sache. »Sagt dir der Name Walter Oberlander etwas?«

»Der sitzt beim Württembergischen Fußballverband in Stuttgart und ist ein Arschloch hoch drei.«

»Das hat unser Bobo auch schon behauptet, warum eigentlich?«

»Seit irgendeinem Zwischenfall, von dem keiner mehr genau weiß, um was es eigentlich damals ging, pflegt er seine ganz private Erzfehde gegen den Ulmer Fußball. Wenn irgendetwas faul läuft, kannst du sicher sein, der Oberlander hat seine Hände im Spiel. Jüngster Fall: Die Ulmer gewinnen gegen die zweite Mannschaft der Stuttgarter Kickers und liegen punktgleich mit Reutlingen an der Tabellenspitze.«

»Warum traten denn die Stuttgarter nicht mit ihrer ersten Mannschaft an?«, fragte Lott schmunzelnd.

»Weil die eine Liga höher spielen«, erklärte Uwe, der Lotts Einwand für ernst gemeint hielt, und fuhr fort: »Dann ist plötzlich eine Unterschrift auf einem Spielerpass verwischt. Der Name nicht mehr zu eindeutig zu lesen. Und der Sieg wird in eine Niederlage mit 0 : 3 umgewandelt. Ich sag nur: Oberlander!«

Lott schüttelte den Kopf. Diese Welt war ihm fremd. Er hatte nie verstanden, zu welchen Niederungen man bereit war, um sich die eigenen Fußballwünsche zu erfüllen.

»Geht es denn bei dieser Oberliga schon um Geld?«, fragte Lott.

Uwe lächelte gequält. »Lieber Klaus, es geht immer auch um Geld.«

»Um viel Geld?«

»Wenn ich früher einen kleinen Scheckbetrüger habe auffliegen lassen oder einen Unternehmer, der einen Subventionsbetrug in Millionenhöhe begangen hat, erwischt habe, ging es immer, oder zumindest immer auch ums Geld. Beim Taschendieb und beim Bankräuber. Die Frage ist nur, in welcher Liga man spielt.«

»Ein Mord wegen Fußball, ist das auch in dieser Liga denkbar?«

»In jeder, Klaus.« Uwe lächelte, etwas zu überheblich, wie Lott fand, und fuhr fort: »Du bist doch der Experte für Mord. Und was für Wahnsinnsmotive haben denn deine Mörder?«

»Du hast recht«, gab Lott klein bei, denn er wusste ja aus Erfahrung, wie erbärmlich die Motive oft waren, die zu einem Mord führen konnten. Und Lott war wieder an dem Punkt angelangt, an dem er sich selbst in diese Wahnsinnswelt eingegliedert sah. Seine Aufgabe war, ein Mordmotiv zu finden, das den Mord, aus der Sicht des Täters zumindest, schlüssig machte.

»Wer könnte in diesen Fußballkreisen ein Mordmotiv haben?«, fragte Lott weiter, und schob damit seine Indigniertheit zur Seite, »ein Spieler vielleicht?«

»Spieler morden nicht, um mehr Geld zu bekommen, sie wechseln den Verein.«

»Ein Funktionär?«

»Weder der Keckeisen noch der Maus oder der Hirzel kommen da in Frage. Es muss eine emotionale Sache sein, ein frustrierter Fan vielleicht.«

»Dazu ist der Mord zu geplant gewesen. Drei gezielte Schüsse, ein Treffen beim Mondschein. Und danach die Leiche bis zur Donau gefahren. Nein!«

»Wahrscheinlich führt die Spur nach Reutlingen«, grinste Uwe. »Denen traue ich alles zu! Um wieder aufzusteigen, begehen die auch einen Mord.«

»Ich dachte, die waren bereits vor dem Mord aufgestiegen?«

»Leider«, schmunzelte Uwe. »Ein Mörder aus dem *Stadion an der Blutbuche,* das würde mich mit den Reutlingern versöhnen!«

Lott boxte seinen ehemaligen Kollegen in die Flanke, dann kam endlich die Bedienung und er bestellte sich einen Chefsalat und ein Wasser.

»Weißt du noch damals, der Satkowski, wie wir den in Prag mit den tschechischen Kollegen geschnappt haben?«, schwärmte Uwe plötzlich von den alten Zeiten.

»Klar weiß ich das noch. So etwas vergisst man doch nicht«, fiel Lott in Uwes Schwelgerei ein. Dachte aber insgeheim: Was um Himmels willen war denn so großartig in dieser Zeit, dass Bobo und nun auch Uwe Schwegler von den Highlights ihres Polizistendaseins erzählten wie von Kriegsheldentaten.

Als der Chefsalat und das Wasser serviert wurden, beschränkte sich die Unterhaltung der ehemaligen Kollegen aufs Private.

Lott erzählte von Lisa, die jetzt in Hamburg lebte und dort beim Rowohlt-Verlag im Lektorat assistierte. Und er erzählte von Flaubert, seinem Hund, und dann von seiner arthritischen Hüfte, die er wohl irgendwann austauschen lassen musste.

Bald schwenkte die Plauderei ins Berufliche. Und Uwes Lamento galt dem Wirtschaftskontrolldienst, der aufgelöst worden war und dessen Aufgaben nun das Landratsamt, wenig effektiv, wie er fand, übernommen hatte. Und er bemängelte, dass es keine ausgebildeten Verkehrspolizisten mehr gab, verteufelte die Rationalisierungsmaßnahmen als Schikane und sagte, dass er froh sei, damit nichts mehr zu tun haben, und dass seine Japaner, denen er Ulm zeige, ihn besser verstünden als jeder scheuklappenbehaftete Beamte in den oberen Etagen der Polizeiverwaltung.

Die Sonne hatte mittlerweile den Tisch, an welchem die beiden saßen, erreicht und brannte Lott ins Gesicht.

»Ich muss dann wieder«, sagte er.

Lott rief die Kellnerin und bezahlte. Auch Uwes Kaffee.

»Lass dir eine Rechnung geben. Es sind schließlich Spesen«, schlug Uwe, nachdem er sich bei Lott bedankt hatte, vor.

Lott winkte ab, stand auf und verabschiedete sich von seinem Kollegen aus besseren Zeiten, wie Uwe meinte, der es nicht lassen konnte, ihn auch jetzt wieder zu umarmen.

Lott ging zurück ins Büro. Er notierte sich Uwe Schweglers Aussagen und übertrug die Namen der Sportfunktionäre auf seine Matrix. Dann rief er Elli an.

Die meldete sich, zu Lotts Erleichterung, bereits nach dem ersten Klingeln und sagte, sie liege auf dem Balkon und lese.

»Und Flaubert?«

»Der liegt auf den Küchenfliesen«, antwortete Elli. »Das ist neuerdings sein Lieblingsplatz. Er leidet unter der Hitze.«

Lott berichtete von seiner schlaflosen Nacht und dass er heute heimkommen werde, wenn nicht etwas Unaufschiebbares dazwischenkäme. Und er richtete Grüße von Uwe Schwegler aus und erzählte vom Gespräch, das sie eben miteinander geführt hatten.

Als Lott den Telefonhörer wieder aufgelegt hatte, fragte er sich, ob er jetzt auch lieber auf dem Balkon liegen und lesen würde und, wenn es draußen abkühlte, mit Elli und Flaubert um die Wiesen und Felder gehen.

Seine Antwort war ein kurzes, aber bestimmtes Ja. Vielleicht aber, so beruhigte er sich, will man ja immer das haben, was man im Augenblick nicht hat. Dazu gehörte zweifellos der Mörder, der Kathrin Freudenberg in der Nacht zum 10. Juni in einem Waldstück bei Harthausen erschossen hatte.

Er nahm sich ein Blatt Papier und notierte einige Fragen, mit denen er Pascal Freudenberg, den Sohn der Ermordeten, konfrontieren wollte. Dann bat er Lina Bausch, sie möge sich mit einem der Kollegen von der Spurensicherung in Verbindung setzen, die den Platz, von welchem aus die Leiche der Donau übergeben wurde, ausfindig gemacht hatten, weil er sich dort nun selbst ein Bild machen wollte. Zwanzig Minuten nach Lotts Anruf stand der Leiter der Hundestaffel bereit, um Lott zu der inzwischen gesicherten Stelle zu bringen. Im Streifenwagen fuhren sie Richtung Messegelände.

»Wir sind gleich da«, sagte der Beamte in Uniform.

»Hier?«, wunderte sich Lott, der jetzt die Absperrung entdeckte, mit welcher die Stelle gesichert worden war, denn er sah, dass es sich um einen vollkommen ungeschützten Platz handelte.

»Der Täter ist wirklich sehr dreist vorgegangen. Er hat den Wagen auf dem Fahrradweg geparkt, die Leiche ans Ufer geschleppt und sie dann in die Donau plumpsen lassen.«

»Ein Wahnsinniger«, sagte Lott. »Die Gefahr, dass er dabei beobachtet wird, ist doch selbst zu später Stunde nicht gerade gering.«

Der Hundeführer zuckte die Achseln.

Lott ging parallel zu dem Weg, den der Täter mit der Leiche genommen hatte. Am Donauufer betrachtete er eine ganze Weile die markierte Stelle.

»Den Spuren nach zu schließen, muss es ein kräftiger Mann gewesen sein«, bemerkte der Hundeführer. »Er hat sein Opfer kein einziges Mal abgesetzt. Und er war allein. Es gibt keine zweite Fußspur.«

Bobo ist eher schmächtig, dachte Lott. Und Severin Freudenberg ist zwar von der Statur her eher als groß zu bezeichnen, aber eine derartige Kraftanstrengung traute er ihm dennoch nicht zu. Lott war sich in diesem Moment sicher, dass er dem Täter bisher noch nicht begegnet war.

Sie fuhren zum Neuen Bau zurück. Dort meldete Frau Bausch, dass Freudenberg junior jetzt um 18 Uhr kommen wollte.

»Ich habe ihm zugesagt«, ergänzte sie.

»Das geht in Ordnung«, beruhigte er Lina Bausch, die ängstlich dreinschaute, weil sie fürchtete, ihre Befugnisse mit ihrer Terminentscheidung überschritten zu haben.

»Haben sich Petra und Max gemeldet?«, fragte er dann.

Frau Bausch verneinte. »Herr Lohner und Frau Raab auch nicht«, sagte sie.

»Dann bis um sechs.«

»Bis um sechs«, wiederholte Frau Bausch und lächelte.

Klaus Lott verließ den Neuen Bau, ging an den Imbiss-Ständen, die den Münsterplatz flankierten, vorbei und überlegte, ob er dort etwas essen sollte. Das dunkle Fett, in dem die Würste lagen, hielt ihn aber letztlich davon ab.

Er schaute zur flimmernden Großleinwand. Spanien spielte gegen die Ukraine. Es stand 2 : 0 für die Spanier. Etwa hundert Zuschauer verfolgten das Spiel.

Lott fragte sich, warum er das Büro verlassen hatte und jetzt durch Ulm schlenderte. Vielleicht muss ich Ulm erst wieder richtig aufnehmen, rechtfertigte er seine Entscheidung, als wäre dies der Weg, um den Mörder zu finden. Ulm ist mir fremd geworden, dachte er, obwohl ich noch nicht lange weg bin.

Er schaute jetzt zum Münster. Über den Münsterplatz zu gehen und zum Münsterturm hochzublicken, das waren doch immer erhebende Momente gewesen, auch Momente, in denen er den Begriff Heimat akzeptieren konnte.

Der Blick zum Münster wird mir fehlen, anderes nicht, hatte Ulrich Ritzel in seinem Kriminalroman *»Uferwald«* geschrieben.

Aber die Stadt, in der man lebt, kann man auch nur lieben, wenn man von ihr keine Gegenleistung verlangt.

Ich bin nicht wirklich drin in dem Fall. Nicht so wie früher. Ich bin den Kollegen nicht mehr vertraut und spüre ihnen gegenüber keine Vertrautheit. Selbst der Fall versperrt sich vor mir. Ich finde keinen Ansatz. Ich bemühe mich nur. Zeichen und Ausdruck für ein Nichtgelingen.

Lott war während seines Selbstgesprächs in die Pfauengasse abgebogen und hatte dort einen Schattenplatz unter den Platanen des Zentral-Cafés entdeckt. Er setzte sich und wählte auf der Tageskarte den Marktteller. Dann blätterte er in der Tageszeitung, die dort auslag.

Die Tageszeitung nahm am WM-Dorf, wie der Münsterplatz jetzt wegen der Großbildleinwand und den VIP-Tribünen genannt wurde, regen Anteil. Jeden Tag ein neuer Bericht. *Umsonst ist nicht alles* hieß die Schlagzeile heute, und es wurde bemängelt, dass trotz freien Eintritts kaum jemand Interesse am gestrigen Spiel Südkorea – Togo hatte. Auf der nächsten Seite gab es Tipps für den Flüssigkeitshaushalt bei der derzeitigen Hitzewelle. Der Ratschlag von Ernährungsforscherin Corinna Müller: Vor dem Durst trinken. Und mindestens drei Liter pro Tag.

Lott rief Elli an, die noch immer auf dem Balkon lag und die *»Vermessung der Welt«* las.

Sie hatte sich in Tübingen einem Literaturkreis angeschlossen, und ihre derzeitige Lesehausaufgabe war Daniel Kehlmanns Roman. Wie sie sagte, hatte sich auch Flauberts Standort in den letzten Stunden nicht verändert. Nach wie vor hielt er den Platz auf den Küchenfliesen besetzt.

Während Klaus Lott unter der Platane den Gemüseteller mit den wilden Kartoffeln aß und dann und wann am Wasserglas nippte, beobachtete er die immer zahlreicher werdenden deutschen Fans in ihrer schwarzrotgoldenen Kostümierung. Es waren auffallend viele Mädchen darunter. Mit Girlanden um den Hals, bemalten Gesichtern, alles in den Nationalfarben, und dazu die Fahnen, die als Röcke oder Umhang herhalten mussten. Das hatte sicher nichts mit Patriotismus zu tun, nicht einmal mit Fußball, es war Partystimmung pur, die Lust am Verkleiden und am Feiern schlechthin.

14

Lott war rechtzeitig wieder im Neuen Bau, und als Frau Bausch mitteilte, Pascal Freudenberg sei da, ließ Lott ihn in sein Büro kommen.

Der Sohn der Ermordeten war ein überaus hübscher junger Mann, gerade zwanzig geworden. Er studierte Theologie in Tübingen. Lott bat ihn, sich ihm gegenüberzusetzen, und begann, nach der üblichen Abtastphase, die wesentlichen Fragen zu stellen:

»Wie war Ihr Verhältnis zu Ihrer Mutter?«

»Gut.«

»Nur gut?«

»Ihr Tod hat mich entsetzt.«

»Und vorher?«

»Den Lebenswandel, den meine Mutter geführt hat, ihre Männer und so, na ja, das fand ich nicht so gut.«

»Was hat Ihr Vater dazu gesagt?«

»Der hatte ja selber ständig irgendeine Affäre. Meistens mit ganz jungen Schauspielkolleginnen.«

»Gab es Szenen deshalb?«

»Ja. Hin und wieder. Früher häufiger. Beide spielten ihre Rollen perfekt. Im häuslichen Theater stand ihm meine Mutter in nichts nach.«

»Gab es in letzter Zeit Streit?«

»Ja, da ging es meistens ums Geld.«

»Wann zuletzt?«

»Ich wohne ja nicht mehr zu Hause.«

»Verstehen Sie sich mit Ihrem Vater?«

Pascal Freudenberg grinste.

»Wie darf ich Ihr Grinsen verstehen?«

»Eigentlich mag ich ihn, den alten Spinner. Obwohl er mir, als ich noch daheim gewohnt habe, ganz schön auf den Sack gegangen ist.«

»Warum?«

»Mein Vater ist ein fleischgewordenes Zitatenlexikon. Ich glaube, in seinem Kopf steckt kein einziger eigener Gedanke. Alles nur Rollen. Der wacht mit Shakespeare auf und geht mit Schiller schlafen. Das kann einem ganz schön auf den Wecker gehen.«

»Trauen Sie Ihrem Vater einen Mord zu?«

Der Sohn lächelte.

»Da müssten Sie ihm schon ein Drehbuch geben.«

Lott fragte abschließend nach Pascals Alibi und notierte, dass dieser zur fraglichen Zeit in Tübingen auf irgendeinem Sommerfest gewesen sei. Er behielt sich vor, das Alibi überprüfen zu lassen. Sollten sich Verdachtsmomente gegen den Sohn ergeben, dann auf jeden Fall. Aber eigentlich glaubte Lott nicht daran, dass der Sohn irgendetwas mit dem Mord an seiner Mutter zu tun haben könnte.

Lott beendete das Gespräch und rief, nachdem Pascal gegangen war, Lina Bausch an und fragte nach den Kollegen.

»Die sind alle zum Fußball. Heute spielt doch Deutschland gegen Polen.«

»Und was machen Sie?«, fragte Lott.

»Jetzt auch Feierabend. Aber ohne Fußball.«

»Dennoch viel Spaß«, sagte Lott und lachte einmal laut in den Hörer.

»Ihnen auch«, sagte Frau Bausch und legte auf.

Lott hielt es für wert, einige Notizen, die er sich während des Gesprächs mit Pascal Freudenberg gemacht hatte, deutlicher festzuhalten. Häufig genug war es ihm schließlich schon passiert, dass er später seine eigene Schrift nicht mehr entziffern konnte. Beim nächsten Mal würde er Lina Bausch bitten zu protokollieren.

Dann packte er zusammen und ging.

Lott staunte, wie viele Menschen sich auf dem Münsterplatz versammelt hatten, um sich gemeinsam das Fußballspiel auf einer großen Leinwand anzuschauen. Ähnlich viele Leute, so erinnerte sich Lott jetzt, hatte es am Karfreitag letzten Jahres gegeben, als die italienische Mission das Leben und Sterben Christi auf dem Münsterplatz inszeniert hatte. Dass eine Kreuzigung noch immer so viele Leute anzog, hatte ihn beeindruckt.

Lott drängte sich durch die Massen. Irgendwie schürten sie in ihm den Wunsch, dieses Spektakel, und sei es auch nur am Rande, mitzuerleben. Einen Moment lang nahm ihn die Partylaune jedenfalls gefangen und er spielte sogar mit dem Gedanken, sich mit in die Schlange vor dem Kartenhäuschen einzureihen. Aber dann war plötzlich der Schmerz wieder da. Er zog sich von der Hüfte ausgehend bis ins rechte Knie und blockierte jede weitere Vorwärtsbewegung. Und mit einem Male war jeder Wunsch nach Party und Masse zerronnnen. Nur noch weg von hier, dachte Lott und merkte erst im Hafenbad, dass er die falsche Richtung eingeschlagen hatte. Anstatt aber umzukehren, hielt er die Richtung bei und er befand sich plötzlich auf dem Weg zum Müller-Parkhaus.

Lott humpelte durch die Rosengasse und blieb vor dem *Mephisto* stehen. *Angel-A* lief dort. Ein Film von Luc Besson. Das Plakat zeigte die schöne Angela mit den endlos langen Beinen, wie sie sich zu einem kleinwüchsigen Marokkaner beugt.

Lott wollte jetzt nicht den langen Weg zurück zum Neuen Bau antreten, wo sein Wagen stand. Ohnehin war mit den Schmerzen nicht an Autofahren zu denken. Und so entschloss sich Lott, den Film anzuschauen.

Er hatte das Kino für sich allein. Seine überflüssige Frage, ob er der einzige in dieser Vorstellung wäre, beantwortete die Platzanweiserin: »Den ganzen Tag schon der erste und einzige.«

So verfolgte Lott also die Geschichte des kleinwüchsigen Marokkaners André, der, um seinen Gläubigern zu entrinnen, keinen anderen Ausweg mehr sieht, als in die Seine zu springen. Doch da entdeckt er auf der Brüstung eine Frau, die offensichtlich das Gleiche vorhat. Als sie tatsächlich springt, zögert André keine Sekunde und rettet sie. Und Angela, das Engelwesen mit den endlos langen Beinen, weicht nicht mehr von seiner Seite, räumt systematisch und wenig zimperlich mit den Geldsorgen ihres Schützlings auf und durchstreift mit ihm als seltsames Paar gemeinsam Paris, die Stadt der Liebe.

Lott dachte an nichts mehr. Er war eingetaucht in die Welt von Angela und André und in die Stadt an der Seine, und als der Film zu Ende war, das Licht anging, ließ Lott erst allmählich die Realität wieder zu.

Er verabschiedete sich von der Platzanweiserin mit Handschlag, was ihm im Nachhinein seltsam erschien. Doch das Gefühl eines gemeinsam verbrachten Abends hatte ihn zu dieser Vertraulichkeit veranlasst.

Die Schmerzen waren jetzt erträglich. Draußen atmete er tief die milde Nachtluft ein. Im nächsten Augenblick wurde ein Hupkonzert laut, das anscheinend von allen Seiten her tönte.

Es war nicht zu überhören, dass die deutsche Mannschaft das Spiel gewonnen hatte. Schon torkelten ein paar Fans vor ihm, die in Trikots der deutschen Nationalmannschaft steckten. Einer von ihnen drückte sich in eine Ecke und übergab sich. So sehen Sieger aus.

Dann sah Lott einen Pulk siegestrunkener Fußballfans auf sich zukommen. Um ihnen auszuweichen, nahm er den Umweg über die Pfauengasse in Kauf. Aber auch dort strömten ihm Fangruppen in Schwarzrotgold entgegen. Ausgelassen schwenkten sie ihre Uncle-Sam-Hüte, ihre Girlanden, Zöpfe und Fahnen, bekannten lauthals Farbe und in einem Anflug alkoholbedingter Zuneigung küsste ihn ein Mädchen aus dieser Gruppe auf den Mund. Der Kuss schmeckte nach Bacardi-Cola, der Geschmack aber war so schnell wieder verflogen wie das Mädchen selber. Lott zwängte sich durch die Hirschstraße. Je näher er nun dem Polizeigebäude kam, desto dünner waren die alkoholisierten Fans gesät.

Nur noch ins Auto und weg, dachte Lott. Und bald war er im Hof der Polizeidienststelle angelangt, wo er geparkt hatte.

Mit einem Schluck Wasser nahm er zwei Schmerztabletten auf einmal, setzte sich zurecht und startete das Auto. Einfach weg, dachte er. Aber nun galt es, aus der Stadt zu kommen. Überall blockierten die Autokorsos den Verkehr.

Lott überlegte, ob er Blaulicht setzen sollte.

Aber dann sagte er sich, dass man damit nicht leichtfertig umgehen sollte, verwarf den Gedanken und schaltete statt dessen das Radio ein: Ministerpräsident Oettinger wurde heute in seinem Amt bestätigt. Deutschland schlägt Polen in der Nachspielzeit mit 1 : 0. Und Bruno hatte wegen der hohen Temperaturen, welche den skandinavischen Elchhunden zu schaffen machten, heute hitzefrei. Der DAX sackte deutlich ab und das Wetteramt kündigte gebietsweise teils kräftige Schauer und Gewitter an.

Jetzt löste sich der Stau auf und der Weg zur Autobahn war frei.

Und Lott dachte: Nichts wie nach Hause.

15

Lott weigerte sich wach zu werden. Ein unbestimmter Widerwille gegen all das, was ihm in allernächster Zeit womöglich abverlangt werden würde, hatte sich im Morgengrauen plötzlich bei ihm eingenistet. Dazu die Angst, jemand könnte ihn als Versager entlarven. Er hätte den Fall nicht übernehmen dürfen.

Vor einer Entlarvung konnte man nur sicher sein, wenn man weit genug oben stand, wie zum Beispiel als stellvertretender Polizeipräsident.

Er wollte keine Niederlage mehr! Der Weg war gebahnt und sollte schnurstracks in die Pension führen.

Im Halbschlaf hörte Lott die Glocken. Sie riefen die Gläubigen zum Hochfest des Leibes und Blutes Christi. Festlich klangen die Glocken, fast so, wie Lott sie als Kind wahrgenommen hatte, als er sich noch selbst in die Fronleichnamsprozession einreihte. Nicht als Ministrant wie der Maichel Bernd, eher halbherzig, denn streng genommen war nicht Gott der Grund seiner Teilnahme gewesen, sondern die Mädchen aus der Parallelklasse.

Früher hatten die Glocken noch ihre eigene Sprache, meldeten Feuersbrünste und kriegerischen Einfall, kündeten vom Tod, riefen die Bürger zu Versammlungen und ersetzten die Uhren.

Lott suhlte sich in seinen Betrachtungen, da das Läuten noch lange nicht zu Ende ging. Beim Nachhall des letzten Schlages aber stand er auf und ging ins Bad.

Petra Mai kam kurz nach zehn, setzte sich zu ihm auf den Balkon und trank eine Tasse Tee. Flaubert drängte sich gleich an ihre Seite, schmiegte sich an ihr Knie und forderte das obligate Quantum Streicheleinheiten ein, das Fremde bei ihm zu entrichten hatten.

Als Lott auf die Toilette ging und die beiden Frauen kurz miteinander alleine waren, fragte Elli, woher denn Petras Fußballbegeisterung komme, von der ihr Klaus berichtet hätte.

»Ich bin mit fünf Brüdern aufgewachsen«, lachte Petra, als ob dies alles erklärte. Und erzählte dann, mit Veteranengehabe, dass sie es sogar zur Bundesligaspielerin gebracht hatte.

»Ulm hatte damals eine Frauen-Fußballmannschaft, die in der höchsten Liga spielte. Und ich war die Torfrau. Ich kann mich noch an jedes vermeidbare Tor erinnern.«

»Und das vor so vielen Leuten«, staunte Elli, bewundernd, dass jemand für einen so flüchtigen Erfolg die Scham des eigenen Misslingens in Kauf nahm.

Petra winkte ab: »Wir spielten zwar im Donaustadion, aber im Gegensatz zu den Männern verloren sich bei uns gerade mal fünfzig Zuschauer auf der Haupttribüne.«

Als Lott zurück kam und die beiden Frauen miteinander lachten, dachte er, er sei Thema und überging es.

»Hast du die Adresse?«, fragte er stattdessen seine Kollegin.

»Ja, natürlich.«

»Dann komm.«

Lott stieg in Mais Wagen und ließ sofort das Seitenfenster heruntersurren.

»Der Mann, mit dem sich Kathrin Freudenberg angeblich am Tag ihrer Ermordung getroffen hat, heißt Rudolf Schock und ist Präsidiumsvorstand der Eintracht Reutlingen.«

Lott lächelte. Bei diesem Namen musste er einfach an den Tenor denken, von dem seine Eltern einst geschwärmt hatten, als erstmals Operettenverfilmungen im Fernsehen zu sehen waren.

»Und der Mann ist sich sicher?«, fragte Lott, nun wieder ganz bei der Sache.

Petra imitierte den Anrufer: »Wer kennt dem sein Sportwaga net?«, und schränkte ein: »Nur mit dem Datum, da war er sich nicht ganz sicher. Es könnte auch der Mittwoch gewesen sein, weil er sowohl am Mittwoch wie auch am Freitag bei seiner Schwester zu Mittag isst.«

»Hast du noch mal mit ihm telefoniert?«

»Ja, heute morgen. Ich habe ihm gesagt, dass wir im Laufe des Tages bei ihm vorbeischauen.«

»Jetzt gleich?«

»Ich glaube, wir fahren erst zu Rudolf Schock.«

Lott grinste wieder.

»Vielleicht singt er ja«, lachte Petra.

»Was hat das Verhör mit Oberlander gebracht?«

»Er bestreitet nicht, dass er mit Kathrin Freudenberg sexuellen Kontakt hatte. Und zwar fast ausschließlich auf Parkplätzen, weil sie es angeblich so wollte. Sex machen wie Jugendliche. Übrigens kennt er den Parkplatz bei Harthausen ganz genau. Sie haben sich ein paar Mal da getroffen.«

»Wann zuletzt?«, fragte Lott.

»An ihrem Mordtag.«

Lott staunte mit offenem Mund.

»Nein, diesmal nicht auf einem Parkplatz, sondern in seiner Wohnung in Neu-Ulm«, dämpfte Petra Lotts Erwartungen.

»Während des Eröffnungsspiels. Stell dir vor, da wird eine WM im eigenen Land eröffnet, Deutschland spielt gegen Costa Rica. Und was macht der Oberlander, er vögelt! Kannst du dir das vorstellen?«

»Kann ich gut«, grinste Lott.

Petra Mai wandte sich mit einem verächtlichen Blick ab.

»Und zur Tatzeit?«, hakte Lott nach.

»Hat er seine Frau definitiv vom Stuttgarter Flughafen abgeholt.«

»Was hat er zu Bobos Vorwürfen gesagt?«

»Groteske Verschwörungstheorien seien es. Von enttäuschten Ulmer Fußballfans, die nicht wahrhaben wollen, dass sie noch immer in der Fünften Liga spielen.«

Petra hielt den Wagen an. Die Straße war gesperrt, eine Fronleichnamsprozession zog vorüber. Petra ärgerte sich und war nahe daran zu hupen, um der Prozession Beine zu machen.

»Typisch, der Pfaffe hat einen Sonnenschirm und seine Schäflein lässt er in der prallen Sonne gehen«, polterte sie.

»Der Baldachin ist für die Monstranz«, erklärte Lott, »in welcher die Hostie sichtbar für die Gläubigen zu den Blumenaltären geführt wird.«

»Wow!«, staunte Petra über Lotts Wissen. »Bist du Ministrant gewesen?«

Lott verneinte.

Wenig später wurde die Straßensperre aufgehoben. Es war kurz nach elf.

Sie parkten vor der Fußgängerzone und gingen los, zu Schocks Adresse, die Petra auf einem Zettel notiert hatte. An der Haustür angekommen, läutete Petra und bat, als die Tür geöffnet wurde und sie sich und ihren Kollegen vorgestellt hatte, eintreten zu dürfen.

»Sie sind Herr Schock?«

»Rudolf Schock, wie der Tenor, bloß noch net dod«, sagte er. Ein Sprüchlein, das er wohl nicht zum ersten Mal von sich gab.

Lott kam gleich zur Sache: »Wir untersuchen den Mord an Kathrin Freudenberg. Laut einer Zeugenaussage haben Sie sich mit Kathrin Freudenberg in der letzten Woche getroffen. Wann war das genau?«

Obwohl Rudolf Schock offensichtlich allein daheim war, drehte er sich um, als könnte sich ein unerwünschter Mithörer mit eingeschlichen haben.

»Sie behandeln meine Aussage doch diskret?«, fragte er.

»Soweit es möglich ist, sicher«, beruhigte ihn Lott.

»Am Mittwoch war's. Vor dem Stadion haben wir uns getroffen und sind von da aus zum Wolle g'fahra.«

»Wolle?«, hakte Petra Mai nach.

»Wolfgang Stängel, unser Manager.«

»Und warum haben Sie sich getroffen?«

»Vereinsangelegenheiten«, wiegelte Schock ab.

»Ist es richtig, dass in der vergangenen Saison Spiele manipuliert wurden und Sie und Frau Freudenberg damit zu tun hatten?«, fragte Petra forschend. »Bei unserer bisherigen Untersuchung ist ein Verdacht in dieser Richtung mehrfach gefallen.«

»Leddagschwätz«, sagte Schock erschrocken. Und fuhr erbost fort: »Uns ging es einzig darum, dass das frostige Verhältnis der beiden Vereine wieder besser wird.«

»Wie rührend«, lächelte Petra zynisch.

Lott mischte sich ein, gab der Befragung eine andere Richtung: »Ihr Verhältnis zu Frau Freudenberg?«

»Da Sie es sowieso rauskriegen, sag ich's lieber gleich.« Schock druckste noch ein bisschen herum, ließ aber dann, nicht ohne Stolz, die Katze aus dem Sack: »Mir hend was mitnander khet.«

»Sie meinen, Sie hatten sexuellen Kontakt mit Frau Freudenberg.«

»Wenn Sie so wellat!«

»Wann zuletzt?«

»Am Mittwoch vor der WM.«
»Sicher?«
»Dodsicher!«
»Wo?«
»Beim Wolle. Zu dritt. Sie hat ja net genug griega könna.«
»Und deshalb ist sie nach Reutlingen gekommen?«, fragte Petra dazwischen.
»Des Vereinsgeschäftliche und das Private haben mir halt öfter amol miteinander verbunda«, erklärte Schock.
»Wird Ihr Wolle das bestätigen?«, fragte Petra.
»Wenn Sie es diskret behandeln.«
»Können wir ihn zuhause erreichen?«, wollte Lott wissen.
»Er isch am Sonntagmorga in Urlaub g'fahra. Eine Woche Mallorca mit seiner Freundin. Er kommt am Sonntag zurück. Wellat Se sei Handynummer?«
Lott winkte ab.
»Er soll sich bitte bei uns melden, sobald er wieder in Reutlingen ist. Und Sie halten sich bitte auch zu unserer Verfügung.«
Damit stand Lott auf und verabschiedete sich.
»Übrigens, noch herzlichen Glückwunsch zum Aufstieg«, sagte Petra und reichte Rudolf Schock die Hand. Dabei ließ sie es in der Schwebe, ob der Handschlag der Gratulation oder dem Abschied galt.
»Regionalliga isch doch 's mindeste«, wehrte Schock ab und ließ, kaum waren die beiden Beamten wieder vor der Tür, diese auch wieder ins Schloss fallen.
Draußen schlug Lott die Hitze ins Gesicht. Missmutig stieg er ins Auto.
»Was meinst du?«, fragte er Petra.
»Der Mord hat mit Fußball zu tun«, antwortete sie. »Da ist irgendetwas oberfaul.«
Lott grinste. »Und seine sexuellen Obsessionen?«
»Über die hat er doch frisch und frei geplappert«, erwiderte Petra.

»Ein flotter Dreier am Nachmittag!«, bekräftigte Lott ihre Aussage.

»Eben! Und stolz war er auch noch drauf. Aber bei den Spielabsprachen ist er vor Schreck kreidebleich geworden.«

»Er wollte dir zeigen, was für ein toller Hecht er noch ist. Die Anschuldigungen über Spielabsprachen in der Fünften Liga aber haben selbst ihm die Sprache verschlagen. Das ist doch Blödsinn. Wo es um Millionen geht, ja. Aber in Reutlingen?!«

»Du denkst, so etwas ist nur in Turin und Florenz möglich.«

»Wie einer eurer Philosophen schon sagte: Egal ob Madrid oder Mailand. Hauptsache Italien!«, lachte Lott.

»Der Mord hat mit Fußball zu tun! Da bin ich mir ganz sicher!« Petra Mai wurde lauter. »Ich frage mich nur, wie einer den Fall lösen will, der nicht einmal die Regeln kennt.«

»Schenk mir ein Regelbuch«, sagte Lott mit einem entwaffnenden Lächeln.

Petra sagte nichts mehr, fuhr aber jetzt, in einem Anflug von Wut, sichtlich zu schnell.

»Kannst du das mit dem Zeugen allein erledigen?«, fragte Lott nach einer Schweigephase.

»Hat sich ja fast erübrigt«, erwiderte Petra kurz angebunden.

»Nimm es dennoch zu Protokoll«, bat Lott.

Petra beschloss, dass sie es auf dem Rückweg erledigen würde und sagte: »Dann fahr ich dich erst heim.«

Lott nickte.

Als Lott ausstieg, wurde ihm schwindlig und er musste noch einen Augenblick auf dem Beifahrersitz verweilen.

Petra kniff die Augen zusammen. »Ist dir nicht gut?«

»Die Sonne«, sagte Lott, als hätte er damit alles erklärt.

Dann stand er auf, verabschiedete sich und schlug die Wagentür zu. Petra fuhr los und betrachtete im Rückspiegel den Mann, der sie wieder einmal zur Weißglut gebracht hatte.

16

Lott drückte aufs Gas. Er nahm heute die Autobahn. Hörte kein Radio. Er durfte nicht zu spät kommen. Eine Weile lang überhäufte er sich mit Selbstvorwürfen, warum er sich so viel Zeit gelassen hatte beim Frühstück. Das war sonst nicht seine Art. Schon früher, als er noch Student war, stand er lieber zehn Minuten früher am Bahnhof, als dass er es auf den letzten Drücker hätte ankommen lassen.

Dann aber machten seine Gedanken eine Kehrtwendung. Es war keineswegs vergeudete Zeit, die er mit Elli beim Frühstück auf dem Balkon verbracht hatte. In der Nacht war er wach geworden, wohl durch die drückende Schwüle im Zimmer, und hatte seine noch verbleibende Lebenszeit hochgerechnet.

Elli hatte einmal Goethe zitiert: Ein Menschenleben dauert siebzig Jahre, alles weitere ist ein Geschenk. Er war jetzt fünfundfünfzig. Noch fünfzehn Jahre standen ihm also zu und vielleicht fünf weitere, die ihm geschenkt würden. Damit musste er doch sorgsam umgehen, sich überlegen, wie er diese Zeit sinnvoll anlegen konnte.

Seit sie in Tübingen wohnten, blieb Elli nur die Literatur. Und Flaubert. Selten Lisa, deren Anrufe nur noch sporadisch kamen. Klaglos nahm Elli diesen Zustand an. Ich wollte schon immer einmal alle die Bücher lesen, die ich zu lesen vorhatte, hatte sie gesagt. Aber sie las auch jetzt ausschließlich Bücher, die gerade erschienen waren. Lott überlegte, ob Lesen eine sinnvolle Lebenszeitanlage war. Sein Warten auf die Pensionierung war es jedenfalls nicht. Und diese Fahrt nach Ulm? Wurden seine Stunden damit sinnvoll ausgegeben?

Es war jetzt halb zehn. Auf zehn Uhr war der Besuch des Polizeipräsidenten angesetzt worden. Hilbinger in Ulm und er noch auf der Autobahn. Ein unangenehmer Gedanke. Da sie beide denselben Weg hatten, hätten sie ja eine Fahrgemeinschaft bilden können. Lott musste, angesichts dieses Gedankens, ein Lachen unterdrücken. Umweltbewusstsein in dieser Gehaltsgruppe, das wäre das Sommermärchen schlechthin gewesen.

Lott blieb fast die ganze Zeit auf der Überholspur, dabei hoffte er, dass ihm kein Günzburger Geisterfahrer begegnen würde.

Hilbingers Besuch galt nicht dem Mordfall, sondern dem WM-Dorf. Aber Lott zweifelte nicht, dass das eine oder andere Wort auch über die Mordgeschichte fallen würde. Dass der Stand der Ermittlungen diskutiert und mehr als nur ein Auge auf seine eigene Arbeit geworfen würde. Weil er das Ganze schnell hinter sich bringen wollte, fuhr Lott noch schneller. Als die Tachonadel auf hundertsechzig stieg, ging er vom Gas.

Geschwindigkeit ist keine Möglichkeit, Lebenszeit einzusparen.

Auch dieser Satz stammte aus Ellis unerschöpflichem Reservoir.

Er schaute wieder auf die Uhr, dann auf die Hinweistafel, die hinter der Senke aufgetaucht war. Noch zehn Kilometer bis Ulm.

In diesem Augenblick müsste der Polizeipräsident, wenn er denn pünktlich war, was Lott nicht in Frage stellte, eintreffen.

Obwohl es ihm keine Sekunde Lebenszeit mehr einbrachte, drückte er nun doch noch einmal das Gaspedal durch und wurde bis zur Ausfahrt Stadtmitte nicht mehr langsamer. Zum Glück war die Zufahrtsstraße zum Neuen Bau heute frei, und als er in den großen Saal trat, saß die gesamte Kollegenschaft in Reih und Glied und lauschte der Rede des Präsidenten, die offensichtlich dem Ende zuging, denn Hilbinger dankte bereits den Ulmer Polizeibeamten: »Mit Ihrem Dienst für die Bürgerinnen und Bürger, aber auch für alle Besucher der Veranstaltungen rund um die WM 2006, tragen Sie einen hohen Anteil dazu bei, dass die

Welt zu Gast in Ihrer Region und auch bei Ihnen, den Freunden und Helfern, sein kann.«

Christoph Lander applaudierte als Erster, trat ans Rednerpult, schüttelte beidhändig Hilbingers Rechte und erklärte dem Polizeipräsidenten die Kooperation der Ulmer mit der Krumbacher Direktion anlässlich der Fußball-WM, aufbauend auf Erfahrungen aus der seligen Bundesliga-Zeit des Ulmer Fußballvereins.

»Die Zusammenarbeit ist die Grundlage auch für den Einsatz gegen potenzielle Störer. Außerdem geht es, mit Blick in das eigens für diese Fußball-Weltmeisterschaft eingerichtete Lagezentrum, vor allem um die Personalplanung während der Spiele.«

Hilbinger zeigte sich beeindruckt von der guten Vorbereitung und wollte schließlich selbst noch zum Münsterplatz, um alles in Augenschein zu nehmen und um ein paar Minuten in Mildes großen Fußbällen Probe zu sitzen.

Lott hatte sich inzwischen zu ihm vorgedrängt und sich für die Verspätung entschuldigt: »Die Ermittlung hat Vorrang.«

Hilbinger drückte ihm, mit skeptischem Blick aufs WM-Dorf, die Hand: »Ich beneide Sie, Lott.«

Lott stand da und wusste nicht, was Hilbinger meinte.

Beneidet zu werden aber empfand er keineswegs als schlechtes Omen für den Rest dieses Tages.

Im kleinen Konferenzraum saßen Petra Mai, Ilona Raab und Lohner. Sie konnten keine wesentlichen Ergebnisse vorweisen. Kurfeß, der gleichzeitig mit Lott dazustieß, berichtete von einer Auffälligkeit der Bewegungen auf Freudenbergs Bankkonto.

»Freudenberg hat die letzten fünf Monate das monatliche Kreditlimit seiner Mastercard jedes Mal völlig ausgeschöpft. Und jedes Mal wurde die dadurch entstandene, nicht genehmigte Überziehung auf dem Kontokorrent von Frau Freudenberg in die Kreditlinie zurückgeführt.«

»Was willst du damit sagen?«, fragte Ilona nach.

»Die Mastercard war der finanzielle Spielraum, den Kathrin Freudenberg ihrem Severin eingeräumt hat. Es waren jeweils Barabhebungen. Fünftausend Euro Bargeld jeden Monat. Seine eigenen Einkünfte nicht mitgerechnet.«

»Genug Geld, um einen Killer zu bezahlen«, meinte Lott.

»Ich sehe da noch kein Motiv«, zweifelte Lohner.

»Vielleicht hat ihm Kathrin ihre Unterstützung gekündigt«, stimmte Ilona Lott zu.

»Oder die fünftausend pro Monat waren Freudenberg zu wenig. Er wollte ans ganze Geld«, spann Lott weiter den Faden.

»Du hast dich auf Severin Freudenberg eingeschossen. Warum?«

Es war Petra Mai, die Lotts Faden durchschnitt.

»Er ist der Einzige, der von ihrem Tod profitiert«, erwiderte Lott.

Petra wurde wütend.

»Warum ignorierst du diese Reutlinger Fußballmafia?«

Lott zuckte abweisend die Schultern.

»Was wäre denn passiert, wenn Kathrin Freudenberg ihnen die Spielabsprachen hätte nachweisen können? Schock hätte nicht nur sein Gesicht verloren, er hätte damit sein Unternehmen in den Ruin geführt, und wenn das kein Motiv für einen Mord oder Mordauftrag ist, und bei diesem Wolle verhält es sich doch genau so!«

»Wir sind nicht in Italien, Frau Kollegin«, warf Lohner ein, »also geht es nicht um die Serie A, sondern um die Oberliga Baden-Württemberg.«

Lott lächelte.

Petra wurde wütend. Sie kramte in ihrer Tasche eine Broschüre hervor und drückte sie Lott in die Hand.

Dann teilte sie allen mit, dass sie Dr. Walter Maus und Peter Keckeisen, die beide zum Vorstand des Fußballvereins gehörten, noch einmal zu Bobos Anschuldigungen befragt hätte.

»Und?«, hakte Lott nach.

»An der Sache muss was dran sein, hat Walter Maus gemeint. Nur beweisen könnten sie nichts. Und der WFV steckt mit drin, hat Keckeisen behauptet.«

»Du meinst, die ganze Welt hat sich gegen den Ulmer Fußball verschworen?«, feixte Lohner.

Petra warf erst ihm, dann Lott strafende Blicke zu, knallte dann ihren Bericht auf den Schreibtisch und schlug die Bürotür hinter sich zu. So vehement ihr Abgang war, so leise instruierte Lott nun Ilona, sie möge sich im Umfeld von Severin Freudenberg umhören, und Lohner beauftragte er, sich nun wie bereits vorgeschlagen den Computer von Kathrin Freudenberg vorzunehmen. Kurfeß sollte eine möglichst detaillierte Aufstellung der Vermögensverhältnisse des ganzen Freudenberg-Clans erstellen. Lott nahm sich vor, noch einmal mit Uwe Schwegler zu sprechen.

Beim Verlassen des Gebäudes bat er Lina Bausch, sie möge doch versuchen, Brauchle zu erreichen. Er war der Konferenz unentschuldigt ferngeblieben.

Draußen warf Lott einen Blick in die Broschüre, die Petra ihm zugesteckt hatte.

Offizielle Regeln des deutschen Fußballbundes stand auf dem Umschlag. Lott schlug wahllos auf und las Regel Nr. 10: *»Die Mannschaft, die während des Spiels die meisten Tore erzielt hat, hat gewonnen. Wenn jede Mannschaft keine oder die gleiche Anzahl von Toren erzielt hat, gilt das Spiel als unentschieden.«*

Lott schlug das Regelbuch zu. Er war sich sicher, dass er den Fall nun lösen würde.

17

»Den Uwe Schwegler findest du immer ums Münster herum. Und wenn du ihn dort nicht antriffst, dann treibt er seine Gäste durchs Fischerviertel. Für die Japaner ist das genügend Ulm.«

Hattlers Aussage war Lott noch im Ohr, als er auf der Suche nach Schwegler über den Münsterplatz ging, wo sich nur wenige Zuschauer vor der Großbild-Leinwand verloren, auf welcher Argentiniens Elf die Mannschaft aus Serbien/Montenegro geradezu demütigte.

Uwe Schwegler saß im Stadthaus-Café. Er saß am Fenster mit Blick zur Deutschen Bank und las aufgeregt und kopfschüttelnd in einer Broschüre.

Als Lott zu ihm an den Tisch kam, wetterte Uwe gleich los: »Dieser Restaurantführer ist die Peinlichkeit schlechthin, und das nicht nur, weil er meinen Lieblingsitaliener fertig macht. Wenn ich nicht genau wüsste, weil ich diesen Möchtegern-Baedeker nun mal kenne, dass es der pure Dilettantismus ist, der hier die Seiten besudelt ...«

Schwegler ließ wütend die Seiten durch seine Finger gleiten, dann schlug er, wie es schien, wahllos eine Seite auf. »Schau hier: *Ofaschlupfer.* Bei der letzten Ausgabe noch hoch gelobt, lässt dieser kulinarische Depp plötzlich kein gutes Haar mehr an ihm.«

Uwe klappte die Broschüre zu und fächelte sich damit frischen Wind zu.

»Schadenfreude boomt eben«, meinte Lott. »Das gilt wohl auch für die Gastronomie«.

Uwe Schwegler pflichtete ihm bei und sagte: »Zum Glück können meine Japaner kein Deutsch!«

Lott wechselte abrupt das Thema: »Du musst mir helfen, Uwe.«

»Kathrin Freudenberg?«

»Ich muss einfach mehr über sie wissen. Petra hat sich auf die Reutlinger eingeschossen. Glaubt, dass der Mord mit Fußball zu tun hat.«

»Das wäre zu schön, um wahr zu sein«, grinste Uwe und fragte: »Und du? Was glaubst du?«

»Du weißt doch, dass ein Ermittler nur den Fakten glaubt.«

»Dein Bauchgefühl?«

»Der Schauspieler.«

»Nee, Klaus, der Severin Freudenberg ist harmlos. Der mordet allenfalls auf der Bühne. Und dann nur, wenn's unbedingt sein muss.«

»Aber er profitiert als Einziger.«

»Weißt du das so genau?«

»Er erbt.«

»Jemand anderer würde vielleicht viel verlieren.«

»Das hat Petra auch gemeint. Aber glaubst du denn an Bobos Verschwörungstheorien?«

»Die Ulmer sind betrogen worden, soviel ist klar. Fragt sich nur, in welchem Umfang. Und die Frage ist auch, welche Rolle spielte Kathrin dabei.«

»Du kennst sie besser«, lockte Lott.

»Die Kathrin hat zwei Seiten gehabt. Einerseits konntest du von ihr alles haben. Sie konnte sich einsetzen für eine Sache. Vor allem, wenn es um den Verein als Familienersatz ging, wie sie sich einmal ausdrückte. Der Versehrtensport lag ihr am Herzen und die Jugendarbeit. Jugendsport ohne Leistungsdruck, wohlgemerkt. Andererseits war sie verbissen konsequent. So war es ihr ein Gräuel, Amateurfußballern enorme Summen zu zahlen, die heute aber in den unteren Ligen bereits gang und gäbe sind.«

Die Bedienung kam an den Tisch. Lott bestellte ein Wasser.

»Über die Verteilung des Etats kann sie doch aber nicht allein entscheiden.«

»Das nicht. Aber sie hat großen Einfluss. Vor allem bei den Sponsoren. Seit dem Abstieg aus der Bundesliga zögern alle potenziellen Investoren, noch einmal auf das Pferd Fußball zu setzen. Es gibt ja auch Basketball in Ulm und es gibt Kultur, die man vielleicht werbeträchtiger sponsern kann.«

Plötzlich sah Lott, wie Bobo am Stadthaus vorbeiging.

Auch Schwegler hatte ihn erkannt, gestikulierte wild und klopfte an die Scheibe, bis Bobo aufmerksam wurde.

»Bist du ausgebrochen?«, fragte Lott scherzhaft, als Bobo zu ihnen an den Tisch kam.

»Ich dachte, ich hätte es dir zu verdanken?«

»Ich habe dem Staatsanwalt lediglich mitgeteilt, dass gegen dich nach dem jetzigen Stand der Ermittlungen kein dringender Tatverdacht mehr besteht.«

»Darauf sollten wir einen trinken«, sagte Uwe und bestellte Prosecco, den Lott mit Widerwillen schluckte.

»Auf Kathrin Freudenberg«, sagte Uwe und hob sein Glas.

»Auf Kathrin, auch wenn wir selten einer Meinung waren, doch deinen Mörder finden wir. Wie damals den Satkowski!«

»Wie damals den Satkowski!«, echote Bobo.

»Wir?«, fragte Lott. »Ich denke, dass du von der Ermittlung ausgeschlossen bleibst.«

»Dann ermitteln wir eben privat«, schlug Uwe vor. »Und hoffen, dass der Mörder ein Reutlinger ist.«

Bobo und Uwe lachten im Duett.

»Dann viel Spaß dabei«, sagte Lott, ließ den Prosecco stehen und verabschiedete sich von den beiden.

Er ging zum Neuen Bau zurück. Lina Bausch meldete, dass Brauchle sich entschuldigt hätte. »Der Rücken«, sagte sie, als ob dies alles erkläre, allemal für Männer in Lotts Alter. »Außerdem hat schon zweimal jemand von der Zeitung angerufen, der Sie unbedingt sprechen möchte. Der Herr Thürheimer. Und Frau Mai hat eine Nachricht hinterlassen. Liegt auf Ihrem Schreibtisch.«

Lott nickte und lächelte. Lina Bausch erwiderte nervös das Lächeln. Und Lott freute sich, dass er noch immer Frauen nervös machen konnte.

Auf seinem Schreibtisch fand er Petras Nachricht vor.

Lieber Klaus, ich glaube, es ist nicht gut, wenn ich weiter in der Soko, für die du ja nicht einmal einen Namen gefunden hast, mitarbeite. Bei Lander habe ich Urlaub für die beiden nächsten Wochen beantragt. Bitte befürworte das.

Petra.

Das hatte Lott befürchtet. Mit Petra, die er als Polizistin sehr schätzte, hatte er immer Probleme gehabt, die weniger auf der dienstlichen als auf der persönlichen Ebene zu suchen waren. Als wesentlich älterer Mann und Vorgesetzter war er für sie zu einer Projektionsfigur geworden. Irgendwie musste er für alle Klischees herhalten, sei es der karrierebewusste Macho oder der faule Vorgesetzte. Sein Weggang hatte eine Klärung überflüssig gemacht, und er tendierte auch jetzt dazu, das Problem auf kleiner Flamme zu kochen.

Lott las das Schreiben noch einmal, griff zum Telefonhörer, ließ es aber dann doch bleiben, sie anzurufen. Erst die Sache ruhen lassen, dachte er. Nicht gleich reagieren. Das würde nur alles komplizieren.

Im selben Augenblick klingelte das Telefon.

»Herr Lott, der Herr Thürheimer wieder«, meldete sich Lina Bausch.

»Ist gut, stellen Sie durch.«

Wie Lott erwartet hatte, wollte Thürheimer ein Interview.

»Ich kann in einer Viertelstunde bei Ihnen sein«, drängte er.

Lott überlegte kurz und sagte zu. Er dachte darüber nach, dass der Redakteur vielleicht mehr Informationen für ihn hatte als umgekehrt.

Der Stand der Ermittlungen war nicht gerade zum Vorzeigen. Ein erster Tatverdächtiger, Bobo Müller, zählte definitiv nicht mehr zum Kreis der dringend Verdächtigen, es sei denn, sein Plan wäre gewesen, den perfekten Mord zu inszenieren. Aber davon war Bobo so weit entfernt wie die Erde vom Mond. Andere Spuren führten nach Reutlingen, wo diffuse Spielabsprachen, die möglicherweise eine Erpressung im Schlepptau hatten, ein Motiv für den Mord hergaben. Oder der Ehemann, ein Schauspieler, der die Ehe vielleicht auch als eine Art Bühne betrachtete, wobei die Frau sein regelmäßiges Honorar beisteuerte, um eine Scheinwelt aufrechtzuerhalten. Oder ein unbekannter Liebhaber, der fürchtete, kompromittiert zu werden, und einen Mord als das kleinere Übel betrachtete.

Lott gab zu, es war eine klägliche Ausbeute, die er der Presse und dem Staatsanwalt vorlegen konnte. Dann dachte er an Petra und an die Gründe, warum sie aus der Ermittlung aussteigen wollte. Wollte sie ein sinkendes Schiff verlassen, dessen Steuermann der Unfähigkeit bezichtigt werden würde? In diesem Augenblick sehnte sich Lott nach einem Leben im Ruhestand. Er sehnte sich nach seinem Zuhause. Nach Elli, die vielleicht auf dem Balkon lag und sich dazu bereitfand, Literatur zu lesen, um unsere Kultur aufrechtzuerhalten. *Wo lebt sich's besser als im Schoße der Familie ...* In Gedanken wollte Lott sich gerade neben seine Frau legen, als es an seiner Bürotür klopfte und gleich darauf, ohne eine Antwort abzuwarten, Bodo Thürheimer eintrat.

Lott reichte ihm die Hand und bat ihn, Platz zu nehmen.

Der Lokalredakteur nestelte aus seiner Umhängetasche ein Aufnahmegerät hervor und fragte Lott, ob er es für dieses Interview benützen dürfe. Lott sagte zu, der Redakteur prüfte, ob das Band lief, und setzte einen Interviewerblick auf.

»Unsere Leser werden nervös«, begann Thürheimer, »unsere Fußballer stehen im Achtelfinale, aber in der Mordsache unserer Kathrin Freudenberg hat sich seit dem Eröffnungsspiel nichts getan. Woran liegt es?«

»Bei den meisten Kapitalverbrechen liegt das Motiv in der Persönlichkeit des Opfers; in unserem Falle aber sind wir, was das betrifft, noch immer auf der Suche.«

»Hat der Mord möglicherweise mit Fußball zu tun?«

»Wenn Sie mit einem Motiv dazu beitragen könnten, gewiss.«

»Der gesellschaftliche Aufstieg unserer Kathrin und der fast gleichzeitige Abstieg ihres Ehemanns, Severin Freudenberg, wäre das eine Spur zu einem Motiv?«

»Freudenberg stand zur Tatzeit in Regensburg auf der Bühne. In *Maske in Blau.*«

»Bobo Müller war Ihr erster Hauptverdächtiger.«

»Nicht meiner«, unterbrach Lott.

»Sondern?«

»Die Verdachtsmomente gegen ihn waren der Grund, das Dezernat für Sonderaufgaben mit dem Fall zu beauftragen. Sonst säße ich nicht hier, sondern in Tübingen.«

»Wie fühlen Sie sich an Ihrer alten Wirkungsstätte?«

»Nicht daheim.«

Lott stockte, dann sagte er: »Streichen Sie bitte meinen letzten Satz. Es ist ja nicht meine Aufgabe, mich hier daheim zu fühlen.«

Thürheimer nickte und fuhr fort: »Bobo Müller ist wieder auf freiem Fuß, heißt das, Ihre Aufgabe in Ulm ist damit, theoretisch, zu Ende?«

»Nein. Ich werde Ulm erst wieder verlassen, wenn der Fall gelöst ist«, sagte Lott und staunte selbst, dass er zu derart heroischen Äußerungen fähig war.

»Glauben Sie an eine rasche Lösung des Falles?«

»Rasch ist, wie Sie eingangs angedeutet haben, ja bereits vorbei. Es gibt aber doch Spuren, die vielversprechend sind.«

»Ein Beispiel ...!«

»Nein, und Sie wissen auch, weshalb.«

Lott lächelte und ließ damit erkennen, dass er das Interview für beendet hielt. Thürheimer schaltete das Aufnahmegerät ab. Als er aufstehen wollte, hielt ihn Lott zurück.

»Was glauben Sie denn, wer die Freudenberg ermordet haben könnte?«, fragte er den Journalisten, der verblüfft seine Tasche zurück auf den Tisch legte und sich wieder setzte.

»Sie kennen die Freudenberg besser als ich, außerdem das Umfeld und überhaupt alles, was in Ulm so vor sich geht. Ist schließlich Ihre Aufgabe als Chef der Lokalredaktion.«

Thürheimer lehnte sich zurück.

»Zu meinem Geburtstag vor drei Jahren wollte die Freudenberg mir, quasi als Geschenk, einen blasen.«

»Und, haben Sie das Geschenk angenommen?«

»Es abzuschlagen wäre doch unhöflich gewesen.«

Lott lächelte.

»Ich wollte damit nur sagen, dass die Kathrin jede Menge Unorthodoxes gemacht hat, so dass es schwierig sein dürfte abzuschätzen, in welche Schwulitäten sie sich gebracht haben könnte.«

Damit stand Thürheimer nun wirklich auf und ließ sich durch nichts mehr aufhalten. Er schnappte seine Tasche, gab Lott die Hand und wandte sich geschäftig zur Tür, als würde sein nächster Termin ihn davonziehen.

Das ist ein ganz und gar mittelmäßiger Kriminalroman, in dem ich hier ermittle, dachte Lott. Und etwas resignierend sackte er tiefer in seinen Stuhl und griff nach dem Telefonhörer wie nach einem Strohhalm, an dem er sich festhalten musste.

Er wählte Petra Mais Handynummer. Es meldete sich die Mailbox. Lott legte auf. Und war dann eigentlich froh, dass er jetzt nicht mit ihr sprechen musste.

Er ging zu Lina Bausch und bat sie, die Soko für morgen 11 Uhr zu einer Dienstbesprechung zusammenzurufen.

Dann gab er Lina die Hand. Sie griff zögerlich danach und wurde rot.

Lott buchte das für sich als Erfolg. Erst die Schmerzen in der Hüfte, die ihn auf dem letzten Treppenabschnitt einholten, schmälerten sein Hochgefühl wieder.

Eigentlich hätte er noch bei Mollenkopf vorsprechen müssen, der wiederholt geklagt hatte, nicht termingerecht über den Stand der Ermittlungen informiert zu werden.

Doch als Lott im Auto saß, wollte er nichts als nach Hause. Er beeilte sich, aus der Stadt zu kommen, wählte den Landweg, weil am späten Freitagnachmittag auf der Autobahn mit einem hohen Verkehrsaufkommen zu rechnen war.

Die Sonne hatte, obwohl der Abend bereits in den Startlöchern saß, noch immer genug Kraft, um ihm unangenehm zu sein.

In Blaubeuren schlug die Kirchturmuhr die volle Stunde. Lott schaltete die Nachrichten ein: *Schwabenradio. Da sind wir daheim.* Und so erfuhr er, dass Bruno von einem Auto gestreift, aber offenbar nur leicht verletzt worden war. Der Sprecher des bayerischen Umweltministeriums appellierte an die Camper rund um den Speichersee, beim Grillen Vorsicht walten zu lassen. Es könnte zu einer gefährlichen Begegnung mit Bruno kommen, falls sich dieser durch die Würste auf dem Grill anlocken ließe. Danach folgte Fußball. Die Niederlande hatten mit 2 : 1 im Spiel gegen die Elfenbeinküste die Nase vorn.

18

Elli las bereits wieder ein neues Buch. *Nachtzug nach Lissabon.* »Hör zu«, sagte sie. »Kleinliche Buchhaltung über Großzügigkeit. Auch das gibt es.«

Lott spürte, wie das Zitat in ihm nachhallte, und er beneidete Elli darum, immer an der Quelle derartiger Weisheiten zu sitzen. Er dagegen musste sich um Lebensumstände kümmern, die nicht verdaut worden waren. Einmal war ihm der Satz in den Sinn gekommen: »Verbrechen sind das Erbrochene menschlicher Existenz.« Aber dann war er froh gewesen, dass er kein Philosoph war, denn sonst hätte er den Satz notieren müssen. Er war auch froh, dass er kein Fußballspieler war, denn von denen wurde in letzter Zeit auch immer mehr Philosophie verlangt. *Im Fußball sind Zeit und Raum das gleiche.* Oder: *Wir leben alle auf dieser Erde, aber eben auf verschiedenen Spielhälften.*

Er drehte sich um und bat Elli, das Licht zu löschen.

In der Dunkelheit dachte er an Thürheimer und daran, dass dem Kathrin Freudenberg als Geburtstagsgeschenk einen geblasen hatte. Wie er bei so einem Angebot reagiert hätte? Vielleicht hätte er sich rausgeredet, dass er im Dienst wäre. Oder aber es höflichkeitshalber, wie Thürheimer auch, geschehen lassen. Die Vorstellung erregte ihn und er ließ Elli das Ergebnis seiner Erregung spüren. Elli war verwundert, aber bereit. Wenn sie miteinander schliefen, steckten sie noch immer in einem Vakuum von Zeitlosigkeit.

In der Nacht dann meldete sich die Hüfte mit heimtückischen Schmerzen. Egal, auf welche Seite er sich auch wälzte, die Schmerzen passten sich jeder Lage an. Lott stand auf und fand auf Anhieb die grüne Schachtel mit den Tabletten. Er nahm gleich zwei, legte sich wieder hin und sehnte den Moment herbei, in dem ihre Wirkung einsetzte.

Als er am Morgen aufwachte, waren die Schmerzen weg. Elli war schon aufgestanden. Statt ihrer lag nun Flaubert neben ihm. Beim ersten Wimpernschlag spürte er die Zunge des Hundes in seinem Gesicht. Lott ließ es einen Augenblick lang zu, dann stand er auf, ging ins Bad und später auf den Balkon, wo Elli den Frühstückstisch gedeckt hatte.

»Es wird spät heute Abend«, sagte er. »Brauchle will mich mit aufs Zeitbeerfest schleppen.«

Lott wusste nicht, ob Elli darüber enttäuscht war. Sie war eine Dulderin von Natur aus, die sich nichts anmerken ließ. Es gab Momente, da hasste er sie deswegen. Jetzt aber, da sie sagte: »Schade, ich wäre gerne mitgegangen, aber der Hund ...«, da hätte er am liebsten geantwortet, er wolle versuchen heimzukommen und auf das Fest verzichten, doch er wusste, dass Brauchle es schaffen würde, ihn zum Bleiben zu überreden.

So umarmte und küsste er Elli fester als gewöhnlich und winkte auch noch, als er bereits um die Straße bog und sie sein Winken eigentlich nicht mehr sehen konnte.

Um zehn Uhr war Lott im Neuen Bau. Er rief Mollenkopf an und versprach, ihm den Stand der Ermittlungen umgehend nach der auf elf angesetzten Dienstbesprechung vorzulegen.

Danach rief er Petra an. Da sie sich nicht meldete, musste sie mit einer Abmahnung rechnen. Lander hatte ihren Urlaub nicht bewilligt.

Punkt elf trafen Ilona, Lohner, Kurfeß und Brauchle ein. Brauchle machte keinen Hehl daraus, wie es um seinen Rücken stand. Jede unachtsame Bewegung schien er büßen zu müssen. Mit schmerzverzerrtem Gesicht ließ er die anderen daran teilhaben.

Ilona hatte in Erfahrung gebracht, dass Severin Freudenberg wieder einmal eine Affäre mit einer wesentlich jüngeren Kollegin hatte; einer Rumäniendeutschen, wie sie von Frau Mazur, der verantwortlichen Bühnengestalterin, erfahren hatte.

»Seit gut einem halben Jahr geht das nun schon, hat Frau Mazur gemeint. Aber wie ernst das Ganze ist, wusste auch sie nicht zu sagen.«

Kurfeß hatte die Vermögensverhältnisse der Freudenbergs detailliert aufgeführt. Zwei Immobilien am Michelsberg hatte Kathrins Vater ihr, dem Einzelkind, noch zu Lebzeiten überschrieben. »Keine Nobelvillen, eher sanierungsbedürftige Mietshäuser, also nicht das große Los«, meinte Kurfeß und berichtete, dass die Mutter, die als Pflegefall im Klarissenhof liege, über ein Festgeldkonto verfüge, das jedoch demnächst aufgelöst werden musste, weil die Witwenrente nicht mehr ausreichte, um davon den Pflegesatz zu bezahlen.

»Wie hoch ist das Festgeldkonto?«, fragte Lott.

»Derzeit etwas über fünfzigtausend Euro«, antwortete Kurfeß.

»Und außer Kathrin keine Erben?«, hakte Ilona nach.

»Nein, was bedeutet, dass Pascal Freudenberg an ihrer Stelle das Erbe antreten kann«, erklärte Kurfeß.

»Das Vermögen von Kathrin selbst war auch nicht so, dass sich ein Mordmotiv aufdrängen würde. Einige Fonds, ein paar Risiko-Aktien, Barvermögen knappe zehntausend.«

»Trotzdem keine schlechte Partie«, grinste Brauchle.

»Eine Lebensversicherung?«, fragte Lott.

»Zweihunderttausend im Todesfall«, lächelte Kurfeß, in der Art, als hätte er sich bis zuletzt diesen Trumpf aufgespart.

Lott machte sich ein paar Notizen, dann fiel sein Blick auf Lohner. »Was gibt der Computer her?«

»Es gibt keinen Computer mehr in Freudenbergs Haushalt.«

Lohners Antwort überraschte jeden im Raum.

»Er muss das Notebook weggeschafft haben«, zuckte Lohner entschuldigend die Achseln.

»Hast du Severin Freudenberg gefragt?«

»Er weiß nichts von einem Notebook und kann mit so etwas auch nicht umgehen, hat er gemeint.«

»Aber Kathrin hatte doch einen Computer«, konstatierte Ilona.

»Ja, ein Notebook. Hat der Freudenberg ja auch nicht abgestritten, aber er weiß nicht, wo das geblieben ist.«

»Ist es möglich, dass der Sohn es mitgenommen hat?«, fragte Ilona weiter.

»Hat der alte Freudenberg auch vermutet.«

»Ob der so weltfremd isch, wie er tut?«, warf Brauchle ein.

Wieder zuckte Lohner die Achseln.

»Hast du versucht, den Sohn zu erreichen?«, fragte Lott.

»Ja«, antwortete Lohner unwirsch, »und seit einer Stunde versucht es Lina, aber bisher ohne Erfolg.«

Dann unterrichtete er die Kollegen noch davon, dass Kathrins Leiche jetzt freigegeben werde.

Gerade als die Soko auseinandergehen wollte, unverrichteter Dinge und deshalb trotz bevorstehendem Wochenende mit schalem Gefühl, meldete sich Lina Bausch übers interne Telefonnetz, sie habe den Freudenberg junior in der Leitung.

»Stellen Sie ihn durch«, bat Lott.

Während Lott nach dem Verbleib des Notebooks der Mutter fragte, harrten die Kollegen gespannt auf die Antwort. Lott legte auf und berichtete: »Kathrin Freudenbergs Notebook liegt in der Geschäftsstelle des Sportvereins. Freudenberg junior hat behauptet, Dr. Maus habe ihn abgeholt. Er habe darum gebeten, weil sie an einige Vereinspapiere, die Kathrin bearbeitet hätte, herankommen müssten. Es gehe dabei um die neue Fußballsaison.«

Lohner wandte sich zur Tür. »Ich übernehme das«, sagte er.

Lott stimmte zu, wünschte den andern ein schönes Wochenende und bat Lohner, er möge sich heute noch bei ihm melden. Dann entließ er die Soko, denn trotz des Hinweises gab es keinen Grund, die Nachforschungen am Sonntag fortzuführen. Die Ermittlungen standen nicht unter dem Diktat besonderer zeitlicher Dringlichkeit. Lott kannte die Regeln. Er setzte sich deshalb jetzt an den Computer und wollte für den Staatsanwalt den Stand der Ermittlungen zusammenfassen.

Da machte sich Lotts Handy mit *You're Beautiful* bemerkbar. Den Klingelton hatte Lisa ihm zum Geburtstag geschenkt. Fast bei jedem Anruf musste er deshalb an seine Tochter denken.

Petra Mai war dran. Als wäre nichts vorgefallen, berichtete die Kollegin, dass sie bei der Geschäftsstelle des Vereins sitze.

»Warte dort«, sagte Lott. »Lohner ist gleich bei dir.«

Erklärungen wollte er jetzt nicht hören und legte auf. Dann begann er mit seinem Bericht für den Staatsanwalt. Dabei zog er in Betracht, den Ermittlungsplan noch einmal zu überdenken, insbesondere den Durchführungsplan, der ihm überholt erschien. Aber dann ärgerte er sich, dass er dabei in einen Schematismus verfiel, was er doch bei seiner Vorlesung an der Polizeihochschule so vehement abgelehnt hatte. Form und Systematik von Ermittlungsplänen sind abhängig von der Spezifik der zu lösenden Aufgaben und deren Umfang. Sie sind an keine bestimmte Form gebunden. Ihrem Wesen nach sind schriftliche Ermittlungspläne kriminaltaktische Ermittlungskonzeptionen, welche die Organisation der Umsetzung darin gestellter Aufgaben enthalten.

Er hatte mit solchen Formulierungen vor den Studenten geglänzt und ihnen Freiheiten vorgegaukelt, die der kriminalistische Alltag nicht zuließ. Lott dachte, dass es vielleicht besser wäre, sich jetzt auf den Stand der Ermittlungen zu beschränken und allenfalls den Maßnahmenplan zu erweitern. Eine Stunde genügte ihm für die Ausarbeitung, die er per Mail an Mollenkopf übermittelte. Dann vertiefte er sich noch einmal intensiv in die Ermittlungsakten in der Hoffnung, etwas zu finden, was ihn weiterbrachte. Als er auch nach Stunden nichts Neues entdeckte, verließ er frustriert den Neuen Bau.

Auf dem Münsterplatz war es ruhig. Portugal spielte gegen den Iran.

19

Brauchle rief an, ob er um halb sieben bei ihm sein könne, damit sie rechtzeitig zum Zeitbeerfest kämen und auf dem Klosterhof noch einen Platz nahe dem Ehrentisch ergattern könnten.

Lott schmunzelte und sagte zu. Brauchle war einer, der gerne dazugehörte.

Auf dem Weg zum Wagen dachte Lott über das Zeitbeerfest nach, das mit der Besetzung der Franzosen und dem sauren Söflinger Wein zu tun hatte. Aber er konnte die Geschichte nicht einmal mehr vage aus der Erinnerung schälen.

Er rief Elli an, nicht, um sie danach zu fragen, sondern um sie wissen zu lassen, dass er nun auf dem Weg zu Brauchle sei.

»Spätestens um zwölf bin ich daheim«, versprach er und hörte im Hintergrund Flaubert bellen.

Bei Brauchle, der schon bereitstand, nahm er eine Tablette gegen seine Hüftschmerzen. Dann gingen sie zu Fuß zum Klosterhof. Dabei berichtete er Brauchle, dass er Mollenkopf endlich den Bericht über den Stand der Ermittlungen gemailt habe, mit dem Ergebnis aber alles andere als zufrieden sei.

Lott merkte, dass Brauchle nicht zuhören wollte. Für ihn war jetzt Feierabend. Auch kam es ihm vor, als beschleunigte Brauchle das Tempo, wohl um etwaigen weiteren Berichten zu entfliehen. Brauchles Rückenschmerzen schienen vergessen, so schnell wie er dem Klosterhof jetzt zusteuerte, um dort die erhofften Plätze zu sichern.

Als er den Bürgermeister erblickte, hob Brauchle die Hand zum Gruß. Lott kaufte sich eine Wurst und bestellte ein Bier. Die Musikkapelle spielte so laut, dass eine Unterhaltung nur in den Pausen möglich schien. Ein Großbildfernseher durfte auch hier nicht fehlen. Man hatte halt an alles gedacht. Italien – USA hieß die nächste Begegnung.

Der Ehrentisch füllte sich. Lott kannte sie fast alle. Frau Nass mit Gemahl, den Oberbürgermeister, die Stadträte. Die Vertreter der Unabhängigen Wählergemeinschaft Söflingen. Und freilich die Unternehmer, die eigentlichen Herren, die auch im Lokalen bestimmten, welchen Spielraum der Politik zukam.

Lott wunderte sich, als Frau Nass ihn an den Ehrentisch bat. Brauchle, den er im Schlepptau hatte, nahm hocherfreut an.

»Wie weit sind Sie mit Ihren Ermittlungen?«, fragte sie Lott. Lott hatte befürchtet, dass er darauf angesprochen würde. Aber jetzt war er doch irritiert. Es war die Art und Weise, wie sich Waltraud Nass danach erkundigte. Ihre Augen flackerten nervös, und noch während sie fragte, suchte sie ungelenk nach einer Zigarette, als ob sie sich auf ein längeres Gespräch einstellen wollte. Brauchle geizte nicht mit einer Antwort und orakelte von vielversprechenden Spuren. Lott lenkte ab und sagte, dass er lange nicht mehr im Klosterhof gewesen sei und ihn noch immer nur mit der Kirchweih in Verbindung bringe. Frau Nass ließ nicht locker, ignorierte Brauchle und rückte ein Stück näher zu Lott.

»Verfolgen Sie wirklich eine konkrete Spur?«

Unter dem Siegel der Verschwiegenheit vertraute Lott ihr an: »Meine Kollegin meint, der Mord hätte mit Fußball zu tun.«

»Dem Fußball traue ich alles zu«, antwortete Waltraud Nass bitter.

»Aber ein Mord?«, hakte Lott skeptisch nach.

»Gewiss«, sagte Frau Nass und strich sich eine Strähne ihrer dunklen Haare aus dem Gesicht. Dann drehte sie sich zur Seite, um eine Bestellung aufzugeben. Lott fixierte ihren schlanken, drahtigen Körper, ihre gewiss ansatzlose Bräune, die auch im Dekolletee nicht blasser zu werden schien, und schließlich ihr Gesicht. Römisch kam es ihm vor, und er versuchte, sich zu erinnern, wann und zu welchem Anlass er sie zuletzt gesehen hatte, als sie sich ihm, schier ruckartig, wieder zuwandte.

»Wann wird Kathrin zur Bestattung freigegeben?«, fragte sie.

»Ich denke, das ist bereits geschehen«, antwortete Lott und ärgerte sich über seine vorsichtige Antwort. Er wusste von Lohner doch definitiv, dass die Leiche freigegeben wurde.

Da setzte die Musik ein und machte jede Unterhaltung unmöglich. Nur Brauchle kämpfte gegen die laute Umgebung an. Er saß dem Fußballtrainer der TSG gegenüber und brüllte mehr als er redete. Lott nahm nur Wortfetzen wahr. Abstieg und Türken und Fahrgeld und schließlich Gurkentruppe.

Als die Musikkapelle die Anwesenden mit einer neuerlichen Pause belohnte, beugte sich Brauchle zu Waltraud Nass.

»Ich hab gehört, die TSG bekommt einen neuen Trainer.«

»Tatsächlich, wen denn?«, fragte Frau Nass, einen Witz ahnend, zurück.

»Reinhold Messner, der soll alles für den Abstieg klarmachen.«

Brauchle lachte, Frau Nass auch, aber eher aus Höflichkeit, und der Trainer nutzte die Gelegenheit, um augenblicklich das Weite zu suchen.

»Die Fußballübertragungen werden auch immer beliebter«, fuhr Brauchle fort und deutete in Richtung Großbildfernseher. »Mehr als ein Drittel der Bundesbürger schaltet regelmäßig ein. Der Rest greift auf herkömmliche Schlafmittel zurück.«

Brauchle lachte wieder, aber diesmal verdrehte Frau Nass nur die Augen. Dann drehte sie sich um und zischte ihrem Mann, der links neben ihr saß, etwas zu.

Brauchle stand auf und holte sich eine Wurst. Seit zwanzig Jahren wohnte er bereits in Söflingen. Aber um als Söflinger zu gelten, musste man wohl hier geboren sein. Sonst wurde man, vor allem bei solchen Anlässen, geflissentlich übersehen. Die Söflinger blieben gerne unter sich. Lott war einer von ihnen, auch wenn er seit seiner Jugend kaum noch hierherkam.

Die Musik setzte jetzt wieder ein. Lott bemerkte, wie das Ehepaar Nass im Schutz volkstümlicher Klänge sich angiftete und Herr Nass schließlich aufstand und grußlos den Tisch verließ. Ulms Oberbürgermeister nützte die nächste Musikpause, um sich für die Einladung zu bedanken, und er versäumte auch nicht, dem Zeitbeerfest einige aufklärende Worte zu widmen. Dann wünschte er dem Festabend einen harmonischen Verlauf und ging unter Beifall an seinen Platz zurück.

»Wie hoch schätzen Sie den Marktwert der Ulmer Fußballer ein?«, fragte Brauchle Frau Nass, als der Beifall langsam versiegte, die Musik aber noch nicht wieder eingesetzt hatte.

»Sie werden's mir sicher gleich sagen«, antwortete Waltraud Nass höflich lächelnd.

»Drei Euro«, feixte Brauchle.

»Warum das?«

»Elf Mal Flaschenpfand«, triumphierte Brauchle, lachte, wartete aber vergeblich darauf, dass jemand in sein Lachen einstimmte. Enttäuscht nahm er einen kräftigen Schluck Bier und hielt sich danach eine ganze Zeitlang zurück.

Als Frau Nass sich wieder an Lott wandte, um den Faden wieder aufzunehmen und das Gespräch über die Ermittlung weiterzuspinnen, bemerkte Lott eine Veränderung bei ihr. Sie wirkte mit einem Male nicht nur fahrig und nervös. Eine Trauer, die er nicht genau bezeichnen konnte, zeigte sich in ihrem echauffierten Ausdruck. Auch schaute sie Lott nur ganz kurz in die Augen und dann gleich wieder weg, immer in andere Richtungen. Sie hörte selbst ihren eigenen Fragen nicht zu, geschweige denn, dass sie Lotts Antworten gehört hätte.

»Im Ermittlungsplan schlägt sich der Charakter des Ermittelns und der damit verbundenen schöpferischen Denkarbeit zum Erkennen von Zusammenhängen bei der Sachaufklärung von Straftaten nieder.« Gut, er hätte nicht gleich wieder brillieren müssen. Schließlich war das hier kein Lehrsaal und Frau Nass doch eher an den Ergebnissen interessiert als an der organisatorischen und logistischen Durchführung von Einzelmaßnahmen. Einen Tick weniger Fachjargon und die Augen von Frau Nass hätten vielleicht nicht derart hektisch gezuckt. Jetzt stand sie plötzlich auf, ohne noch auf Lotts Äußerungen zu reagieren, und verschwand hinter dem Toilettenwagen.

Die Kapelle spielte gerade den *Anton aus Tirol* und animierte die Zuschauer zum Schunkeln und Mitsingen. Lott stand auf und holte sich noch eine Wurst, auch wenn er befürchtete, dass ihm davon schlecht werden würde. Aber nichts war ihm mehr zuwider, als zu schunkeln. Da wurde ihm schon lieber von der Wurst übel. Brauchle dagegen nützte die Gelegenheit, um endlich dazuzugehören.

Lott wollte nicht gleich an seinen Tisch zurück. Interessiert schaute er zu, wie ein Mann geschickt einen Rettich zu einer Ziehharmonika schnitt. Dann entdeckte er Waltraud Nass.

Im Schatten der Imbissbude hatte sie eine Auseinandersetzung, diesmal mit einem anderen Mann. Dieser griff nach ihren wild fuchtelnden Armen und versuchte sie so zu beruhigen. Plötzlich ließ er von ihr ab und ging davon. Frau Nass war einen Augenblick lang im Begriff, ihm hinterherzulaufen. Dann schien sie sich anders zu besinnen und kehrte um.

Von der anderen Seite, an der der Großbildfernseher aufgebaut war, drangen Torschreie herüber. Die Söflinger Italiener bejubelten Gilardinos 1 : 0.

Als Lott an den Tisch zurückging, hatte Brauchle ein neues Opfer gefunden.

»Neujahrsnacht in München. Schweini meint zu Lukas Podolski: ›Na, wenn das bloß kein Unglücksjahr heuer wird, es beginnt ausgerechnet an einem Freitag.‹ – ›Ach‹, seufzt Podolski, ›da können wir ja froh sein, dass es nicht auch noch der dreizehnte ist.‹«

Weil sein Gegenüber lachte, fühlte sich Brauchle zu weiteren Witzen ermuntert. Lott verabschiedete sich und sagte, er wolle jetzt nach Hause fahren. Brauchle machte keinen Versuch, ihn zum Bleiben zu bewegen.

Lott war froh, dass er so ungehindert das Zeitbeerfest verlassen konnte. Nur der Maichel Bernd rief ihm von einem der Tische aus etwas zu. Die Musik war aber so laut, dass Lott nicht verstand, was Bernd meinte. So winkte er nur, nickte ihm zu und ging schnurstracks aus dem Klosterhof. Die Musik verfolgte ihn noch eine Weile und nistete sich in ungebetener Weise in seinem Ohr ein. Auch als er bereits Richtung Tübingen fuhr, wurde er die tumbe Melodie nicht los. Er schaltete das Radio ein, um etwas über Bruno zu erfahren. Doch sie brachten nur Fußballergebnisse. Im Rückspiegel sah er Blitze zucken. Über Ulm braute sich ein Gewitter zusammen.

20

Waltraud Nass ging den Weg an der Blau entlang, der zum Roten Berg führt. Seit Kindertagen war das ihr Weg, ein Heimweg und einer, der sie hinaus in die Welt tragen sollte. Da sie nie wirklich aus Söflingen hinauskam, blieb es aber in erster Linie ein Heimweg.

Auch heute, nach diesem vertanen Abend, der so unglücklich verlaufen war. Unnütze Streite am laufenden Band, so unnütz wie ein Kropf. Und das in einer so lauen Nacht, in der man anderes hätte anstellen können. Jetzt wollte sie nur noch nach Hause und sich bedauern und sich einigeln. Sich ganz ihrem Gekränktsein hingeben und dann schlafen.

Sie lauschte dem Geplätscher der Blau. Die Blau war ihr Fluss, seit ihrer Teenagerzeit schon. Ihm vertraute sie sich an. Nur ganz früh hatte der Fluss ihr Angst einjagen können. Wenn sie bei Dunkelheit noch unterwegs war und sie sich vor dem *Gauga-Ma* fürchtete, der die Angewohnheit hatte, kleine Kinder ins Wasser zu ziehen und sie zu ersäufen.

Sie war jetzt auf der Höhe des Fallenstocks angekommen. Links ging es zur TSG hoch. Es war ihr Verein. Sie hatte ihn erst zu dem gemacht, was er heute darstellte, hatte Projekte entwickelt, die in ganz Baden-Württemberg Schule gemacht hatten. Die Integration sozial schwacher Familien zum Beispiel, deren Problemkinder hier eine Heimat fanden und beitragsfrei aufgenommen wurden. Sie hatte mit Grund- und Hauptschulen den Dialog gesucht. *Schule und Verein – ein Modell der Zusammenarbeit* hatte sie dieses Projekt genannt. Und auch hier Erfolge verzeichnen können.

Sie wusste freilich auch, dass ein Verein ohne Leistungssport nicht ernst genommen wurde. Ihr Herz gehörte den Turnerinnen. Eine davon hatte es bis zur Weltelite geschafft. Nur mit dem Fußball hatte sie es nicht, da waren sie und Kathrin Freudenberg Seelenverwandte gewesen.

Die erste Mannschaft spielte mittlerweile in der Kreisliga. Sie hatten kaum Zuschauer und trotzdem verlangten sie ständig mehr Geld, zuletzt für ein Trainingslager in der Türkei. Da konnte sie doch nur lachen. Auch wenn man ihr das arg übelnahm.

Von den Krautgärten her waren jetzt die Rufe eines Nachtvogels zu hören. Waltraud Nass lauschte in die Dunkelheit und hörte noch ein anderes Geräusch, das sie erschreckte, weil sie es nicht zuordnen konnte. Dann wischte sie aber die Furcht beiseite und ging weiter, überlegte sich ein Thema für ihre nächste Kolumne im *Spatz,* dem Ulmer Szeneblatt, für welches sie schreiben durfte. Freilich nur, da war sie sich sicher, weil sie darin regelmäßig für die Backprodukte ihrer Firma warb.

Nass geschwätzt hatte sie ihre Kolumne genannt. Und dabei immer einen Finger in meist stadtplanerische Wunden gelegt. *Ulms Neue Mitte* zum Beispiel oder ob es Sinn mache, eine Multifunktionshalle eigens für Großveranstaltungen zu bauen.

Obwohl das Blatt nicht gerade die *Süddeutsche* war, war es für sie wichtig, darin zu schreiben. Ihre Einwürfe hatten immer Wirkung gezeigt, was Herrn Heller, den Herausgeber, stets in Unruhe versetzte. Er gehörte zu der Sorte Männer, die selbst auf ihr Nichtwissen stolz waren.

Waltraud Nass überlegte, ob Mildes VIP-Logen auf dem Münsterplatz so viel hergaben, dass sie ihre Kolumne damit füllen könnte. Doch im nächsten Moment verwarf sie den Gedanken wieder. Diese überdimensionalen Fußbälle sollten nicht noch mehr aufgeblasen werden. Eigentlich wollte sie ja über Kathrin Freudenbergs Ermordung schreiben. *Kathrins Tod von Mildes VIP-Logen aus betrachtet.* Das zumindest wäre ein Titel, der bei einigen Leuten die Alarmglocken läuten lassen würde. Ein Tritt ins Wespennest wäre das. Vielleicht hätte sie sich diesem Kommissar anvertrauen sollen.

Plötzlich war das Geräusch wieder da. Ein Zweig, der knackte, als wäre jemand draufgetreten. Sofort dachte sie: ein Geräusch von einem, der versucht, kein Geräusch zu machen. Dennoch wich ihre Angst jetzt einer kühnen Erwartung. Vielleicht war der Verursacher ja ihr Schorsch, der sie auf romantische Weise zu einem Schäferstündchen überreden wollte. Sie hatte ihn auf dem Zeitbeerfest nicht gesehen. Auch ein Grund, warum sie es so früh schon verlassen hatte.

Ihr Herz begann plötzlich vor Erwartung zu pochen. Doch als sie weiter horchte und nichts mehr hörte außer den

Wellen, die ans Ufer schlugen und vielleicht noch den sanften Wind, der durch die Weiden strich, die das Ufer umsäumten, kam die Angst wieder.

Sie ging jetzt schneller. Am liebsten wäre sie gerannt, aber der Stolz hielt sie davon ab. Schließlich waren das ihr Weg, ihr Fluss, ihr Terrain. Und sie glaubte nicht mehr an den *Gauga-Ma,* der sie ins Wasser ziehen würde, um sie zu ertränken. Sie war ja kein kleines Mädchen mehr. Doch ein wenig schneller musste sie schon gehen, denn die Geräusche waren jetzt ganz deutlich. Es waren Schritte, Schritte, die schneller als die ihren waren. Schritte, die sie verfolgten. Ihre Angst ließ nicht zu, dass sie sich umdrehte. Aber auch das Laufen funktionierte nicht, es war wie in ihren Träumen, ein Laufen, ohne dass sie von der Stelle zu kommen schien. Ihre Beine verkrampften sich und nahmen keine Befehle mehr an. Die Lichter der ersten Häuser vom Roten Berg schimmerten bereits durch die Weiden, da packte eine Hand nach ihr. Dann spürte sie den Lauf einer Pistole an ihrer Schläfe. In diesem Moment wusste sie, dass ihr Leben zu Ende war. Das Letzte, was sie noch wahrnahm, waren die Glocken von Mariä Himmelfahrt, die zur vollen Stunde schlugen.

21

»Gott, ach Gott!«, jammerte Ines Kramer, wandte sich kopfschüttelnd der Helferin ihres Mannes zu und hätte sich am liebsten in ihr verkrochen.

»Was für eine Zumutung! Meinen Mann, der lichte Säle gewohnt ist, in ein solches Loch zu verfrachten!«

»Beruhigen Sie sich, Frau Kramer, so ein Theater ist doch auch ganz reizvoll.«

»Reizvoll? Grauenvoll! Und eine einzige Toilette für fast hundert Leute.«

Die Helferin zuckte die Achseln, nahm einen Stapel der

Flyer, mit denen für ein weiterführendes Seminar der Schule für Geistheilung geworben wurde, und verteilte sie unter den Teilnehmern des Abendseminars.

»Wir kommen gerade aus einem Fünf-Sterne-Hotel. Und dann das hier! Die Leute sitzen ja wie die Ölsardinen aufeinander. Wie soll mein Mann da seine Demonstrationen vorführen?!«

Da Ines Kramer keine weiteren direkten Ansprechpartner für ihre Klagen fand, streute sie ihre Vorwürfe flächendeckend, was in Anbetracht der beengten Räumlichkeiten nicht schwierig war. Dennoch fand sie nicht die erhoffte Resonanz. So stürzte sie nach draußen in die warme Nachtluft dieses ungewöhnlichen Sommers und lauschte dem Raunen, das vom Münsterplatz herüberwehte.

»Was ist das nun schon wieder?!«

»Fußball«, klärte sie ein Passant auf, der eben vorüberging.

»Das geht doch nicht«, stöhnte sie. Und war drauf und dran, das Feuer ihrer Verzweiflung mit neuem Anklagematerial nachzuschüren, als ein Blick auf die Außenfassade sie plötzlich milde, wenn nicht versöhnlich stimmte.

Harald Kramer – Seminar für Geistheilung stand in sattgrünen Lettern unter dem leicht gelbstichigen Antlitz ihres Mannes auf DIN-A1-Plakaten, die in allen drei Schaukästen des Westentaschen-Theaters aushingen.

Für einen Moment vergaß Frau Kramer all die schrecklichen Dinge, die sie umgaben. Sie war stolz und dankbar, an der Seite dieses Mannes leben zu dürfen, und eilte mit neuem Mut in diesen indiskutablen Vortragsraum zurück.

Weil das Westentaschen-Ensemble ihr derzeitiges Paradestück *Die Mausefalle* auf der Freilichtbühne im Grünen Hof aufführte, hatten sie ihr Theater an die Veranstalter dieses Seminars vermietet.

Diese zusätzliche Einnahme kam den Theaterleuten entgegen, denn wenn ihnen auch das Wetter in diesem Jahr hold war, gegen den Fußball-Spektakel kam Agatha Christies Kriminalstück nicht an. Zudem wurde die Vorstellung meist, und gerade, als es dem Höhepunkt entgegenstrebte, vom Getröte und Gehupe der Autokorsos gestört.

Heute aber gab es nach dem Schlusspfiff kein Gehupe. Und es gab keinen Autokorso. Italien hatte gegen die USA unentschieden gespielt. So schlichen die Tifosi enttäuscht vom Münsterplatz und diskutierten allenfalls die magere Ausbeute untereinander.

Die Stimmung im Theater war um einiges besser. Harald Kramer hatte seine Hörer, die an seinen Lippen hingen, im Griff, und bald schon durften sie mit eigenen Fragen aufwarten, wobei es gemeinhin sehr lange dauerte, bis die selbstdarstellenden Ausführungen in eine Frage mündeten. Kramers Frau saß neben der Garderobe und hoffte, dass dieser Abend, der nun schon etliche Stunden dauerte, doch endlich vorüber wäre und sie wieder in ihrem Fünfsternehotel residieren könnten.

In dieser vorfreudetrunkenen Stimmung wankte sie irgendwann nach draußen und wäre fast über den Rollstuhl gestolpert, der den Hintereingang blockierte.

Ihr schriller, die Nacht durchschneidender Schrei trieb die Teilnehmer des Seminars ins Freie.

Ihnen bot sich ein grausiger Anblick. Im Rollstuhl saß eine tote Frau. Ihr Kopf hing vornüber und war blutüberströmt. Ratsuchend wandten sich die Seminarteilnehmer an Herrn Kramer, der sich bereits einen Weg durch seine Hörerschar gebahnt hatte und die Leiche untersuchte. Ein Schüler fragte, ob in einem solchen Fall mittels Geistheilung noch etwas zu machen wäre. Der Geistheiler verneinte.

22

Der Anruf kam kurz nach Mitternacht. *You're Beautiful.* Lott fand sein Handy auf der Ablage an der Garderobe. Petra Mais Nummer erschien auf dem Display.

»Wir haben eine Leiche!«

»Sie hat hoffentlich nichts mit Fußball zu tun.«

»Wäre gut möglich«, sagte die Kollegin aufgekratzt.

»Wo?«

»Herrenkellergasse. Vor der *Westentasche.* Notarzt und Spurensicherung sind verständigt.«

»Ich komme«, sagte Lott und beendete das Gespräch.

Eigentlich war er gerade im Begriff gewesen, ins Bett zu gehen. Elli lag schon. Jetzt ging er zu ihr und sagte, dass er gleich noch einmal nach Ulm müsse.

»Noch ein Mord?«

»Sieht so aus.«

Mehr konnte er nicht sagen. Selbst zu einem Bedauern war er nicht fähig. Er zog sich an, ging ins Schlafzimmer zurück und küsste Elli. Dann nahm er die Autoschlüssel und ging. Flaubert bellte.

Lott fuhr zur Autobahn. Die Müdigkeit war wie weggeblasen. Er wünschte sich jetzt nur, schnell am Tatort zu sein. Zum Glück war das Verkehrsaufkommen sehr niedrig und er fuhr schneller als sonst. Bereits eine Stunde später bog er in die Herrenkellergasse ein. Die hektisch zuckenden Blaulichter der Streifenwagen schienen ihn herbeizuwinken. Lott parkte seinen Wagen im Hafenbad und ging die letzten hundert Meter, die ihn noch vom Tatort trennten, zu Fuß.

Die geschäftig umherlaufenden uniformierten Beamten grüßten ihn wortlos. Auch die Spurensicherung war bereits vor Ort. Ein Krankenwagen stand mit geöffneten Türen in der Einfahrt des Hintereingangs der *Westentasche.* Petra kam ihm entgegen.

»Wer?«, fragte Lott.

»Du wirst es nicht glauben.«

»Mach's nicht so spannend.«

»Waltraud Nass.«

Lott schluckte. Obwohl er genau wusste, dass sie in solchen Dingen nicht scherzte, sagte er: »Du machst Witze.«

Petra zuckte die Achseln.

»Ich saß vor ein paar Stunden noch auf dem Zeitbeerfest neben ihr.«

»Sie ist mit einem aufgesetzten Schuss in die Schläfe getötet worden. Lohner geht allerdings davon aus, dass das hier nicht der Tatort ist.«

Petra führte Lott zu der Toten, die noch immer im Rollstuhl saß.

Lott konnte es kaum fassen. Der Anblick, der sich ihm bot, jagte ihm einen kalten Schauer über den Rücken.

»Wer um alles in der Welt hat denn das inszeniert?«

Ilona Raab kam dazu. Sie hatte fotografiert.

»Wer hat die Leiche entdeckt?«, fragte Lott.

»Die Frau des Geistheilers«, antwortete Ilona und berichtete. Die Spurensicherung hatte ihre Arbeit noch nicht beendet, doch der Notarzt die seine, und so verließen er wie auch die Rettungssanitäter im Krankenwagen den Ort, der nach Lohners Aussage nicht der Tatort war.

»Vor ein paar Stunden auf dem Zeitbeerfest«, wiederholte Lott kopfschüttelnd. Und er erinnerte sich jetzt, dass Waltraud Nass kurz vor ihm das Fest verlassen hatte, nachdem sie mit einem Mann, der nicht der ihre war, eine Auseinandersetzung gehabt hatte. Fragen, wohin sie gegangen war, welchen Weg sie genommen hatte, ob der Mörder, sofern es sich um einen männlichen Täter handelte, sie auf ihrem Heimweg abgepasst oder ob sie sich vielleicht sogar mit ihrem Mörder verabredet hatte, gingen ihm durch den Kopf.

Dann überschüttete er Petra mit Fragen: »Wurde der Ehemann informiert? Mollenkopf? Wo steckt Brauchle?«

»Mollenkopf hat sich für Montag, 10 Uhr, angekündigt«, begann Petra mit der Reihe ihrer Antworten.

»Warum nicht früher?«, hakte Lott ein.

»Die haben morgen ihr alljährliches Fußballspiel auf dem SSV-Gelände. Justiz gegen Zeitung. Und der Oberstaatsanwalt ist Spielführer.«

Lott verdrehte die Augen. Gab es auf dieser Welt noch irgendetwas, was nicht mit Fußball zu tun hatte?

»Den Brauchle hat der Erdboden verschluckt«, fuhr Petra fort, »und der Ehemann wurde noch nicht verständigt. Das ist jetzt deine Aufgabe.«

»Unsere«, korrigierte sie Lott. »Wenn du die Adresse hast, lass uns fahren.«

Lott registrierte, wie die Leiche im Zinksarg abtransportiert wurde und Petra mit der Adresse der Familie Nass zurückkam, in Gedanken aber war er bei der Ermordeten und machte sich heimlich Vorwürfe, etwas beim Gespräch mit Waltraud Nass versäumt zu haben. Warum hatte er ihre Fragen so schroff oder besser gesagt mit sinnlosem Dozieren abgewehrt? Hatte sie etwas über die Ermordung von Kathrin Freudenberg gewusst, etwas, das sie nicht preisgeben durfte, das sie nun selbst zum Opfer gemacht hatte?

Petra fuhr den Wagen vor, Lott stieg ein und sie fuhren Richtung Roter Berg. Bei Wilhelm Nass brannte noch Licht. Petra läutete. Herr Nass kam gleich an die Tür. Er wirkte, als hätte er auf jemanden gewartet. Vielleicht auf seine Frau.

»Ja?«, sagte er fragend.

»Mein Name ist Petra Mai, das ist mein Kollege Lott. Wir sind Kriminalbeamte und müssen Ihnen leider eine traurige Mitteilung machen.« Petra stockte einen Moment, ehe sie fortfuhr, »Ihre Frau ist ermordet aufgefunden worden.«

Herr Nass stand erstarrt da. Schließlich sagte er: »Das ist ja furchtbar.« Mehr konnte er nicht sagen.

»Unser aufrichtiges Beileid«, sagte Petra.

»Herr Nass, wann haben Sie Ihre Frau zuletzt gesehen?«, fragte Lott.

»Auf dem Zeitbeerfest, Sie waren doch auch da. Sie sind doch neben meiner Frau gesessen.«

Lott nickte zustimmend, Nass zögerte einen Moment lang, dann sagte er: »Wir haben uns gestritten. Und sind dann im Streit auseinander.«

»Was war der Grund für den Streit?«, führte Petra die Befragung fort.

»Der Bachthaler Georg, er ist der Abteilungsleiter der AH.«

»Hatte Ihre Frau ein Verhältnis mit ihm?«

Wilhelm Nass schwieg ein paar Sekunden lang, dann druckste er ein »Ja« hervor.

»Wann haben Sie das Zeitbeerfest verlassen?«, fragte Lott weiter.

»So um elf. Da war meine Frau schon gegangen.«

»Ich konnte beobachten, wie Ihre Frau, kurz bevor sie gegangen ist, eine Auseinandersetzung hatte.«

»Das war der Utz, Abteilungsleiter der Fußballaktiven«, antwortete Nass. Ein Lächeln spielte um seinen Mund. »Der war auf hundertachtzig, weil Waltraud das Trainingslager nicht sponsern wollte.«

Lott notierte sich den Namen, dann fuhr er mit der Befragung fort: »Was glauben Sie, welchen Weg sie genommen hat?«

»Den Blauweg, den ist sie immer gegangen.«

»Ist es möglich, dass sie noch eine Verabredung hatte?«, fragte Petra.

»Sie hat gesagt, sie geht jetzt heim. Hab dann nur noch gesehen, wie sie mit dem Utz gestritten hat. Und wie sie weggegangen ist.«

»Welchen Weg haben Sie genommen, Herr Nass?«, fragte Lott.

»Der Stichler Josef hat mich heimgefahren, der war mit dem Wagen da, weil er sich vor ein paar Monaten das Sprunggelenk gebrochen hat und noch nicht wieder so gut zu Fuß ist. Er wohnt auch am Roten Berg, ein paar Häuser weiter.«

Petra und Lott schauten sich an, dann sagte Lott: »Herr Nass, Sie müssten sich uns zur Verfügung halten und wir müssen Ihre Aussage noch zu Protokoll nehmen.«

»Ja«, sagte Nass geistesabwesend und fügte hinzu: »Ich wollte nur nicht, dass darüber geredet wird, dass sie etwas mit dem Georg hatte, nicht in Söflingen.«

»Sie müssen sich deshalb keine Vorwürfe machen«, versuchte Lott ihn zu beruhigen, ehe er die Tür hinter sich ins Schloss fallen ließ.

»Was ist los?«, herrschte Petra, kaum waren sie draußen, ihren Kollegen an. »Der Ehemann ist doch sonst immer dein Favorit.«

Lott sagte nichts, aber er konnte sich nun einmal nicht vorstellen, dass dieses Häuflein Elend, das sie soeben befragt hatten, zu einer solchen Inszenierung fähig war.

»Er kann uns ja auch ein Theater vorspielen«, mutmaßte Petra.

»Er ist kein Schauspieler.«

»Womit wir wieder beim Thema wären«, hakte die Kollegin bissig ein. »Aber Severin Freudenberg ist auch heute auf der Bühne gestanden. Und das immer noch in Regensburg.«

Lott ging nicht darauf ein. Er war plötzlich so müde geworden, dass er sich am Gartengeländer festhalten musste.

»Du kannst bei mir übernachten«, schlug ihm Petra vor, die seinen Zustand richtig deutete.

»Danke«, sagte Lott, »ich glaube, zu einer Autofahrt nach Tübingen wäre ich jetzt auch nicht mehr fähig.«

Lott war über Petras Angebot erstaunt und erfreut zugleich. Er spürte, dass sich ihr Verhältnis entspannt hatte, und war im Nachhinein froh, dass er Petras Wunsch, die Soko zu verlassen, nicht weiter mit ihr besprochen hatte. Seine Strategie, den Konflikt lieber auszusitzen, als durch Diskussionen anzuheizen, hatte sich bewährt. Wenn er etwas in Tübingen gelernt hatte, dann das.

In Petras Wohnung angekommen, rief er Elli an. »Ich übernachte in Ulm.«

»Bei Max?«

»Bei Petra.«

»Pass auf deine Hüfte auf.«

Lott lachte und küsste Elli durchs Telefon. Ihre Ehe war intakt. Ausbruchsversuche hatte es auf beiden Seiten gegeben. Jetzt waren sie in einem Alter, in welchem man solche Dinge aus einem anderen Blickwinkel betrachtete. Die aus Eifersucht resultierenden Streitigkeiten hatten aber auch früher ihre Ehe nie entwertet.

Lott richtete sich auf dem Sofa ein. Obwohl er wusste, dass er in dieser Lage geräuschvoll schnarchen würde, entschloss er sich für die hüftschonende Rückenlage. Eine Weile lag er noch wach und sah zu, wie ein Gewitter donauabwärts zog.

23

Sie musste schon wieder aufs Klo und kotzen. Es war das dritte Mal innerhalb einer Stunde. Jetzt war es nur noch Flüssigkeit, die sie erbrach, bittere Galle.

Wenn das die restlichen Monate so weitergeht, bis mein Kind geboren ist, dann Prost Mahlzeit! Sie rechnete sich die Wochen vor, die sie von ihrer Niederkunft noch trennten.

Ein rumänisches Sprichwort lautet: *Wer nicht das Bittere gekostet hat, weiß nicht, was Zucker ist.* Daran hatte sie, als sie vor der Kloschüssel kniete, denken müssen.

Der Weg vom Schlafzimmer ins Bad führte über einen Gang, der war länger als der Weg daheim von der Haustür bis zum Gartenende. Und das Wohnzimmer war größer als zuhause die gesamte Wohnfläche. Trotz ihrer Übelkeit genoss sie in diesem Moment die Weite des Wohnens. Das alles würde bald ihr Heim sein.

Allmählich macht sich der Essig. Auch ein rumänisches Sprichwort. Die tanzten in letzter Zeit viel in ihrem aufgewühlten Geist herum. Ihre Kindheit war von solchen Sprüchen durchsetzt gewesen. Nichts gab es, was nicht durch einen Spruch hätte erklärt werden können: *Auch die beste Frau hat noch eine Teufelsrippe in sich.*

Sie lachte jetzt darüber. Ihre Mutter könnte zu ihnen ziehen. Platz war hier genug. Und für das Kind wäre dann immer jemand da. Schließlich wollte sie ihren Beruf nicht aufgeben. Ganz im Gegenteil. Der Beruf, der fing bei ihr jetzt erst richtig an.

Sie goss sich Kamillentee auf. Kamille beruhigt. Das wusste sie von ihrer Mutter. Und die wieder von ihrer Mutter. Nichts beruhigt den Magen so sehr wie Kamille.

Sie hatte im Bett gelegen, geschlafen, bis das erste Erbrechen sich im Traum angekündigt hatte. Da stand sie an der Reling eines Luxusdampfers, das Schiff schwankte. Und das Meer türmte sich auf. So ein Meer kannte sie nur aus dem Fernseher. Sie hatte es gerade noch bis ins Bad geschafft. Beim ersten Mal konnte sie noch erkennen, was sie gegessen hatte. Nach einigen Schlucken Tee schien der Magen sich zu beruhigen. Sie schaute durch den Spalt im Vorhang nach draußen in die wolkenverhangene Nacht, durch die ein fast voller Mond sich drängte, um eine Weile über den Dächern zu schweben, ehe die nächste Wolkenarmee ihn wieder verschluckte.

Ein Auto fuhr heran. Es hielt unmittelbar vor dem Gartentor.

Ein Mann stieg aus, öffnete die Gartentür, ging geradewegs durch das Gartengrundstück bis zur Haustür und klingelte.

»Was willst du?«

»Dass du mich in deinen Arm nimmst«, sagte der Mann.

»Du bist verrückt.«

Sie ließ den Mann in die Wohnung und setzte sich auf das Sofa, streckte ihren rechten Arm einladend zu ihm. Der Mann ging zu ihr und versank in ihrem Arm.

»Du musst wieder gehen«, forderte sie ihn, nach einer Weile, auf.

»Ich will den Wladimir spielen.«

»Nicht jetzt.«

»Dann den Estragon!«

»Spiel, was du willst.«

»Ein Hund kam in die Küche und stahl dem Koch ein Ei. Da nahm der Koch den Löffel und schlug den Hund zu Brei.«

Der Mann brüllte das Lied mehr als er es sang.

»Hör auf!«, schrie sie jetzt.

»Dann will ich in deinen Arm«, sagte er.

»Du musst gehen.«

»Noch eine Minute«, bat er.

»Aber nicht länger!«

Der Mann küsste sie auf die Wange und seufzte. Dann standen beide auf und er küsste sie auf den Mund.

»Fahr vorsichtig«, sagte sie. Dann öffnete sie die Tür, der Mann schob sich an ihr vorbei und ging zum Wagen.

Kurz darauf sah sie dessen Bremslichter vor der Einmündung in die Querstraße aufglühen.

Als sie die Tür hinter sich schloss, dachte sie: *Das Weib übertrifft auch den Teufel.* Auch so ein Sprichwort aus ihrer Heimat.

24

Diesen Rest des Sonntags hatte er sich redlich verdient gehabt, dachte Lott und war in Gedanken bei dem Spaziergang, den er mit Elli und Flaubert gestern, am späten Nachmittag noch, unternommen hatte.

Unterwegs war ihm die Forderung des anonymen Briefschreibers wieder in den Sinn gekommen und er war drauf und dran gewesen, ihr nachzugeben. Ohnehin wurden die meisten Kapitalverbrechen heutzutage im Labor und von Leuten gelöst, die niemals einen Tatort zu Gesicht bekommen hatten. Die ihn belächelten, wenn er sagte, jeder Tatort habe etwas zu erzählen. Für die galten doch nur nackte Tatsachen. Blut, Hautpartikel, Flusen eines Pullovers und so weiter. Dass ein Tatort noch etwas anderes ausdrückte, gehörte ins Reich der Legenden. Er, der Kommissar, war überflüssig geworden, sein Instinkt nur ein Fossil aus einer vergangenen Zeit. Biologen und Kriminaltechniker bringen die

Täter heute zur Strecke. Nur die Unterhaltungsindustrie braucht uns noch. Ein Krimi ohne Kommissar, das wäre ja noch schöner. Die Leser und Fernsehzuschauer haben einen Anspruch auf uns, so wie die Touristen in Bayern auf weidende Kühe.

Es war Montagmorgen, der 19. Juni. Lott fand zu seiner Überraschung die Ulmer Lokalzeitung bereits in seinem Briefkasten. Beunruhigt schlug er sie auf.

Die Titelseite verriet noch nichts. Für Bruno werde es eng, besagte die Schlagzeile, und in den Spalten rechts und links war über den Stand des Ärztestreiks und über die WM-Spiele vom Wochenende zu lesen. Letzteres ohne Aufmacher, weil ohne deutsche Beteiligung.

Lott blätterte sich zu den Lokalseiten vor.

Justiz gewinnt 2 : 1 gegen die Zeitung. Staatsanwalt Mollenkopf erzwingt die Entscheidung in der Nachspielzeit.

Und weiter:

Katholikenturnier wegen Gewitter abgebrochen. Vorzeitig beendet wurde der ökumenische Ulmer Kirchen-Cup. Ein Blitz schlug in einen der Masten am Fußballplatz ein. Verletzt wurde niemand.

Lott blätterte weiter. Kein Wort über Waltraud Nass. Er fragte sich, wie Lander es wohl geschafft hatte, dass die Berichterstattung über den Mord zurückgehalten wurde.

Als er die Todesanzeigen überflog und dabei keine ihm bekannte Person ausmachen konnte, auch keine seines Jahrgangs oder jünger, hatte er zum ersten Mal seit langem wieder das Gefühl einer gerechten höheren Ordnung.

Er legte die Zeitung beiseite, tauschte sich eine Weile mit Elli aus, richtete ein paar Worte an den Hund und fuhr dann nach Ulm.

Bevor er gestern nach Tübingen zurückgefahren war, hatte er mit Petra, Ilona und Lohner und mit Kurfeß noch im Besprechungszimmer der K1 zusammengesessen. Die Ergebnisse der KTU hatten ergeben, dass Waltraud Nass mit derselben Waffe getötet worden war wie Kathrin Freudenberg. Alle waren sich einig, dass es sich auch um denselben Täter handeln musste. Aber welches Motiv hatte er, diese beiden Frauen zu ermorden?

Bisher konnte lediglich ermittelt werden, dass beide Frauen ihrem jeweiligen Verein vorstanden, was ohnehin jeder wusste, dass darüber hinaus aber keine Freundschaft oder dergleichen bestanden hatte.

Beide waren nicht gut auf ihre Fußballabteilungen zu sprechen, hatte Lohner eingeworfen.

Ach Gott! Was für ein Mordmotiv!

»Vielleicht hat sich die Freudenberg vor ihrem Tod doch noch der Waltraud Nass anvertraut«, mutmaßte Petra.

Mollenkopf hatte sich während der Besprechung per Handy von der Gänswiese aus gemeldet. Kurz vor dem Anpfiff, wie er die Runde wissen ließ. Als ihm das Ergebnis der KTU mitgeteilt wurde, war er zufrieden, weil das seiner Ansicht nach die Ermittlung vereinfachte.

Lander hatte die Zeitung und das Regio-TV gebeten, nicht vor der montäglichen Pressekonferenz über den Mord an Waltraud Nass zu berichten, weil das die Ermittlung behindern würde. Beide hatten Stillschweigen zugesichert.

Unterwegs konnte Lott es wieder nicht lassen, das Radio einzuschalten. *SWR 4 Schwabenradio. Da sind wir daheim.* Das Schlagerkarussell wartete heute jedoch mit durchweg neuen Schlagern auf, die keinerlei Erinnerung für ihn bargen, so dass Lott sich entschloss, auf Radio 7 umzuschalten.

Und hier: Die neuesten Blitzer im Radio-7-Land.

Wie sehr hasste er diese Komplizenschaft. Warum wurden Leute, die zu schnell fuhren, also eine strafbare Handlung begingen, gewarnt? Um sie so vor einem Bußgeld oder vor einem Fahrverbot zu schützen? Genauso gut könnte man Ladendiebe vor Detektiven warnen – *Achtung Ladendiebe: In folgenden Supermärkten sind heute Detektive unterwegs.* Lott hatte nie verstanden, warum sich Radiosender dazu hergaben.

Dann doch lieber Schwabenradio, da war man wenigstens daheim.

Jetzt dachte er über Waltraud Nass nach und darüber, ob es noch eine andere Verbindung zwischen den beiden Morden gab als diese Vereinsmeierei. War der Mörder von Waltraud Nass nur auf diesen Zug aufgesprungen, um die Verbindung für sich zu nutzen und eine falsche Fährte zu legen? War das Mordmotiv ein ganz anderes und der Mörder hatte lediglich die Gunst der Stunde erkannt? War der Ehemann wirklich nur ein Häuflein Elend, oder war das Bild, das er vermittelte, Maskerade?

Lott wünschte sich jetzt eine Verkehrsampel, die auf eine lange Rotphase wechselte. Wartend würde er die Gedankenfetzen, die während der Fahrt durch sein Gehirn purzelten, vielleicht ordnen können. Aber auf der Autobahn konnte man schwerlich auf das plötzliche Auftauchen einer Ampel zählen.

Er dachte an Elli und daran, dass er sie liebte. Seine ihm verbleibende Lebenszeit wollte er nur noch mit ihr verbringen. Aber so dachte er ja immer, wenn sein Beruf ihm besonders viel dieser gemeinsamen Zeit stahl. War er deshalb dem Ruf nach Tübingen gefolgt, oder war es nur des Geldes, der höheren Besoldung wegen gewesen? Lott dachte an Elli, wie sie ihm einmal einen Satz des ungarischen Dichters Antal Szerb zitierte: *Geld ist notwendig, aber nicht wichtig.* Elli überfiel ihn manchmal förmlich mit ihren Lesefrüchten. Und er war wehrlos gegen so viel Weisheit.

Ein Rollstuhl mit einer Leiche vor einem Zimmertheater. Lotts Gedanken kehrten übergangslos zu dem Fall zurück, über den er in etwa einer Stunde der Presse Auskunft geben musste.

Er hatte vor einigen Minuten die Autobahn verlassen und fuhr jetzt Richtung Stadtmitte. Im Neuen Bau empfingen ihn Lander und der Polizeisprecher. Sie tauschten sich aus, wie weit die Öffentlichkeit über den Stand der Ermittlung informiert werden durfte.

Lott meinte: »Eigentlich haben wir keine Geheimnisse.«

Lander nickte zustimmend und der Polizeisprecher fasste daraufhin stichpunktartig die Informationen zusammen, die er an die Presse weitergeben würde.

Da sich neben der Lokalpresse, den regionalen Rundfunksendern und dem Regio-TV auch eine ganze Reihe überregionaler Zeitungen sowie diverse Fernsehsender angekündigt hatten, schlug Lander vor, man solle die Pressekonferenz im Schulungsraum der Kripo und nicht im Konferenzzimmer abhalten.

»Wo steckt eigentlich Brauchle?«, fragte Lott später, als sich die Soko im Konferenzraum schon versammelt hatte.

Lina Bausch wurde rot. Dann sagte sie entschuldigend: »Das tut mir jetzt leid, fast hätte ich's vergessen. Herr Brauchle hat aus dem Krankenhaus angerufen.«

»Was hat er denn?«, fragte Lott.

»Bandscheibenvorfall«, war Linas knappe Auskunft.

»Wo liegt er?«

»Im Bundeswehrkrankenhaus.«

In den Gängen wurde es jetzt laut. Die Journalisten waren auf dem Weg zum Schulungsraum. Da wurde die Tür geöffnet und Mollenkopf trat ein. Er lächelte erwartungsvoll.

»Herzlichen Glückwunsch!«, flötete Petra.

»Danke, aber die Zeitung hat etwas übertrieben. Das Lob hätte der ganzen Mannschaft gebührt. Dass ich das Siegestor erzielt habe, war nur die logische Folge einer Reihe hochkarätiger Chancen.«

Mollenkopfs Gesichtszügen aber war zu entnehmen, dass ihn das Lob als Fußballspieler weit mehr beglückte als jede wohlwollende Kritik, mit der die Presse ihn für seine beruflichen Erfolge schon bedacht hatte.

Lott betrachtete die Szenerie und wunderte sich über nichts mehr. Selbst ein zweiter Mord konnte den Fußball, ja nicht einmal das Spiel einiger älterer Herren, die einmal im Jahr gegeneinander antraten, verdrängen.

Mollenkopf schien Lotts Gedanken zu erraten, denn er wurde mit einem Male sehr dienstlich.

»Vielleicht machen Sie sich jetzt einmal ein paar Gedanken, wie Ihre Soko heißen soll. Sie braucht einen Namen. Was sollen wir denn der Presse sagen?!«

Lott antwortete nicht, schaute nur Petra groß an, die dabeistand und ihm ein schadenfrohes Lächeln schenkte, welches sie ihm auch noch nachschickte, als er sich anschickte, den Raum zu verlassen.

Kurze Zeit später stellten sich Lander, der Pressesprecher, der Staatsanwalt und die Kommissare der Presse.

Die Fernsehteams brachten ihre Kameras in Stellung. Die Bildberichterstatter sorgten für ein erstes Blitzlichtgewitter und die schreibende Zunft notierte oder zeichnete auf, was der Pressesprecher an Informationen zu bieten hatte.

Dem folgte die Frageviertelstunde der Journalisten:

»In Ulm haben Terroristen Zuflucht gefunden und Ulm gilt als Umschlagplatz des Drogenhandels. Gehören Morde nun auch zum Tagesgeschäft der Kripo Ulm?«

»Ulm ist kürzlich als die gesündeste Stadt Deutschlands ausgezeichnet worden. Gilt dies auch für Vereinsvorstände?«

»Wird es künftig für die Vereine schwieriger sein, Leute für die Vorstandschaft zu gewinnen?«

»Hat der Mord einen Einfluss auf die Sicherheit des WM-Dorfes auf dem Münsterplatz?«

»Ist mit weiteren Morden zu rechnen?«

»Könnte es sein, dass es bei dem Täter um einen abartigen Serienkiller, der es auf Vereinsvorstände abgesehen hat, handelt?«

Nachdem Lander und Mollenkopf im Wechsel versuchten, moderat auf die Fragesteller einzugehen, bat Lott als Leiter der Soko um ein abschließendes Wort:

»Es könnte sogar sein, dass der Mörder ganz absichtlich die Zeit der Fußballweltmeisterschaft für seine Taten gewählt hat. Alle, und damit meine ich nicht nur die allgemeine Bevölkerung, sondern auch die Ordnungskräfte der Polizei und Sicherheitsdienste sowie die Vertreter der Justiz, sind derzeit durch unser Sommermärchen, in welches diese beiden bizarren Mordtaten nicht zu passen scheinen, stark abgelenkt. Dennoch geben wir unser Bestes und behandeln die Ermittlungen vorrangig, auch wenn Deutschland im Märchenfieber kaum einen Gedanken an die Morde verschwendet. Ich danke Ihnen.«

Lott stand auf und verließ als Erster den Seminarraum. Ein Murren begleitete ihn. Mollenkopf folgte ihm auf dem Fuße. »Mussten Sie das so formulieren, Lott?«, stellte er ihn zu Rede.

»Sind Sie nicht meiner Meinung?«, gab Lott zurück.

»Ich sehe schon die Schlagzeile vor mir: Deutschland darf nicht Weltmeister werden! Sonst bleiben die beiden Frauenmorde in Ulm ungesühnt.«

Auch Lander zeigte sich verschnupft: »Warum wollen Sie den Fußballanhängern denn den Spaß verderben?«

Lott antwortete nicht, schaute Lander nur verständnislos an. Mollenkopf beraumte eine interne Dienstbesprechung der Soko im Konferenzzimmer an. Kaum hatten die Kommissare und Lander sowie Lina Bausch, die das Protokoll führen sollte, Platz genommen, begann der Staatsanwalt auch schon. Den ersten Satz richtete er an Lott: »Herr Lott, seien Sie doch dankbar für das Sommermärchen, das uns derzeit beschert wird. Ohne die Fußballbegeisterung, die unsere Nationalmannschaft in diesen Tagen auslöst, würden wir nackt im Rampenlicht der Medien stehen. Seien Sie doch froh, dass wir in der Rangordnung des Medieninteresses nach WM und Bruno erst an dritter Stelle kommen. Zumindest beim derzeitigen Stand der Ermittlung.«

Lott musste ihm zustimmen. Jede Kehrseite hat eine Kehrseite. Sich nicht täglich dem Medienrummel stellen zu müssen, war ein Vorteil. Nicht permanent im Mittelpunkt stehen zu müssen, konnte der Ermittlung nur dienlich sein. Wo doch auch die Regierung dieses Wir-Gefühl nutzte, das alle Probleme unverkrampfter lösen lässt. Während sich die Öffentlichkeit den Fußballspielen widmete, gingen die Verschärfung der Hartz-IV-Gesetze, der Abbau demokratischer Grundrechte und die Steuererhöhungen für die Allgemeinheit fast ungeachtet über die Bühne. Das Volk war narkotisiert beziehungsweise schien sich selbst zu narkotisieren.

»Gehen wir an die Arbeit«, unterbrach Lohner Lotts Gedankenausflüge.

»Muss die Soko aufgestockt werden?«, fragte Mollenkopf.

»Wenn Brauchle jetzt ausfällt ...?«, sagte Petra.

Das war eine deutliche Antwort. Lott hielt sich zurück und gab seine Stellungnahme erst ab, als Mollenkopf ihn kurz darauf direkt ansprach: »Was meinen Sie, Herr Lott?«

»Es müssen im Umfeld von Waltraud Nass sehr, sehr viele Leute befragt werden. Allein die Personen, die sie zuletzt auf dem Zeitbeerfest gesehen haben, der Sportverein, die Familie ... ich denke, wir können das allein nicht bewältigen.«

»Wir könnten von Göppingen Verstärkung anfordern«, schlug Lander vor, »oder beim LKA«.

»Rufen Sie in Göppingen an«, sagte Lott.

Alle anderen stimmten dem zu.

Lander stand auf und verabschiedete sich. »Das mit Göppingen leite ich in die Wege«, sagte er und fügte hinzu: »Ich brauche selbst auch noch Verstärkung. Für das Spiel morgen gegen Ecuador. Da müssen dann die Krumbacher und Günzburger ran.«

»Und einen, der in der Nachspielzeit das Siegtor erzielt«, flötete Petra erneut in Mollenkopfs Richtung, der sich auch diesmal geschmeichelt fühlte, dann aber, Lott zugewandt, darum bat, in Kürze den Ermittlungsplan für den Fall Waltraud Nass auf dem Tisch zu haben.

Dann verließ auch er die Besprechung.

Lott, Ilona, Petra und Lohner sowie Kurfeß und Lina Bausch, die protokollierte, machten sich jetzt an die Arbeit, zunächst einen Teilermittlungsplan zur Durchführung wichtiger Einzelmaßnahmen zu erstellen: Aufgaben, Maßnahmen, Ermittlungshandlungen galt es detailliert aufzuteilen.

Dazu kamen: Zeugenvernehmung, Observation, Rekonstruktions- und Vernehmungsplan, taktische Konzeption, Kontenüberprüfung.

Nach etwa einer Stunde, nachdem das Notwendigste formuliert worden war, fragte Ilona: »Müssen wir nicht als ersten Schritt den Tatort finden?«

Lott stimmte zu, warf aber ein: »Ich glaube fast, zumindest im Fall Waltraud Nass, dass uns der Fundort mehr sagt als der Tatort, den wir zwar noch nicht kennen, aber der doch nicht so spektakulär sein kann wie der Rollstuhl vor dem Westentaschentheater. Beide Opfer wurden, sinnlos, wie es uns auf den ersten Blick erscheint, vom Tatort entfernt. Vielleicht kennen wir die Lösung, wenn wir wissen, was dahintersteckt.«

»Warum hat er sich bei Kathrin Freudenberg die Mühe gemacht, sie bis zur Donau zu transportieren und warum die Inszenierung mit dem Rollstuhl bei Waltraud Nass?«, fragte sich auch Lohner.

»Der Täter muss sich seiner Sache sehr sicher gewesen sein«, sagte Petra.

»Du meinst, dass seine DNA noch nirgendwo gespeichert ist«, folgerte Kurfeß.

»Genau das«, bestätigte Petra.

»Welche Zeugen werden vorgeladen?«, fragte Ilona.

»Der Ehemann kommt heute noch«, gab Petra Auskunft. Und zu Lott gewandt: »Willst du den übernehmen?

Lott nickte.

»Wir sollten uns zunächst mit der Zeugenermittlung befassen«, schlug Lott daraufhin vor und ordnete die erforderlichen Maßnahmen dazu an. Bevor er die Gruppe verließ, sagte er: »Erst will ich aber noch unserem Brauchle einen Besuch abstatten.«

»Sag Grüße, und wir wünschen ihm eine gute Besserung«, trug ihm Ilona, im Namen aller, auf.

Damit gingen sie auseinander. Jeder wusste nun, was er zu tun hatte.

Lott instruierte noch Lina Bausch, den Bachthaler Georg zu einer Befragung herzubeordern. Dann ging er zum Parkplatz und fuhr Richtung Bundeswehrkrankenhaus, wo er an der Pforte nach seinem Kollegen fragte.

»Max Brauchle, Zimmer 241, 3. Stock.«

Lott nahm den Aufzug. Als Max den Kollegen sah, ging ein Grinsen über sein Gesicht.

»Was ist los mit dir?«, fragte Lott besorgt.

»Außer Bandscheiben – kein Vorfall«, antwortete Brauchle.

Lott lachte. Dann erzählte er, was in der Nacht zum Sonntag geschehen war.

25

Lott war wieder dort, wo alles begonnen hatte. Vor mehr als vierzig Jahren. Auf diesem Weg, der an der Blau entlangführt, als er geglaubt hatte, einen Erhängten zu sehen.

Es war gut, dass er sich nicht näher herantraute, sich hinter dem dicken Stamm einer Weide verkroch, denn als er wieder zu dem Baum blickte, an dessen Ast sich jemand erhängt hatte, da wurde er Zeuge eines Geschehens, das er zeitlebens nicht mehr vergessen würde. Neben dem Baum stand plötzlich ein zweiter Mann, teilnahmslos, wartete und rauchte. Manchmal, so schien es, sprach er zu dem Erhängten. Als ein Passant kam, bat der wartende Raucher, der nun hastig seine Zigarette ausgetreten hatte, den Mann, der da kam, um Hilfe.

Helfen Sie mir, diesen Selbstmörder abzuhängen, wird er vielleicht gesagt haben oder etwas Ähnliches. Als sie dabei waren, den Erhängten vom Ast zu schneiden, schlug der Raucher den Hilfsbereiten nieder. Augenblicklich war der Erhängte wieder lebendig, und gemeinsam durchwühlten sie Mantel-

und Hosentaschen ihres Opfers. Dann rannten die beiden davon, zum Glück nicht in Lotts Richtung. Als sie außer Sicht waren, rannte auch er schnurstracks zur Polizeidienststelle, die im Klosterhof war. Eduard Spreng hatte Dienst, den kannte er gut. Er erzählte ihm, welches Verbrechen er soeben gesehen hatte. Dass der Polizist ihm glaubte, machte ihn stolz. Denn mit Eduard Spreng hatten sich Jugendliche schon öfters einen Spaß erlaubt. Gleich leitete der Polizeibeamte alles in die Wege, telefonierte mit der Zentrale, rief einen Krankenwagen und eilte dann mit dem Jungen an den Tatort, wo der Niedergeschlagene soeben wieder das Bewusstsein erlangte.

Das war mein erster Fall, hatte Lott später immer wieder zu sich selber gesagt, wenn er sich fragte, warum er Polizist geworden war. Früh schon hatte er diese Geschichte aus seiner Kindheit Elli erzählt und irgendwann Lisa, seiner Tochter. Und einmal ganz öffentlich, als er in Villingen-Schwenningen Polizeischüler unterrichtete, vermutlich nur, um für eine gute Stimmung zu sorgen. Hinterher aber hatte er ein Gefühl der Leere gehabt, als hätte er etwas sehr Intimes aus seinem Innersten hergegeben.

Jetzt ging Lott wieder den Blauweg. Er erinnerte sich an damals, glaubte selbst den Baum, der nun auch vierzig Jahre älter geworden war, wiederzuerkennen. Bäume altern mit Würde, dachte er.

Vielleicht war das jetzt sein letzter Fall. Dieser Mord an Waltraud Nass, der Frau, mit der er ein paar Stunden zuvor noch auf dem Zeitbeerfest gesessen hatte. Und er dachte an den Mörder, der vielleicht auch der Mörder von Kathrin Freudenberg war.

Er ging die Blau entlang in Richtung *Damenbad*. Der Fluss war an dieser Stelle noch immer ruhiger als am nächsten Flussabschnitt, der damals *Herrenbad* hieß, weil die Blau hier tiefer war und die Strömung zum Wehr hin schneller wurde. Lott wunderte sich, dass der Fluss nicht mehr zum Baden genutzt wurde. Gerade heute waren doch die Temperaturen ganz danach. Und dann dachte er daran, dass er sich als Kind nie der Horde tobender Wasserratten anschloss, sondern lieber allein, wie ein einsamer Wolf, durch den Maienwald streunte. Oder er ging bei sengender Hitze bis zum Westplatz, um sich für 10 Pfennig ein gebrauchtes Sigurd-Comic-Heft zu kaufen.

Plötzlich wurde Lott aus seinen Erinnerungen gerissen, denn der Polizeiwagen mit den Spürhunden kam vom Klarissenhof her und hielt unmittelbar vor ihm.

Die beiden uniformierten Polizisten grüßten und ließen die beiden Hunde heraus.

»Wenn das Opfer zu Fuß nach Hause gegangen ist, ist sie entweder den breiten Weg auf der rechten Flussseite gegangen oder den schmalen Fußweg auf der linken Seite. Ich denke aber, dass sie in der Nacht doch den breiten Weg genommen hat, weil der beleuchtet ist.«

Die Polizisten nickten, dann ließen sie die Hunde an einem Stofffetzen, der deutliche Blutspuren zeigte, riechen, damit sie die Fährte aufnehmen konnten.

Sie begannen also mit dem breiten Weg. Falls sie nicht fündig würden, konnten sie dann den schmalen Fußweg zurück nehmen.

Lott beobachtete die beiden Hunde, wie sie geschäftig die Nase am Boden hielten, spürte aber bald, dass die Geschwindigkeit, die sie dabei vorlegten und der sich die beiden Polizisten anpassten, seiner Hüfte Probleme bereitete.

Lott hielt sich deshalb zurück, trottete hinterher, erinnerte sich bei der jetzt brachliegenden Liegewiese wieder an seine Kindheit und auch, als der Weg auftauchte, der linkerhand nach oben zu Kölbles Schweinemastbetrieb führte, machten sich Erinnerungen breit.

Plötzlich, nach einer Biegung, schlugen die Hunde an. »Sie haben hier Blutspuren entdeckt«, stellten beide Hundeführer einhellig fest.

Lott griff zu seinem Handy. Es war jetzt an der Zeit, dass die Spurensicherung ihre Arbeit aufnahm. Bis diese eintraf, sorgte Lott dafür, dass der vermutliche Tatort gesichert wurde.

26

Im Neuen Bau erlebte Lott eine Überraschung. Lander hatte in Absprache mit dem Staatsanwalt veranlasst, dass drei weitere Kollegen von der K2 sowie Sigrid Dirr von der Datenstation ausschließlich für die Ermittlungsarbeit der beiden Mordfälle abgestellt wurden. Dazu kamen drei Göppinger Kriminalbeamte, die bereits eingetroffen waren. Lander zeigte sich außerdem bereit, so viel Schutzpolizei, wie Lott anforderte, zur Verfügung zu stellen. Lotts Konzepte für die Zusammenlegung der einzelnen Dezernate in vier Inspektionen, von der er sich mehr Flexibilität versprochen hatte, zeigte vielleicht jetzt erstmals Früchte. Jetzt, als sich die gewachsene Soko zur Dienstbesprechung einfand, war er überzeugt, dass er nun auch ein quantitativ schlagkräftiges Team hatte.

In dem Moment, als er die Neuen in der Ermittlungsgruppe willkommen heißen wollte, tauchte Lina Bausch in der Tür auf.

»Herr Nass wäre jetzt da«, sagte sie.

»Er muss warten«, war Lotts knappe Antwort, denn es galt zunächst, die Aufgaben zu verteilen.

Er stellte die drei Göppinger Kommissare, denen er Sigrid Dirr zur Seite stellte, für die Zeugenermittlung und -vernehmung ab. Sie hatten zudem freie Hand, Leute von der Schutzpolizei anzufordern, wenn die Zahl der direkten und indirekten Zeugen auszuufern drohte. Lohner und Ilona sollten, sobald die Ergebnisse der Spurensicherung vorlagen, diese operativ auswerten und einen Tatortfundbericht erstellen. An Kurfeß lag es, die Bankkonten und Vermögensverhältnisse des Opfers, des Ehemannes sowie der Firma Nass auf Auffälligkeiten zu überprüfen. Mais Aufgabe war es, die Alibis derer zu überprüfen, die im Mordfall Kathrin Freudenberg noch unter Verdacht standen: Severin Freudenberg also und die Reutlinger Vorstandsmitglieder Rudolf Schock und Wolle Stängel sowie Oberlander vom WFV und Kathrin Freudenbergs Vorstandskollegen vom Ulmer Sportverein.

Lott hatte sich um Herrn Nass zu kümmern, der im Büro der K1 auf ihn wartete.

Nass saß bereits am Vernehmungstisch und hatte die Hände gefaltet, als würde er beten.

»Guten Morgen«, sagte Lott.

Nass erwiderte den Gruß undeutlich. Er wirkte zerstreut und nervös. Lott nahm ihm gegenüber Platz und griff sich dabei fest in die Hüfte, um den Schmerz zu unterdrücken, der sich in den letzten Minuten geradezu aufdringlich bemerkbar gemacht hatte. Auf dem Tisch stand ein Tonbandgerät bereit. Lott teilte dem Zeugen mit, dass er das Gespräch aufzeichnen würde. Herr Nass nickte.

»Protokoll der Aussage von Wilhelm Nass, Montag, 19. Juni 2006, 16.20 Uhr«, begann Lott, dann stellte er seine erste Frage:

»Herr Nass, wann haben Sie Ihre Frau zum letzten Mal gesehen?«

»Wie ich Ihnen bereits gesagt habe, am Samstagabend, auf dem Zeitbeerfest, wo Sie ja auch waren.«

»Und, Ihrer Aussage zufolge, haben Sie sich im Streit getrennt. Um welche Uhrzeit?«

»Kurz nach 22 Uhr.«

»Der Grund Ihres Streits war das Verhältnis Ihrer Frau mit Herrn ...?«, Lott versuchte sich an den Namen zu erinnern.

»Bachthaler, Georg«, half ihm Nass auf die Sprünge.

»Der Leiter der AH-Fußballer, stimmt's?«

»Ja. Aber es stimmt nicht, dass das Verhältnis als solches der Grund unseres Streits war. Dass sie es ungeniert in aller Öffentlichkeit zeigten, das fand ich nicht in Ordnung.«

»Hatte Ihre Frau eine Scheidung in Erwägung gezogen?«

»Nein.« Nass lächelte bitter, dann fuhr er fort: »Das wäre ihr viel zu unbequem gewesen. Sie hat oft betont: Egal, was passiert, meinen Mann behalt ich, der ist alltagstauglich. Alltagstauglich, das war, mich betreffend, ihr Lieblingswort. Damit hat sie mich ausstaffiert.«

»Und das hat Sie geärgert?«

»Nicht wirklich. Es war ja auch die Garantie, dass sie meine Frau blieb.«

»Was macht der Herr Bachthaler beruflich?«

»Er arbeitet in unserer Firma. Im Außendienst.«

»Erzählen Sie mir etwas über die Firma Nass.«

»Wir produzieren Backwaren.«

»Hier in Ulm?«

»Ja, aber wir haben auch eine Fabrik in Tschechien und eine in Polen. Wir stellen alle möglichen Backwaren her. Jedes Jahr kommt irgendetwas Neues dazu. Sieben verschiedene Brotsorten aus reinem Natursauerteig in einer 1A-Qualität, damit haben wir angefangen. Inzwischen haben wir neununddreißig Produkte im Sortiment. Unser erfolgreichstes aber ist und bleibt der *Nassi,* unser Wasserwecken. Den verkaufen wir mittlerweile EU-weit.«

»Wer verkauft Ihre Produkte?«

»Supermärkte der gehobenen Klasse, keine Billig-Discounter, nur Delikatess-Märkte, Feinkostketten und so weiter.«

»Die Firma gehört Ihrer Frau?«

»Ja. Ihr Vater hat die Firma 2003 auf sie überschrieben.«

»Und Sie?«

»Bin der Produktleiter.«

»Als Angestellter Ihrer Frau?«

»Wenn Sie so wollen, ja«.

»Dann war *Nassi* Ihre Idee?«

»Ja«, antwortete Herr Nass stolz.

Lott machte eine kleine Pause, in der er zum Fenster blickte, ehe er mit seiner Befragung fortfuhr.

»Wer könnte ein Motiv haben, Ihre Frau umzubringen?«

»Vielleicht derselbe, der auch die Freudenberg ...«

Nass stockte, doch Lott hakte nach: »Hatte Ihre Frau Kontakt zu ihr?«

»In letzter Zeit ja. Sie haben öfter miteinander telefoniert.«

»Wissen Sie, um was es bei den Gesprächen ging?«

»Gemeinsame Projekte waren das. Irgendwas mit Kindern.«

»Mehr nicht?«

»Manchmal haben sie sich in Rage geredet. Ich glaube, da ging es jedes Mal um Fußball.«

Lotts Hüfte hatte sich dermaßen verkrampft, dass er nun einfach aufstehen musste. Er ging zum Fenster, schaute zum Münsterturm und zum Stadthaus hinüber und zu Mildes überdimensionalen Fußbällen, und er warf einen Blick auf die Leinwand, wo das Spielgeschehen noch ruhte. Dann ging er an den Tisch zurück und setzte sich wieder.

»Herr Nass, wer erbt nun das alles?«

»Ich«, antwortete Nass kurz und bestimmt.

»Kinder?«, fragte Lott.

»Fehlanzeige«, antwortete Nass und sein Kinn fiel dabei bis fast auf den Halsansatz, dann hob er den Kopf wieder, sah Lott in die Augen und sagte: »Hätte sie eigene Kinder gehabt, dieser ganze Vereinszirkus wäre uns erspart geblieben und sie wäre noch am Leben.«

»Sie hätten aber auch ein Motiv gehabt«, warf Lott ein. »Ihre Frau betrügt Sie, Sie sind der alleinige Erbe eines gewiss nicht unerheblichen Vermögens. Neuer Chef der Firma.«

»Mein Leben ist einfacher gestrickt, als Sie denken mögen«, unterbrach Nass Lotts Motivaufzählungen. »Ich mache meine Arbeit in der Firma und ich mache sie gerne. Ich beobachte den Markt, auch das füllt mich aus, die Suche nach Lücken im Backgewerbe, so wie den *Nassi.* Einen Wasserwecken hat niemand im Programm. Das macht mir Spaß. Das reicht mir dann aber auch. Mehr will ich vom Betrieb nicht wissen. Um die anderen Dinge sollen sich andere kümmern.«

»Und in Ihrer Freizeit?«, fragte Lott

»Ab und zu in die Sauna und am Sonntag einen Waldspaziergang. Ansonsten leg ich nach Feierabend die Füße hoch und schau mir was im Fernsehen an.«

»Das wär's fürs Erste, Herr Nass. Aber Sie müssen sich uns zur Verfügung halten.«

»Wann kann meine Frau beerdigt werden?«

»Das entscheidet die Rechtsmedizin.«

Lott stand auf und fast gleichzeitig auch Wilhelm Nass.

»Ich weiß, es klingt banal, aber ich sag es trotzdem: ich will, dass Sie den Mörder finden.«

»Sie können uns dabei helfen«, sagte Lott.

»Und wie?«

»Stellen Sie eine Liste aller Personen zusammen, die in irgendeiner Weise mit dem Tod Ihrer Frau zu tun haben könnten. Alle Personen aus ihrem näheren Umfeld. Sei es im Betrieb oder im Verein. Freunde und Freundinnen, Bekannte und Konkurrenten, alle, die Ihnen dazu einfallen.«

Nass nickte, dann nahm er Lotts entgegengestreckte Hand und verabschiedete sich.

Lott ging zum Tisch zurück und schaltete das Tonbandgerät aus.

27

Ecuador ist Weltmeister im Bananenexport. Außerdem exportieren sie zahlreiche Panflötisten, die man vorwiegend in Fußgängerzonen größerer Städte antrifft. Dieses Volk im Nordwesten Südamerikas zählt trotz Erdöl- und Garnelenexport zu den ärmsten Ländern in Lateinamerika.

Die Zeitung bemühte sich, angesichts des bevorstehenden Spiels gegen Ecuador dem geneigten Leser des Sportteils etwas mehr über den Gegner als dessen Aufstellung und deren Stärken und Schwächen mitzuteilen. 13,4 Millionen Einwohner auf einer Fläche halb so groß wie

Spanien. Eine Geburtenrate von 2,7 Kindern pro Frau, 72,3 % Katholiken. Selbst über den Jahresbierkonsum, der bei durchschnittlich 17 Liter pro Kehle liegt, wurden die Leser informiert.

Lott blätterte sich zum Lokalteil vor. Dort sprang ihm auf der ersten Seite Waltraud Nass auf einem dreispaltigen Portraitfoto förmlich ins Gesicht. Darüber stand in fetten Lettern: *Waltraud Nass ermordet.* Und darunter, etwas kleiner gedruckt: *Hat der Mörder von Kathrin Freudenberg wieder zugeschlagen?*

Neben den Informationen, die gestern bei der Pressekonferenz preisgegeben worden waren, stand jede Menge Spekulatives. Dazu in einem Kasten ein Aufruf zur Mithilfe. Sachdienliche Hinweise nehme die Polizeidienststelle im Neuen Bau entgegen.

Im Klartext hieß das, dass Sigrid Dirr, die Telefondienst hatte, bereits am späten Vormittag rund fünfzig Anrufe auf ihrem Notizblock vermerkt hatte. Lina Bausch sortierte die Notizen und gab sie in den Computer ein.

Die Soko, die trotz Mollenkopfs Rüffel noch immer keinen Namen hatte, fand sich um elf Uhr dreißig im kleinen Konferenzzimmer zur Dienstbesprechung ein.

Bis auf den Tatortfundbericht, den Ilona Raab und Harald Lohner auf Grund fehlender Informationen der Spurensicherung noch nicht erstellen konnten, lagen Lott die Berichte der anderen Kollegen vor.

Die Bankkonten der Firma Nass sowie die Privatkonten der Eheleute hatten keine Auffälligkeiten ergeben. Kurfeß merkte an, dass sogar das Sponsoring an die TSG detailliert dargestellt wurde.

Petra hatte die beiden Reutlinger Vorstandsmitglieder für morgen nach Ulm geladen. »Ihre Alibis für die Mordnacht werden derzeit von den Reutlinger Kollegen überprüft«, berichtete sie.

»Was ist mit den Ulmer Vorstandsmitgliedern?«, fragte Lott.

»Wir treffen uns um 15 Uhr in Mildes VIP-Fußball«, antwortete Petra. »Da schlag ich zwei Fliegen mit einer Klappe, um 16 Uhr spielt Deutschland gegen Ecuador.«

Mais Lächeln war entwaffnend und duldete keine Widerrede.

Das Göppinger Kleeblatt, wie die neuen Kollegen seit gestern hießen, hatte einen sehr ausführlichen Bericht vorgelegt. Sie hatten Fred Utz, den Abteilungsleiter der aktiven Fußballer, befragt und deren Trainer Karl Benz, außerdem sieben Spieler der ersten Mannschaft.

Fred Utz hatte, dem Bericht zufolge, wörtlich geklagt: »Während es für unsere erste Mannschaft nicht einmal zu neuen Trikots reicht, finanziert unser Sponsor der AH ein Wochenende am Tegernsee. Fehlt nur noch, dass sie wie die Bayern im Bachmair wohnen und mit ihnen das Trainingslager teilen.«

Und der Trainer fuhr mit noch größerem Geschütz auf: »Die Nass war dem Bachthaler doch hörig. Ohne die AH ging doch gar nichts. Die hatten das eigentliche Sagen. Die Helden von damals. Die schauen auf uns herunter wie auf einen Haufen Scheiße.«

Auch von den Spielern, deren Aussagen die Göppinger akkurat notiert hatten, ließ keiner ein gutes Wort an der Nass. Mehr noch richtete sich auch ihr Zorn gegen die AH-Leitung.

»Die haben uns Aktive doch bei jeder sich bietenden Gelegenheit gemobbt.«

Während die Ergebnisse des gestrigen Tages noch diskutiert wurden, kam Lina Bausch mit der Liste der Telefonanrufe, die seit den Morgenstunden hier eingegangen waren.

»Wir müssen jedem Hinweis nachgehen«, meinte Lott und wies darauf hin, dass der kleinste Anhaltspunkt eine Ermittlung zum Durchbruch führen kann.

»Und wie steht es mit Deutschland gegen Ecuador?«, fragte Petra ungewohnt schüchtern.

»Um diese Zeit sitzt ohnehin jeder vor der Glotze. Eine vernünftige Befragung ist da nicht möglich. Also meinen Segen hast du.«

Gerade als Lott die Zeugen, die sich aufgrund der Pressemitteilung gemeldet hatten, unter den Kollegen aufteilen wollte, stellte Sigrid Dirr einen Anruf von Dr. Walter Maus durch. Petra nahm ihn entgegen.

»Um drei Uhr auf der VIP-Tribüne«, bestätigte Petra am Ende des Gesprächs und legte auf. Dann sagte sie den Kollegen: »Dr. Maus erinnerte sich an E-Mails von Waltraud Nass auf Kathrin Freudenbergs Computer.«

»Hat man die ausgewertet?«, Lotts Frage galt dem Kollegen Lohner.

»Wir haben alles erfasst«, antwortete Lohner.

»In der Akte Freudenberg habe ich aber nichts dergleichen entdeckt«, entgegnete Lott.

»Damals lebte die Nass auch noch«, verteidigte sich Lohner. »Ich werde mir aber die E-Mails gleich nochmals vornehmen.«

»Mach das, vielleicht bekommen durch die veränderte Situation einige Dinge eine tiefere Bedeutung«, sagte Lott und munterte den Kollegen damit sichtlich auf.

28

Es war ihm, als stecke er in einem seit Jahren abgelaufenen Kommunionsanzug. Alles engte ihn ein. Die Gärten und die Zäune darum, die Wege; selbst die Blau erschien ihm, als hätte man sie in ein viel zu kleines Flussbett gezwängt.

Die Stätten seiner Kindheit, so schien es Lott, sind kleiner geworden. So jedenfalls hatte er sie nicht in Erinnerung.

Er stand eine Weile auf der Brücke am Wehr und schaute auf die Wasserstrudel, die längst nicht mehr so bedrohlich schienen wie damals, als der Polizist Eduard Spreng den

Ruoß Sepp aus dem reißenden Wasser gezogen hatte. Sepps Versuch, den Fußball aus der Blau zu fischen, war so kläglich gescheitert wie zuvor sein Schuss, freistehend vor dem leeren Tor. Dass er aber die Hilfe der Polizei in Anspruch nehmen musste, empfand er als besonders schmachvoll. Und eine Zeitlang hatte er es Lott nachgetragen, dass der mit der Polizei kooperierte.

Die Sonne stach jetzt mit ganzer Kraft. Lott suchte Schutz bei den Weiden, die ihm Schatten spendeten. Jeder einzelne Baum hatte eine Geschichte für ihn. Von diesem Ast aus, der über das Wasser reichte, sind wir in die Blau gesprungen, und vor dem anderen Baum, auf der Bank, habe ich mit der Geyer Anita geknutscht.

Jede Hausecke barg eine Erinnerung, jede Plakatwand und jede einzelne der kleinen Wellen, die eilig dem Wehr zuschwappten.

Dabei war er hier, weil der Tatort ihm etwas erzählen sollte. Doch seine Gedanken streunten umher wie herrenlose Hunde. Und an jeder Ecke roch es nach Vergangenheit.

Diesen Weg war Waltraud Nass in der Nacht zum Sonntag gegangen. Gewiss in Gedanken versunken. Nach einem Streit ist man das doch allemal. Oder waren es andere Gedanken, die sie gefangen genommen hatten, Gedanken, die vielleicht eine Zündschnur entfacht hatten?

War ihr jemand gefolgt? Oder hatte jemand, der wusste, dass ihr Heimweg sie hier vorbeiführen würde, ihr aufgelauert?

Und was hatte Waltraud Nass empfunden, als sie wusste, dass mit der Hand des Mörders der Tod nach ihr griff?

Lott war am Tatort und dann doch wieder ganz woanders.

Wie viel Leben habe ich bereits verbraucht, seit ich die Grenzen meiner Kindheit überschritten habe? Und welche Grenzen habe ich mir danach selber gesteckt? Die Wünsche! Noch bevor sie erfüllt wurden, habe ich doch die meisten bereits in mir erstickt.

Jetzt kam es Lott vor, als wäre er in der engen Welt seiner Kindheit gefangen geblieben. Und er dachte, vielleicht stecke ich wirklich noch immer in dem seit Jahren abgelaufenen Anzug, den ich bei meiner Erstkommunion getragen habe und den ich vielleicht mit ins Grab nehmen werde.

Lotts Handy klingelte. *You're Beautiful.* Elli meldete sich mit aufgeregter Stimme: »Flaubert ist verschwunden. Seit Stunden schon. Ich habe überall gesucht.«

»Beruhige dich«, sagte Lott.

»Das hat er doch noch nie gemacht.«

»Wo hast du ihn von der Leine gelassen?«

»Er will ja immer rennen!«

»Wo, Elli?«

»Ich war mit ihm nur ums Haus und dann auf der Wiese hinten.«

Lott hörte, dass seine Frau weinte.

»Es wird sich schon alles aufklären«, sagte Lott. Doch sein Trostvermögen war mager und wenig glaubwürdig, und er fühlte mit einem Male, wie erschöpft er eigentlich war.

Ellis Schluchzen wurde fordernder.

»Ich komme«, sagte Lott, um dem Schluchzen ein Ende zu bereiten, und spürte im nächsten Augenblick bereits die Erleichterung, die sein Versprechen in Elli ausgelöst hatte.

Er drückte das Gespräch weg und machte sich auf den Weg zur Klostermühle, wo er seinen Wagen geparkt hatte. Da er gleich auf die Blaubeurer Straße einmünden konnte, war es klar, dass er den Weg über Land nahm.

Wo lebt sich's besser als im Schoße der Familie. Halte dich daran, sonst ...!

Der Drohbrief, wie konnte er den vergessen!

Lott spürte im selben Moment, wie das Damoklesschwert sich vom Pferdehaar losgerissen hatte und ihm nun direkt in die Brust stach.

Er fuhr schnell, schneller als gewöhnlich. Aber er hatte auch kein objektives Gefühl mehr für Geschwindigkeit. Seine Gedanken kreisten um Flaubert, den Hund, dem Elli diesen Namen gegeben hatte, weil sie Madame Bovary für eines der wichtigsten Bücher überhaupt hielt.

Lott dachte an den Hund, als wäre er bereits Vergangenheit. Und er spürte die Zunge des Hundes auf seinem Gesicht, wie immer, wenn Flaubert übermütig vor Freude über ihn hergefallen war. Und in den eigenen Fingerspitzen hatte Lott noch die Nachricht gespeichert, wie es sich anfühlte, wenn er Flauberts Nacken kraulte. Lott hätte nicht für möglich gehalten, dass er so an diesem Hund hing. Und er hatte Angst, panische Angst, dass Flaubert etwas zugestoßen war.

Und wieder dachte Lott an diesen bizarren Drohbrief, der so vage formuliert war wie eine Wetterprognose.

Wo lebt sich's besser als im Schoße der Familie. Halte dich daran. Sonst ...!

Was genau forderte der Schreiber denn? Und warum? Wer hatte ein Interesse daran, dass er seinen Beruf aufgab?

Als er die Drohung bekommen hatte, war er noch nicht wieder in Ulm tätig gewesen. Der Brief aber war in Ulm aufgegeben worden. Was ergab das für einen Sinn? Und jetzt? Hatte sich der Erpresser den Hund geschnappt, weil er das schwächste Mitglied im Familienverbund war? Sollte das als letzte Warnung verstanden werden, bevor der Unbekannte zu noch drastischeren Maßnahmen griff?

Dann wieder dachte Lott, dass das Ganze nur als Scherz gedacht sein konnte. Aber im nächsten Augenblick schob er diesen Gedanken beiseite. Zu groß war seine Angst um den Hund. Und Angst ist ein schlechter Begleiter bei einer Ermittlung. Das wusste er nur zu gut, aus vielen Erfahrungen in der Vergangenheit. Eine Ermittlung in dieser Sache aber hatte es ja bislang noch nicht gegeben. Er hatte den Drohbrief geschluckt wie eine schwer verdauliche Nahrung, die ihm seither von Zeit zu Zeit bitter aufstieß.

Lott fuhr auf Feldstetten zu. Der Asphalt flirrte. Im Ort nahm er den Fuß vom Gaspedal und beobachtete dabei die Tachonadel, die auf 60 km/h gefallen war. Eine halbe Stunde noch bis nach Hause, dachte Lott und drückte, kaum dass er die Ortstafel von hinten sah, wieder aufs Gas. Und dachte wieder an den Hund. Er malte sich eine Szene aus, in der Flaubert gequält wurde. Lotts Augen begannen zu tränen. Er wischte die Vorstellung schnell und heftig beiseite. Doch es folgten Gedanken, von denen fast jeder voller Sorge war.

Gab es eine Verbindung zwischen dem Drohbrief und den Morden? Blödsinn! Lott ließ das Seitenfenster heruntersurren. Im Wagen war es so heiß geworden, dass sein Rücken nassgeschwitzt war. Vielleicht war die Hitze auch schuld an diesen wilden Spekulationen. Wer hätte denn voraussehen können, dass er nach Ulm gerufen würde, um in einem Mordfall zu ermitteln?

Warum waren Kathrin Freudenberg und Waltraud Nass ermordet worden?

Wem nützte der Tod dieser Frauen? Sie waren mit ein und derselben Waffe getötet worden. Könnten es doch zwei Mörder sein? Eine Interessensgemeinschaft vielleicht, so makaber das klang? Oder war der Mord an Waltraud Nass unumgänglich geworden, weil sie wusste, wer Kathrin Freudenberg getötet hatte? Oder hatte das Motiv für den Mord an Waltraud Nass nicht im geringsten mit dem anderen Mord zu tun?

You're Beautiful. Lott suchte nach seinem Handy. Er hatte es auf den Beifahrersitz gelegt. In einer Kurve musste es unter den Sitz gerutscht sein. *You're Beautiful.* Lott tastete danach und konnte es greifen. Er drückte den Klingelton weg. Torjubel war im Hintergrund zu vernehmen. Dann meldete sich Petra: »Eins zu null für Deutschland. Und noch keine fünf Minuten gespielt.«

»Und sonst?«, fragte Lott.

»Dieser Doktor Walter Maus weiß, glaube ich, mehr, als er zugibt. Und ich frag mich, warum der so scharf auf Kathrins Laptop war.«

»Bleib dran«, sagte Lott.

»Er sitzt drei Reihen unter mir. Ich hab ihn im Blick.«

»Versäum dabei nicht das Spiel.«

»Keine Sorge! Also dann bis um acht!«

»Viel Spaß!«

»Danke! Übrigens hat der Klose das Tor geschossen.«

»Wunderbar!«, sagte Lott mit ironischem Unterton und drückte das Gespräch weg. Dann legte er sein Handy wieder auf den Beifahrersitz. Für wenige Augenblicke hatte er vergessen, warum er nach Hause unterwegs war. Doch dann war es wieder da, dieses unangenehme Kribbeln im Bauch, dieses Gefühl, endlich am Ziel zu sein und doch nicht dort ankommen zu wollen, wo aus Befürchtungen Wahrheit wird.

Sein Herz klopfte heftig, als er in die Straße einbog, in der sie seit einigen Monaten lebten. Was er im selben Moment wahrnahm, überraschte ihn wie ein Happyend in einer Tragödie. Er sah und hörte Flaubert, an einem Strick zerrend, mit dem er am Gartenzaun angebunden war. Lott hielt an, stieg aus und konnte sich kaum gegen das Begrüßungsritual des Hundes wehren. Nacken und Zunge waren plötzlich wieder existent. Und Lott war auf eine verwunderte Art glücklich. Als sich Flaubert etwas beruhigt hatte, entdeckte Lott einen Zettel am Halsband des Hundes. Lott nahm den Zettel an sich, betrachtete verwirrt die ungelenke Schrift und las: *Hunde hält man an der Leine.*

29

Lott löste Flaubert vom Gartenzaun. Gerade als er ihn in die Wohnung bringen wollte, kam Elli von ihrer Suchexpedition zurück. Ihre Erleichterung kam als tiefer Seufzer daher. Sie packte Flaubert am Nacken und schimpfte ihn einen Ausreißer.

»Tut mir leid, dass ich dich hergejagt habe«, entschuldigte sich Elli für die Hysterie, wie sie selbst ihre Sorge nannte. Dass Lott selbst in Panik geraten war, verschwieg er ihr. Und er verschwieg ihr noch immer, was der Anlass dafür war.

»Eine Stunde habe ich noch Zeit«, sagte Lott, »dann muss ich wieder. Die nächste Konferenz haben wir auf 20 Uhr angesetzt.«

»Seid ihr weitergekommen?«, fragte Elli, als sie auf dem Balkon saßen und Wasser tranken.

»Ich fürchte, wir treten auf der Stelle«, gestand Lott. »Nur manchmal durchschauert mich wieder dieses Gefühl, dass die Lösung der beiden Fälle ganz deutlich vor mir liegt und ich sie nur nicht sehe.«

»Gestern ein Ei, heute ein Hühnchen«, bemerkte Elli. Und Lott staunte wieder einmal mehr, warum sie zu allen Lebensfragen eine Weisheit im Ärmel hatte.

»Das ist ein mongolisches Sprichwort, das ich neulich bei Galsan Tschinag gelesen habe«, klärte Elli sein Staunen auf.

Lott nickte. Flaubert lag zu seinen Füßen und legte den Kopf auf seinen Schenkel. Elli tadelte den Hund noch immer, jetzt über den Tisch hinweg. Flaubert legte die Ohren an. Lott griff ihm sanft ins Nackenfell und signalisierte ihm damit, dass alles wieder in Ordnung war.

»Bevor nur ein Jahr vergangen ist, gleicht schon der Hund seinem Herrn«, sagte Elli. Es gab Tage, da sprudelte Ellis Sprichwörterquelle förmlich. Heute schien einer dieser Tage zu sein.

Eine halbe Stunde später war Lott bereits auf dem Weg nach Ulm. Er hatte noch sein Medikament eingenommen, damit die Hüfte ihn für den Rest des Tages in Ruhe ließ. Am Badespiegel klebte Dr. Maichels Termin für die Kernspinuntersuchung. Freitag, 23. Juni, 14 Uhr. Orthodoc Praxisklinik, Steingasse 14.

Lott schaltete die SWR 4-Nachrichten ein.

Offenburg. Nach der Vergewaltigung einer 17 Jahre alten Schülerin hat die Polizei im Ortenaukreis drei nahezu gleichaltrige Jugendliche festgenommen. Sie sollen sich an der 17-Jährigen auf einem öffentlichen Parkplatz nacheinander brutal vergangen haben, teilte die Polizei in Offenburg mit. Ein vierter Jugendlicher habe die Tat mit seinem

Fotohandy gefilmt und die Bilder anschließend an Freunde verschickt. Der Film diene der Polizei nun als Beweismittel.

Die deutsche Nationalmannschaft siegt gegen die Mannschaft von Ecuador mit 3 : 0. Klose gelang bereits in der vierten Minute die Führung. In der 44. Minute erhöhte Klose zum 2 : 0 Pausenstand. Der dritte und für ihn erlösende Treffer gelang Kloses Sturmpartner Lucas Podolski, der zuletzt starken Formschwankungen unterlegen war.

Lott schaltete das Radio ab und dachte über die Jugendlichen und über die Vergewaltigung des Mädchens nach. Er glaubte, die Tatsache, dass sie dabei gefilmt wurden, war für die Täter von vielleicht größerer Bedeutung als die Tat selbst.

Dann nahm er sich vor, das Radio erst wieder auf der Heimfahrt einzuschalten. Er war der festen Überzeugung, dass die Lösung der beiden Mordfälle nur hinter einem Schleier verborgen war, der sich ganz einfach heben ließ. Zumindest glaubte er das in diesem Augenblick. Als er aber an Blaubeuren vorbeifuhr, war seine Zuversicht wieder dahin. Die Lösung liegt hinter einem Spinnennetz und wird von einer dickbauchigen Spinne gehütet, dachte Lott jetzt. Und vor denen hatte er sich schon als Kind gefürchtet. Er schaltete nun doch wieder das Radio ein: *Er hat ein knallrotes Gummiboot,* plärrte es. Und dann sah Lott das Münster. Es glich einer Glucke, die im gemachten Nest saß.

Die Dienstbesprechung war für 20 Uhr anberaumt worden und er war der Erste, der sich im kleinen Konferenzzimmer einfand. Alle anderen kamen fast gleichzeitig, gut eine halbe Stunde nach ihm. Dass sie auch jetzt noch über Fußball reden mussten, ärgerte ihn.

»Schweden wäre mir als Gegner lieber«, hörte er Kurfeß sagen.

Lohner entgegnete: »Erst England, dann Argentinien und im Halbfinale Italien, der Endspielgegner ist mir dann egal.«

Petra war in Hochstimmung. Lott hörte förmlich, wie in ihrem Kopf das Lied *54-74-90-2006* nachhallte, und von draußen drang das Hupkonzert der Autokorsos herein.

Die Stimmung war Lott eine Spur zu ausgelassen. Er war deshalb froh, dass zumindest das Göppinger Kleeblatt konzentriert die Berichte über die Zeugenvernehmungen auf dem Tisch sortierte. Sie unterschieden dabei die Aussagen, die Hinweise auf die Persönlichkeit eines Verdächtigen geben konnten, und Zeugenaussagen, die dem Erkennen von Ermittlungsansätzen dienten. Lott tat etwas, was er höchst selten tat, er lobte die Arbeit der Kollegen. Normalerweise hielt er es eher mit Brauchles Art der Anerkennung: »Net geschimpft isch globet gnua.«

Nach und nach fanden auch die anderen Kollegen zur ernsthaften Arbeit zurück.

Lohner hatte die Mails von Kathrin Freudenberg und Waltraud Nass ausdrucken und kopieren lassen. Er hatte einiges markiert, aus dem er nicht schlau geworden war. Er las einige Beispiele vor: »›Das Budget bestimmen wir. Auch wenn die anderen es nicht glauben.‹ Oder: ›Zehntausend sind ein Nasenwasser; doch andere sterben dafür.‹ Schrieb Waltraud Nass an Kathrin. Und wisst ihr, wann? Zwei Tage vor deren Ermordung. Übrigens haben sie sich gegenseitig, jeweils als Postskriptum, privat ausgetauscht: ›Dein Leben ist beneidenswert spannend, will aber heute noch nicht tauschen. Gruß Waltraud.‹ So zwei Tage vor Kathrins Tod.«

Lotts Gesichtsfarbe hatte sich schlagartig verändert. Sein Kopf war rot wie ansonsten nur nach drei Bier oder nach aufwühlendem Sex. Auch rang er nach den richtigen Worten, die ihm aber nicht einfallen wollten. Den Kollegen nicht verletzen, ratterte es noch vermittelnd in seinem Hirn. Aber der innere Vorsatz kam viel zu spät.

»Man kann den einen oder anderen Hinweis übersehen, aber das ist ja eine Flut von Hinweisen. Die zu übersehen ist eine maßlose Schlamperei. Und darauf muss uns erst noch jemand von außen aufmerksam machen. Ohne den Dr. Maus wäre die Auswertung von Kathrin Freudenbergs Laptop so wie gehabt zu den Akten gegangen.«

Ilona ergriff für Lohner Partei: »Das Geplänkel mit der Nass war zu dem Zeitpunkt doch noch nicht relevant. Unser Augenmerk war doch auf andere Personen ausgerichtet. So ist von der Nass lediglich das Projekt *Verein und Grundschule* im Protokoll festgehalten worden. Zum damaligen Zeitpunkt gab es doch noch keine Veranlassung, nach einer Verbindung Freudenberg-Nass zu suchen.«

»Es ging ja bei jeder Mail und das in aller Ausführlichkeit immer um das gemeinsame Projekt *Verein und Grundschule*. Alles andere haben wir als Frauenklatsch abgetan.«

Lohners kleinlaute Entschuldigung traf den Kern. Man hatte die Nass damals noch nicht auf der Rechnung. Das musste nun auch Lott einsehen und er entschuldigte sich bei Lohner. Dennoch wussten alle, dass hier nicht ordentlich gearbeitet worden war. Beim damaligen Stand der Ermittlung war jeder noch so unscheinbare Hinweis eine Spur, der man hätte nachgehen müssen.

»Diesen privaten Zusatz fand ich besonders launig«, fuhr Lohner in seinem Bericht fort und las: »›Du hast einen Waschlappen, mit dem du dich einseifst, und ich habe einen Waschlappen, mit dem ich mich einseife. Was also würde es bringen, die Lappen zu tauschen. Wenn, dann doch eher die Seife!‹«

Ilona und Petra schauten sich an und kicherten.

»Versteht ihr etwa, was die Nass damit meint?«, fragte Lohner die Kolleginnen.

»Hardware und Software«, schmunzelte Ilona. Und Petra lachte nun lauthals.

»Von wann ist diese Mail?«, fragte Lott.

»1. Juni, 18.45 Uhr«, antwortete Lohner.

Lott ahnte, dass sie dieses Rätsel, wie er es nannte, nicht weiterbringen würde, zumindest nicht im Augenblick. Vielleicht aber war das ein Mosaikstein, der irgendwann ins Bild passte.

Dass der Tatortfundbericht noch immer nicht vorlag, bedauerte Lott, doch er hatte Verständnis dafür.

Bei der Tatortbefundaufnahme ist systematisch und mit größter Sorgfalt vorzugehen. Keine Mühe ist zu scheuen und es gilt, Geduld aufzubringen. Dass dies auch für die Auswertung galt, war Lott klar.

Einer von den Göppingern bemerkte, dass eine Zeugin behauptet hätte, die Nass hätte sich wegen dem Bachthaler scheiden lassen wollen.

»Hast du nicht mit Bachthaler gesprochen?«, fragte Petra Lott.

»Noch nicht«, gab ihr Lott eine ausweichende Antwort. Die Sache mit Flaubert verschwieg er.

Nun war Petra Mai an der Reihe, deren Aufgabe es gewesen war, Dr. Walter Maus zu befragen.

»Maus war beleidigt«, lachte Petra. Und Ilona ergänzte: »Wie immer halt.«

»Weshalb?«, hakte Lott nach.

»Dr. Maus braucht keinen Grund. Erst gab er sich beleidigt, weil er kandidieren sollte, dann wieder, weil man die Kandidatur einem anderen aus der Fußballabteilung überlassen wollte. Der machte ein Gesicht, als hätte er Spinnen gefressen. Selbst nach dem 3 : 0 keinerlei Aufheiterung.«

»Und sonst?«, Lott wurde ungeduldig.

»Als ich mich für den Hinweis auf die Mails bedankte, hellte sich seine Laune für einen Moment auf, und dann habe ich wie beiläufig eine Information über Wilhelm Nass erfahren, die dich aufhorchen lassen muss.« Petra schaute Lott an.

»Mach's nicht unnötig spannend«, bat der.

»Wilhelm Nass hat bis vor drei Jahren Theater gespielt. Und das nicht schlecht. Er hat bei der TSG-Theaterabteilung immer die Hauptrolle gespielt. Meistens den Liebhaber. Und denk dir, der war so gut, dass ihn der Freudenberg einmal für eine kleine Rolle ans Theater geholt hat.«

»Das mag nichts heißen«, warf Ilona ironisch ein.

Doch Lotts rote Gesichtsfarbe war einem fahlen Gelb gewichen. Hatte der arme, etwas einfältig wirkende Witwer ihm eine Rolle vorgespielt? War er nicht der bedauernswerte Gehörnte, der für die Untreue seiner Frau Verständnis aufbrachte? Nicht der harmlose Spießer, der tagsüber brav seiner Arbeit nachging und seine Abende vor dem Fernseher verbrachte?

Es war mucksmäuschenstill im Konferenzraum geworden. Als lauschten sie alle Lotts Gedanken.

»Eine engere Verbindung der beiden Männer Nass und Freudenberg ist somit nicht mehr auszuschließen«, sagte Petra und brach mit ihrer Feststellung das angespannte Schweigen.

30

Durch Petras Ermittlung waren die Karten neu gemischt worden.

Allein die Tatsache, dass die beiden Ehemänner zusammengearbeitet hatten, ihre Frauen ihnen durch eine Versicherungssumme oder durch Erbschaft zu Vermögen verhalfen, beide Ehen nicht mehr intakt waren, machte sie zu Hauptverdächtigen. Ihre Alibis waren Makulatur, denn wenn sie die Morde nicht selbst vollstreckt hatten, war ein bestellter Mord noch perfider.

Die Alibiermittlung sowie die Bewertung der Alibifeststellungen waren zur Nebensache geworden, die Anfertigung eines Weg-Zeit-Diagramms im Fall von Waltraud Nass erschienen Lott sogar unnötig.

Dringender war es, mögliche Kontakte von Freudenberg und Nass zu Dritten ausfindig zu machen. Den Durchführungsplan dazu, den Mollenkopf absegnen musste, galt es nun gemeinsam und im Eiltempo zu erstellen.

Lott dachte an Brauchle. Der hatte ihm gesagt, dass man hinterm Petrusplatz alles bekommen könne. Du kannst dir einen blasen lassen, eine Waffe kaufen oder einen, der für Geld jemanden umlegt. Dann dachte Lott daran, dass er sich von Nass hatte für dumm verkaufen lassen. Die Rolle des bemitleidenswerten Ehetrottels hatte Wilhelm Nass glaubhaft rübergebracht. Ein guter Laienspieler, der immer die Hauptrolle bekommen hat. So stand es im Protokoll der Zeugenermittlung des Göppinger Kleeblatts. Warum hatte er Wilhelm Nass geglaubt? Jedes Wort, jede Geste. Keine Spur von Misstrauen hatte sich aufgedrängt. Lott haderte mit sich, aber zur Selbstanklage war keine Zeit. Die Ermittlung lief auf Hochtouren. Lohner sollte zunächst die Telefongespräche der beiden Tatverdächtigen recherchieren, das Kleeblatt die Zeugenermittlung unter den neuen Gesichtspunkten fortführen. Nach diesen sollte auch Kurfeß sämtliche Kontenbewegungen neu bewerten. Ilona fiel die Aufgabe zu, in Severin Freudenbergs Theaterkreisen weiter zu ermitteln.

»Habt ihr euch jetzt ganz und gar auf die Schauspieler eingeschossen?«, kommentierte Petra die geschäftige Stimmung.

»Sind die Motive der Reutlinger ins dritte Glied nach hinten gerückt? Haben die Morde plötzlich nichts mehr mit Fußball und den Vereinen zu tun?«

Lott versuchte, sie zu beruhigen: »Du verhörst morgen wie abgesprochen den Rudolf Schock und seinen Vereinskollegen, den Wolle. Verfolge die Spur weiter. Und bleib auch an den Ulmern dran und an dem WFV-Abgeordneten.«

Petra schaute Lott misstrauisch an. »Ist das eine Ermittlungsaufgabe oder nur eine Arbeitsbeschaffungsmaßnahme für mich?«

»Vielleicht stößt du ja noch auf ganz andere Verbindungen, von denen wir bis jetzt noch nichts wissen«, versuchte Lott seine Kollegin zu motivieren. »Wir haben einen neuen Ansatz in der Ermittlung, mehr nicht.« Lott versuchte die Euphorie, die sich in der letzten Viertelstunde breitgemacht hatte, zu dämpfen.

»Warum wurde die Leiche von Kathrin Freudenberg vom Tatort Harthausen bis zur Donau geschafft und warum hat man Waltraud Nass, die auf dem Blauweg zum Roten Berg ermordet wurde, in einen Rollstuhl gesetzt und diesen vor dem *Theater in der Westentasche* abgestellt? Das ist nicht die Handschrift eines Auftragskillers.«

31

Beerdigungen und Hitze vertragen sich nicht! Der Himmel sollte nichts zu lachen haben; nicht an einem solchen Tag. Ungehörig ist das! Die Sonne brennt herab, wo es doch Tränen regnen soll.

Und wohin hat sich der eiskalte Hauch des Todes verkrochen?

Severin Freudenbergs Gedankensplitter tanzten. Die Erinnerung war seine Tanzfläche. Er war, angesichts der Tatsache, dass Hunderte, wenn nicht Tausende ihn umgaben, in seinem Element.

Der Tod schart viel Leben um sich, deklamierte Severin weiter in sich hinein, als eine Hand die seine forderte.

Ach Gott! Einer dieser Vereinsidioten, ahnte Severin. Einer, der es mit seinem Kondolieren gar so wichtig hat. Kann der nicht warten und sich einreihen in die Schar derjenigen, die alsbald händedrückend an mir vorbeidefilieren werden?

»Mein aufrichtiges Beileid«, bekundete Dr. Walter Maus und hielt dabei Severins Hand, als wollte er diese nie wieder loslassen. Und fuhr fort: »Dass aber so viele gekommen sind, um Anteil zu nehmen, muss uns ein Trost sein.«

»Kathrin hat schon immer viel Volk um sich versammelt. Nun selbst im Tod«, antwortete Severin getragen, aber abweisend.

Mozarts Requiem erklang, und Dr. Maus ließ die Hand des Schauspielers schlagartig los, um sich dem Pulk der Vereinsmitglieder anzuschließen, in deren Mitte ihre Kranzspende wie ein Wanderpokal von Hand zu Hand ging.

Die Hinterbliebenen mit Severin Freudenberg und dessen Sohn Pascal an der Spitze wurden in die Aussegnungshalle gebeten. Der Oberbürgermeister der Stadt Ulm und der Stadtrat schlossen sich ihnen an und nahmen hinter den Angehörigen Platz. Es folgten die Vereinsmitglieder, Freunde, Liebhaber, Abordnungen anderer Vereine und des Turngaus, Abgeordnete des Landtags und des Kreistags, Männer aus dem Vorstand der Sparkasse, schlicht Menschen, die zu Kathrin Freudenberg, in welcher Weise auch immer, in Beziehung gestanden hatten.

»Herr, gib ihr die ewige Ruhe und das ewige Licht leuchte ihr.«

Die Trauerfeier begann. Lott, der von Ilona Raab und Petra Mai begleitet wurde, verfolgte die Zeremonie von der Eingangstür aus. Sie registrierten die Anwesenden: Uwe Schwegler und Bobo Müller hatten sich zu ihren Fußballkameraden gesellt. Wilhelm Nass saß bei den gewählten Vertretern der Unabhängigen Wählergemeinschaft Söflingen. Lott bemerkte Thürheimer, den Chef der Lokalredaktion, und dachte daran, dass Kathrin Freudenberg ihm einmal, als Geburtstagsgeschenk, einen geblasen hatte.

Vielleicht erinnerte sich Thürheimer auch gerade daran. Er saß still ein paar Stuhlreihen vor dem Kommissar und folgte eher teilnahmslos der Trauerrede des Oberbürgermeisters, der die Verdienste der Ermordeten noch einmal würdigte.

Die Pressekollegen Thürheimers waren aktiver. Sie notierten, blitzten und filmten.

Severin war sichtlich darum bemüht, mit tragischem Ausdruck seinen Teil zum Gelingen der Trauerfeier beizutragen. Othello, Hamlet, Orpheus. Vorbilder gab es ja zuhauf, mit deren Hilfe er diese Aufführung glaubwürdig über die Bühne bringen konnte.

Petra tuschelte: »Siehst du die beiden Reutlinger da drüben?«

Lott schaute unauffällig in die Richtung, in die seine Kollegin gedeutet hatte, und erkannte Rudolf Schock und dessen Freund Wolle. Beide wirkten, wenn Lott ihren Ausdruck richtig deutete, betroffen.

»Die sind anschließend bei mir«, informierte Petra ihren Chef. Im selben Moment betrat Dr. Walter Maus das Rednerpult. Er sah aus, als hätte ihm jemand in die Suppe gespuckt. Vielleicht, weil er erst nach dem Oberbürgermeister zu Wort kam, denn seine Trauerrede unterschied sich allenfalls in Nuancen von der seines Vorredners. Zuletzt gebrauchte er sogar dieselbe Floskel: »Wir verlieren mit ihr nicht nur eine großartige Präsidentin, wir verlieren mit Kathrin Freudenberg eine Freundin.«

Lott dachte wieder an Thürheimer. Dann bemerkte er Wilhelm Nass, der weinte. Auch Severin Freudenberg weinte, aber irgendwie stilvoller, professioneller. Während Wilhelm Nass sein Weinen durch Schnäuzen zu verstecken versuchte, kullerten Severin Freudenbergs Tränen haltlos über dessen Antlitz. Ab und zu schaute er dabei Richtung Himmel.

Nachdem eine Abgesandte des Versehrtensports und der Vorstand der Sparkasse sich den Worten ihrer Vorredner angeschlossen, der Pfarrer die Trauerfeier in der Aussegnungshalle mit seinem Segen abgeschlossen hatte und der Sarg mit den sterblichen Resten der Ermordeten zur Feuerbestattung ins Krematorium abtransportiert wurde und so aus dem Blickfeld der Anwesenden langsam verschwand, erklang aus den Lautsprechern *Time To Say Goodbye*, von Sarah Brightman und Andrea Bocelli gesungen.

Ilona Raab schluchzte gerührt: »Das war ihr absolutes Lieblingslied, sie hatte es sogar als Klingelton auf ihrem Handy.«

32

Ein wenig, so empfand es Petra Mai, wirkten die beiden trotz ihrer Trauerkleidung wie Max und Moritz, nachdem der Bauer Mecke sie bei ihrem letzten Streich ertappt hatte.

Wolle gab zu, dass es gewiss Schiedsrichter gab, die sich zu gewissen Entscheidungen motivieren ließen, wie er sich ausdrückte, aber in ihrer Liga wäre das doch eher abwegig. Dagegen gestand Rudolf Schock, dass er Kathrin Freudenbergs Vereinsinteressen auch finanziell unterstützt hatte.

Wirklich honoriert aber wurden nach Schocks Aussage in erster Linie ihre Liebesdienste, die sowohl er als auch Wolle in Anspruch genommen hatten.

»Kathrin war perfekt. Eine perfekte Schauspielerin. Als Domina so glaubwürdig wie als unschuldiges, kleines Mädchen«, schwärmte Wolle. Und fügte weiter schwärmend hinzu: »Die ganze Palette und immer gefühlsecht.«

»Devot oder herrisch, sie hat's bracht«, stimmte ihm Rudolf Schock zu.

Diese Verfehlungen, die sie, wenn überhaupt, allein ihren Partnerinnen würden beichten müssen, gestanden die beiden ein, als handelte es sich um Lausbubenstreiche. Aber Petra dachte, dass das, was sie über Kathrin Freudenberg preisgaben, gelogen war. Und gelogen war auch, dass sie Manipulationen, begangen im Interesse des Vereins, bestritten oder dass sie, wie beide es ausdrückten, die Grenze des Erlaubten nie überschritten hätten.

Je mehr sie sich aber drehten und wandten, erkannte die Kommissarin, umso unwahrscheinlicher war es, dass sie für die beiden Morde verantwortlich sein konnten. Ihre Alibis waren stichfest. Dass sie den Mord an Kathrin Freudenberg in Auftrag gegeben hatten, stand zwar noch vage im Raum, doch eigentlich hatte sie die beiden gedanklich bereits ans Ende der Tabelle ihrer Verdächtigenliga gesetzt. Was den zweiten Mord betraf, da waren sie völlig aus dem Schneider.

Oder gab es Mordabsprachen zwischen den drei Vereinen?

Eine Interessengemeinschaft zwischen Reutlingen, Ulm und Söflingen?

Die Kommissarin schüttelte den Gedanken wie etwas Lästiges von sich: Bleib auf dem Boden, Petra, sagte sie sich.

Wir sind nicht in Italien. Und selbst in Italien wäre das nichts als ein Hirngespinst. So etwas gibt es einfach nicht!

Nachdem die Kommissarin die beiden Reutlinger entlassen hatte, beauftragte sie Lina Bausch damit, das Verhör vom Band in den Computer zu tippen.

Anschließend ging sie an die Luft und atmete tief durch. Sie fühlte sich leer und ausgelaugt wie lange nicht mehr. Selbst die WM bescherte ihr keine Vorfreude aufs nächste Spiel.

Ihre Theorie: Der Mord hat mit Fußball zu tun, stimmte nicht. Vielleicht waren es doch die Ehemänner, die für Lott ja immer in der ersten Reihe der Verdächtigen saßen. Sie ging über den Münsterplatz und kaufte sich beim Metzger Klaiber eine Leberkässemmel. Um sich zu erden. Sich erden war immer ihre Ausrede, wenn sie Lust auf ungesundes Essen hatte. Sie setzte sich auf einen der weißen Stühle, die im Schatten des Münsters für die Touristen bereitstanden und aß die halbe Semmel. Die andere Hälfte landete im Abfallkorb. Sie ging zurück und kaufte noch eine Flasche Gerolsteiner, mit der setzte sie sich in die pralle Sonne auf einen der Plätze vor der Großbildleinwand.

Ghana – USA. Und nur wenige Zuschauer waren ins WM-Dorf gekommen. Auch Mais Interesse wurde erst geweckt, als sie sah, dass Markus Merk das Spiel leitete. Da wurden Erinnerungen wach. Einmal hatte Merk auch ein Spiel von ihnen gepfiffen. Dass er als FIFA-Schiedsrichter ein Spiel der Frauenmannschaften pfeifen musste, war vermutlich unter seiner Würde gewesen, denn obwohl Merk ein eher kleiner Mann war, betrachtete er die Frauen auf dem Rasen von oben herab.

Petra verfolgte das Spiel, in welchem Dempsey soeben, wenige Minuten vor der Halbzeit, den Treffer zum 1 : 1-Ausgleich für die USA erzielt hatte, jetzt aufmerksamer.

In der Halbzeit wollte sie dennoch zurück ins Büro. Zwei Minuten Nachspielzeit wurden angezeigt. Ein Luftkampf im Strafraum der Amerikaner, und Merk pfeift Elfmeter.

Auch die langsamste Zeitlupenwiederholung kann nicht aufklären, was Merk da gesehen haben will. Elfmeter und 2 : 1 für Ghana zur Pause.

Damit war die USA aus dem Rennen. Und wohl auch Markus Merk, der kaum noch eine Chance haben dürfte, als bester Schiedsrichter gekürt zu werden.

Mais Laune hatte sich in diesem Augenblick ein klein wenig gebessert. Dass sie völlig nassgeschwitzt war, bemerkte sie erst in den kühlen Gängen des Neuen Baus.

Lott kam ihr entgegen. Petra stöhnte: »Mir läuft das Wasser im Arsch zusammen.«

Lott stellte sich das einen Moment lang bildlich vor, was Petra, ihrem Blick nach zu schließen, zu bemerken schien. Und Lott fühlte sich ertappt. Beide versuchten anschließend den peinlichen Augenblick durch Geschäftigkeit zu überspielen. Dann setzte er die Kollegin über sein Gespräch mit Bachthaler in Kenntnis.

»Nach Bachthalers Aussage wollte Waltraud Nass sich tatsächlich wegen ihm von ihrem Mann trennen. Aber der Bachthaler wollte nicht. Frau Nass hat daraufhin die Konsequenzen gezogen und der AH das Geld für das versprochene Wochenende am Tegernsee verweigert.«

»Damit hätte Bachthaler ein Mordmotiv«, konstatierte Petra mit versteinerter Miene.

Lott schaute sie ungläubig an, dann prusteten beide los.

»Wenn Wilhelm Nass davon wusste, dass der Bachthaler keine ernsten Absichten mit seiner Frau hatte, warum sollte er sie dann umbringen?«

»Er wird es mir gleich sagen. Ich habe ihn herbestellt«, sagte Lott, verabschiedete sich von Petra Mai und gab danach Lina Bausch Bescheid, die die Vernehmung protokollieren sollte.

Wilhelm Nass war pünktlich. Er trug noch immer den Anzug, den er auf Kathrins Beerdigung getragen hatte. Obwohl es im Vernehmungsraum trotz Ventilator drückend schwül war, machte Nass keine Anstalten, seine Anzugjacke abzulegen.

Lina kam, als Lott und Nass sich bereits gegenübersaßen, und ließ hinter sich die Tür ins Schloss fallen. Sie setzte sich an den Nebentisch und tippte Datum und Uhrzeit in ihr Notebook.

»Vernehmungsbeginn siebzehn Uhr, Mittwoch, 21. Juni 2006. Ich kläre Herrn Nass darüber auf, dass gegen ihn wegen des Verdachts der Tötung oder der Beauftragung zur Tötung seiner Ehefrau Waltraud Nass ermittelt wird. Ich belehre ihn darüber, dass er das Recht hat, die Aussage zu verweigern, einen Rechtsanwalt zu beauftragen oder Beweiserhebungen zu beantragen.«

Lina Bausch tippte den Satz, dessen Gerüst gespeichert war und nur durch Tatvorwurf, Namen und Datum ergänzt werden musste.

»Herr Nass, wollen Sie einen Rechtsanwalt hinzuziehen?«, begann Lott das Verhör.

»Nein, weshalb? Ich habe meine Frau nicht ermordet.«

»Es gibt zwei Gründe, warum ich Ihnen nicht glaube.«

»Und die wären?«

»Herr Bachthaler hat behauptet, dass sich Ihre Frau scheiden lassen wollte und dass Sie von diesem Vorhaben Ihrer Frau auch in Kenntnis gesetzt wurden.«

»Das war nicht ernst gemeint«, wehrte Nass den Vorwurf ab, »das hat sie mir in der Wut einmal hingeworfen. Aber da steckte nichts dahinter. Glauben Sie mir!«

»Herr Nass, warum haben Sie mir verschwiegen, dass Sie bis vor drei Jahren sehr erfolgreich Theater gespielt haben?«

»Wie bitte?«, Nass fiel aus allen Wolken.

»Zeugenaussagen zufolge sollen Sie bei den jährlichen Theateraufführungen der TSG immer die Hauptrolle gespielt haben.«

»Mein Gott, das ist Bauerntheater! Da musst du nur mit den Augen rollen und ein paar Mal ›Leck mich am Arsch‹ sagen. Schon bist du ein Bühnenheld.«

»Immerhin hat Severin Freudenberg Ihr Talent erkannt und Sie ans Ulmer Theater geholt.«

Herr Nass lachte zynisch auf, bevor er Lott entgegnete: »Das ist bald zehn Jahre her. Meine Rolle hatte einen einzigen Satz. Das Stück, ich weiß nicht einmal mehr, wie es geheißen hat, wurde fünf, sechs Mal gespielt und dann wieder abgesetzt. Danach habe ich keinen Kontakt mehr zu Herrn Freudenberg gehabt. Und die Schauspielerei habe ich auch an den Nagel gehängt, weil mir das alles zu läppisch war.«

Lott wollte weitere Fragen stellen, um wenigstens Ansatzpunkte für erste Ermittlungsschritte in dieser Richtung zu haben. Er sah aber ein, dass Nass richtig argumentierte. Dennoch war da etwas, was in ihm rumorte.

»Kann ich jetzt gehen?«, fragte Nass, nachdem er eine Weile auf eine weitere Frage Lotts gewartet hatte.

»Herr Nass, eine Frage noch.« Lott zögerte. Was sollte er fragen? Ihn aber einfach so gehen lassen, das konnte er auch nicht.

»Herr Nass, haben Sie Ihre Frau geliebt?«

Lott wusste selbst nicht, ob das nun eine Verlegenheitsfrage war oder ob ihn seine Intuition auf den richtigen Weg lenkte. Vernehmungstaktisch ließ sich die Frage jedenfalls nicht einordnen.

Wilhelm Nass, der bisher Lotts Blick nie ausgewichen war, drehte den Kopf zur Seite und schaute zum offenen Fenster, als läge dahinter eine Welt, die es für ihn nicht mehr gab. Er zog sein Taschentuch hervor und schnäuzte. Er schnäuzte, wie er es bei der Trauerfeier für Kathrin Freudenberg getan hatte. Dann steckte er das Taschentuch weg und sagte, irgendwie erdabgewandt: »Wir hatten einmal eine Katze, die habe ich erst registriert, als sie plötzlich nicht mehr da war. Ihr Dasein, wie sie auf dem Fenstersims saß und auf die Straße schaute, war so selbstverständlich. Erst als sie nicht mehr nach Hause fand, habe ich gemerkt, wie sie mir fehlt.«

»Sie haben Ihre Frau also geliebt, auch nach ihrem Seitensprung?«

»Was zur Alltäglichkeit und so selbstverständlich geworden war, das war es mit einem Male nicht mehr. Ich merke nun, wie sie weg ist, dass sie mir fehlt.«

»Wie die Katze?«, fragte Lott.

Nass antwortete nicht. Er stand jetzt auf und reichte Lott so bestimmt die Hand zum Abschied, dass kein Zweifel daran bestand, dass er das Verhör für beendet hielt.

»Ich muss in die Firma«, sagte er, »aber ich stehe Ihnen selbstverständlich zur Verfügung, wann immer Sie es wünschen.«

Lott brachte ihn zur Tür. Vielleicht ist dieser Wilhelm Nass doch ein ganz passabler Schauspieler. Er ging zum Fenster, als müsste er ihm hinterherschauen.

Lina speicherte das Geschriebene und verließ den Raum.

Beim Hinausgehen sagte sie: »Gestern war Sommeranfang.«

33

Die Gestaltungswut der Ulmer Bauverwaltung treibt mitunter absonderliche Blüten. Kein Märchen: Es war einmal eine wunderbare Wiese am Ufer der Donau mitten in der Stadt. Auf ihr lernten Generationen junger Leute das Knutschen ...

Lott las Thürheimers Kommentar über das Begräbnis einer Donauwiese und war irgendwie erheitert, dass sich der Chef der Lokalredaktion auch anderen Begräbnissen annehmen musste.

Wenige Seiten zuvor war ein ganzseitiger Artikel der Beerdigung Kathrin Freudenbergs gewidmet, freilich mit zahlreichen Fotos und einem Nachruf des Chefredakteurs Dr. Ewald Keim angereichert.

Lott las die Zeitung, während er auf Uwe Schwegler, mit dem er sich im Stadthaus-Café verabredet hatte, wartete.

Parallelwelten existierten also noch, dachte Lott. Und neben WM-Dorf und den Morden an Vereinspräsidentinnen gab es noch andere Themen, die die Menschen in diesen Tagen bewegten. Dass die Allianz trotz steigender Gewinne gleich mehrere tausend Arbeitsplätze streichen wollte, damit die Renditevorgaben des Vorstandes erfüllt wurden, war freilich nicht annähernd so brisant wie ein möglicher Abschuss des Braunbären Bruno und weit weniger katastrophal wie ein mögliches Ausscheiden der Deutschen bei der WM.

Schwegler war bereits eine halbe Stunde überfällig. Vielleicht hat er noch eine Gruppe Japaner dazubekommen, vermutete Lott und bat die Kellnerin um die Rechnung, als sein Handy mit dem Klingelton von James Blunts *You're Beautiful* plötzlich laut wurde. Lott wunderte sich, dass nicht Schwegler sich meldete, sondern Lisa. Lisa rief ihn höchst selten an. Sie wusste, dass ihr Vater niemand war, der sich am Telefon groß austauschte, schon gar nicht mit dem Handy irgendwo in der Öffentlichkeit. Ein Grund, warum sie ihm den Klingelton geschenkt hatte. Er sollte ihn an die Tochter erinnern, bei jedem Anruf. *You're Beautiful.* Sie liebte diesen seltsamen Kauz, vor allem aus der Entfernung.

»Ist was passiert?«, fragte Lott besorgt.

»Nein, Herr Kommissar. Ich wollte nur wissen, wie es dir geht. Und dir sagen, dass sogar in der ZEIT etwas über dich und deine Morde steht. Das musst du unbedingt lesen.«

»Sonst nichts?«, fragte Lott skeptisch.

»Vielleicht komme ich zurück in den Süden. Hamburg gefällt mir nicht mehr«, antwortete Lisa.

»Hast du dich von deinem Freund getrennt?«

»Das auch. Aber das ist nicht der Grund.«

»Sondern?«

»Auch die Arbeit hier.«

»Komm doch am Wochenende.«

»Vielleicht.«

»Als Ersatz für Pfingsten.«

»Du musst dich doch um deine Morde kümmern.«

»Es gibt Parallelwelten Lisa. Also bis bald!«

»Bis bald, Herr Kommissar.«

Lisa hatte das Gespräch beendet. Lott drehte sich zum Nachbartisch. Die Frau, die dort saß, nickte ihm wissend zu, als wäre sie soeben in Lotts Familienangelegenheiten eingeweiht worden. Jetzt wusste er wieder, warum ihm Handys peinlich waren. Er konnte diesem Gedanken allerdings nicht weiter nachhängen, denn Uwe Schwegler kam, gerade als er sich zum Aufbruch bereit machte, und setzte sich mit großer Geste an den Tisch. Ohne seine Verspätung zu erklären, sagte er: »Hör zu, unser Dr. Walter Maus hat seine Kandidatur zum Vereinspräsidenten zurückgezogen und die Brauerei, der wichtigste Sponsor des Vereins, hat zum Saisonende ihren Werbevertrag gekündigt. Außerdem soll Bangemann, unser Trainer, seine Koffer packen, wenn die ersten Spiele schieflaufen.«

»Und was hat das alles mit den Mordfällen zu tun?«, fragte Lott, der Uwes Wichtigtuerei nicht nachvollziehen konnte.

»Da wird etwas aus der Vergangenheit unter den Teppich gekehrt. Da hat jemand in ein Wespennest gestochen! Der Maus zieht nicht einfach seine Kandidatur zurück. So beleidigt kann selbst er nicht sein. Und die Kurzschlusshandlung der Brauerei ist auch nicht nachvollziehbar.«

Lott verstand noch immer nicht. »Uwe, hilf mir auf die Sprünge und sag mir ganz einfach, wen du wegen was verdächtigst.«

»Ich dachte, du ermittelst in zwei Mordfällen«, antwortete Uwe brüskiert.

»Eben!«

»Den Mörder kann ich dir nicht servieren. Aber jede Menge Mordmotive. Es geht um Geld. Um viel Geld!«

Lott unterbrach ihn: »Geht's im Fußball nicht immer ums Geld?«

»Richtig, auch in der Oberliga. Aber da muss noch eine andere Sache dranhängen, von der Kathrin Wind bekommen haben muss. Und Kathrin hätte mit ihrem Wissen nicht hinterm Berg gehalten und hätte es aufgedeckt, was einigen Leuten hier ganz und gar nicht in den Kram gepasst hätte. Und die Nass hat bestimmt davon gewusst und hat dieses Wissen mit dem Leben bezahlt.«

»Uwe, konkret, bitte! Du warst lange genug dabei, um zu wissen, dass sich mit Spekulationen und vagen Verschwörungstheorien nichts beweisen lässt.«

»Ein Walter Maus zieht nicht einfach so seine Kandidatur zurück. Und einem Trainer sagt man nicht hopp oder topp, bevor die Saison überhaupt angefangen hat. Da ist was im Busch, sag ich dir. Da läuft etwas oberfaul, und einige Herren haben kalte Füße bekommen.«

»Wem soll ich auf den Zahn fühlen, Uwe?«

»Fang beim Geschäftsführer an und hör beim Platzwart auf. Nach dem Motto: Steck alle in einen Sack und hau drauf; du wirst den richtigen treffen.«

Schwegler stand auf. »Meine Japaner warten«, sagte er. »Eine Reisegruppe aus Osaka. Venedig, Pisa, Neuschwanstein, Ulm. Die übliche Tour.«

Lott gab ihm die Hand, dann rief er die Kellnerin erneut und bestellte noch einmal ein Wasser. Er zog sein Notizbuch aus der Jackentasche. Doch noch ehe er das erste Wort schrieb, dachte er: Uwes Theorien sind Schwachsinn oder ich bin zu alt für diesen Job.

Eine Stunde später traf sich die Soko zur Dienstbesprechung. Sie brachte keine neuen Erkenntnisse. Jeder Weg schien eine Sackgasse zu sein und alle Hinweise entpuppten sich als hohle Nüsse. Lott bat Petra, Uwe Schweglers Anschuldigungen nachzugehen. Sie war in diesem Milieu mehr zuhause als er. Lohner und Ilona konnten zwar den Tatortfundbericht abgeschlossen vorlegen, doch fehlte zu den Kontaktspuren das Vergleichsmaterial und so führten die Ergebnisse im Augenblick nicht zu einem Tatverdächtigen.Das Einzige, was der Tatortfundbericht zweifelsfrei bestätigte, war, dass beide Morde von ein und derselben Person begangen wurden. Es gab Spuren, die so vollständig übereinstimmten, dass jede andere Theorie ausgeschlossen werden konnte.

Lott entließ die Kollegen mit neuen Aufgaben, die im Wesentlichen die alten waren. Das Göppinger Kleeblatt hatte noch eine ganze Liste mit Hinweisen aus der Bevölkerung, denen sie nachgehen mussten, abzuarbeiten und Lohner war nach wie vor mit der Auswertung von Kathrins Notebook am Werk.

Kurfeß ermittelte inzwischen bei einer ganzen Anzahl weiterer Personen nach Auffälligkeiten in deren finanzieller Situation. Ilona sollte weiterhin im Umfeld der Freudenbergs recherchieren und war auf eine Sache gestoßen, von der sie nicht wusste, ob sie von Bedeutung war.

»Freudenberg sucht Theaterräume für ein eigenes Theater. Er hat Anzeigen in verschiedenen Zeitungen geschaltet.«

»Bleib da dran«, motivierte sie Lott.

Sigrid Dirr, die Lina unterstützte, hatte Georg Bachthaler zum Verhör geladen. Der wartete bereits, als Lott noch dabei war, den Kollegen die weiteren Ermittlungsschritte mitzuteilen.

»Tut mir leid, dass Sie warten mussten«, sagte Lott, als er eintrat. Bachthaler überhörte Lotts Entschuldigung.

Als sie sich gegenübersaßen, begann Lott zu fragen:

»Seit wann arbeiten Sie in der Firma Nass?«

»Seit März 99.«

»Und vorher?«

»Firma Uldo, die gleiche Branche.«

»Warum haben Sie gewechselt?«

»Mehr Geld, günstigere Arbeitszeit.«

»Hat Frau Nass Sie eingestellt?«

»Ja.«

»Kannten Sie Frau Nass da schon?«

»Ja, durch den Verein.«

»In welcher Beziehung standen Sie zu ihr?«

»Es war noch keine Liebesbeziehung, wenn Sie das meinen.«

»Sondern?«

»Durch den Verein verbunden. Gegenseitige Sympathie. Wie soll ich sagen ...«

»Wann ist dann eine Liebesbeziehung daraus geworden?«

»2003.« Bachthaler stockte einen Moment, dann fuhr er fort: »In diesem Jahrhundertsommer, wo die Nächte fast so warm waren wie die Tage. In der Nacht beim Zeitbeerfest ist es passiert. Gefunkt hatte es aber schon vorher. Aber da haben wir uns eben nur so angeschaut.«

»Und wann hat Frau Nass davon gesprochen, dass sie sich wegen Ihnen scheiden lassen wollte?«

»Eigentlich bald danach.«

»Und wie haben Sie darauf reagiert?«

»Ich war noch nicht lange geschieden. Eine feste Bindung wäre mir zu diesem Zeitpunkt zu früh gewesen.«

»Haben Sie Frau Nass geliebt?«

»Sie hat meine sexuellen Erwartungen erfüllt.«

»Wie war Ihr Verhältnis zuletzt?«

»Zu sehr von Bedingungen abhängig.«

»Inwiefern?«

»Du kannst dir im Betrieb alle Vorteile nehmen. Im Verein alle Möglichkeiten nützen. Gesponserte Wochenenden mit der AH an exklusiven Orten. Rottach-Egern war als Nächstes geplant. Aber dafür forderte sie so etwas wie eine bedingungslose Liebe.«

»Die Sie ihr verweigert haben.«

»Ich wollte sie nicht heiraten. Auch wegen dem Wilhelm nicht.«

»Wer könnte ein Motiv für den Mord haben?«

Bachthaler zuckte die Achseln, dann antwortete er: »Ich auf jeden Fall nicht. Für mich ändert sich nichts durch ihren Tod.«

»Hätte Frau Nass Sie nicht entlassen können und ihren Einfluss im Verein gegen Sie geltend machen?«

»Das reicht nicht für einen Mord.«

»Es wurde schon für weit weniger gemordet.«

»Stehe ich unter Verdacht?«
»Sie haben kein Alibi!«
»Habe ich doch.«
»Ich höre.«
»Bleibt das zwischen uns?«
»Das kann ich nicht versprechen.«

Georg Bachthaler überlegte kurz, dann sagte er: »Ich war mit Ulrike Benz, der Frau unseres Trainers, im Bett.«

Lott schluckte kurz und dachte, der lässt ja wirklich nichts aus, dann fragte er betont sachlich: »Wird sie das bezeugen?«

»Wenn ihr Mann nichts davon erfährt.«

Lott hatte keine Fragen mehr. Er würde Bachthalers Alibi überprüfen, dann würde man weitersehen. Als sie schon an der Tür waren, fragte Lott: »Das Wochenende am Tegernsee, wurde es storniert?«

»Das hat Waltraud noch zu Lebzeiten selbst in die Hand genommen.«

Lott bat Lina um die Telefonnummer von Karl Benz, dem Trainer. Er rief an und war froh, dass Frau Benz sich meldete. Lott fragte, nachdem er ihr den Grund seines Anrufes mitgeteilt hatte, ob sie allein sei und frei sprechen könne.

»Mein Mann ist in der Arbeit«, sagte Frau Benz.

»Herr Bachthaler hat behauptet, Sie wären mit ihm in der Nacht, in der Waltraud Nass ermordet wurde, zusammen gewesen.«

»Ja, das stimmt«, flüsterte Frau Benz. Und als sie Lott zu erklären versuchte, dass dies ein unbedeutender Seitensprung, den sie inzwischen selbst schon bedauerte, gewesen sei und von dem ihr Mann nichts wissen dürfe, weil ihre Ehe sonst in Gefahr geraten könnte, sprach sie so leise, als fürchtete sie, ein Dritter würde ihr Gespräch belauschen.

Lott dankte ihr für ihre bereitwillige Auskunft und beruhigte sie, dass in dieser Richtung nicht weiter ermittelt und ihr Mann von Seiten der Polizei nichts erfahren würde.

Dann war das Gespräch beendet. Lott machte eine Notiz. Dann rief er Petra an, die bereits wieder auf dem Weg zum

Neuen Bau war. »Der Maus ist in der Klinik und operiert«, teilte sie Lott gleich mit.

Also war es zu einem Gespräch erst gar nicht gekommen.

»Ich warte im Hof auf dich«, sagte Lott und verließ sein Büro.

Er wartete im Schatten des trutzigen Gebäudes, in welchem, solange er zurückdenken konnte, schon immer die Ulmer Polizei beheimatet war. Nach wenigen Minuten fuhr Petra in den Hof ein. Lott setzte sich auf den Beifahrersitz.

»Wir fahren zu Fred Utz«, teilte er Petra mit. »Lina hat uns bereits angekündigt. Er ist zu Hause.«

»Wo wohnt er?«

»Enderlegasse, gleich das erste Haus.«

Petra fuhr los. Nach dem Ehinger Tor den Straßenbahnschienen nach. Fünf Minuten später waren sie bereits dort.

Fred Utz empfing sie an der Haustür und bat sie herein. Seit Linas Anruf hatte er gewartet. Auf dem Tisch standen Getränke, die er für die Polizisten vorbereitet hatte.

»Eistee oder Apfelschorle, oder nur ein Mineralwasser?«

Lott entschied sich für Mineralwasser, Petra für den Eistee. Während Fred Utz das Gewünschte einschenkte, bemerkte er: »Es geht um den Mord an der Waltraud, habe ich Recht?«

»Wir hätten da noch einige Fragen«, stimmte ihm Petra zu.

»Nur keine falsche Scham«, forderte Fred Utz die Kommissarin auf.

»Ihr Verhältnis zu Frau Nass?«

»War nicht das beste. Im Verein, meine ich. Sonst hatten wir allerdings auch keine Berührungspunkte.«

»Worüber gab es Differenzen?«

»Über die Verteilung der von ihr gesponserten Gelder zum Beispiel.«

»Kann sie darüber nicht allein entscheiden?«, hakte Petra nach.

»Die Vorstandschaft entscheidet, sie hat nur eine Stimme, oder besser gesagt, hatte eine Stimme. Die Vorstandschaft stimmt ab über die Anträge der einzelnen Abteilungen.«

»Warum gab es dann Differenzen?«, wollte Petra wissen.

»Weil jede Abstimmung getürkt war, bereits vorher abgesprochen mit jedem Einzelnen, wo man zustimmt und wo man ablehnt. Alle Anträge der aktiven Fußballer sind, um was es auch ging, immer abgelehnt worden. Zumindest immer, wenn wir für irgendetwas Geld brauchten. Neue Tornetze, neue Bälle. Einmal waren wir so kühn und haben ein Trainingslager beantragt. Da hat mich die ganze Vorstandschaft ausgelacht. Aber die AH-Fußballer, ohne die in diesem Verein nichts entschieden werden kann, die sind rumgereist, auf Vereinskosten, um ihre albernen Prestigespiele zu absolvieren. Die Bayern, 1860 München, VfB Stuttgart, einmal waren sie sogar in Berlin bei der Hertha.«

Fred Utz schnaufte durch. Dann holte er erneut aus: »Dass die Turnerinnen bevorzugt wurden, habe ich ja noch eingesehen. Die gehörten, zumindest eine von ihnen, zur Weltspitze. Die brauchten halt einen eigenen Physiotherapeuten und eine Spitzentrainerin. Aber die AH, die meisten von ihnen über 50, wie lange wollen die noch als Legenden auf den Platz marschieren, nur weil sie eine Zeitlang in der Zweiten Amateurliga gespielt haben?«

»Heute spielt Söflingen in der Kreisliga«, hielt Petra fest.

»Kreisliga B, mit Platz 5 die Saison beendet. Ohne Chance auf einen Aufstiegsplatz«, vermeldete Utz.

»Geht es denn in der Kreisliga auch schon um Geld?«, mischte sich Lott in das Gespräch.

Fred Utz lächelte mitleidig. »Es geht immer auch um Geld. Die besten Spieler werden so abgeworben. Aber in der Kreisliga geht es noch um etwas anderes. Um Zusammenhalt nämlich und um Anerkennung, auch von Seiten der Vereinsführung. Es geht um Freundschaften. Den wirklichen Fußball findest du nur in der Kreisliga. Alles darüber ist Operette. Der bezahlte Fußball ist Operette!«

Nun war es Petra, die mitleidig lächelte. Lott griff erneut ins Gespräch ein und fragte Utz frei heraus, ob er sich vorstellen könne, dass ein Spieler oder Betreuer einen solchen Hass gegen Frau Nass gehegt haben könnte, dass er in einem Mord eskalierte.

»Ein paar wollten die Nass unbedingt weghaben«, gab Utz zu.

»Sagen Sie uns die Namen«, forderte Petra.

Utz überlegte kurz, dann sagte er entschieden: »Nein, ich werde niemanden wegen einer unbedachten Äußerung anschwärzen. Für einen Mord kommt keiner meiner Jungs in Frage.«

»Und Sie?«, fragte Lott nun forsch. »Sie hatten doch Streit mit Frau Nass, und das kurz vor ihrer Ermordung. Zeugenaussagen zufolge sind Sie sogar handgreiflich geworden«.

Fred Utz lachte laut auf. Einen Tick zu überheblich, wie Lott fand.

»Handgreiflich! Das ist doch lachhaft. Ich hab sie kurz am Ärmel gehalten, weil sie sich nicht anhören wollte, was ich ihr zu sagen hatte.«

»Wo waren Sie am Abend des Mordes?«, übernahm nun Petra wieder die Befragung.

»Auf dem Zeitbeerfest, ich bin dort geblieben, bis morgens um drei. Und dafür gibt es Zeugen, wenn auch keine nüchternen.«

Utz betrachtete das Gespräch für beendet. Die anfängliche Freundlichkeit war einer Ablehnung gewichen, für die weder Petra noch Lott eine Erklärung fanden.

»Irgendetwas hat ihn verunsichert«, meinte Petra.

»Vielleicht sind wir ihm nur auf die Füße getreten«, erwiderte Lott.

Dann fuhren sie ins Präsidium zurück.

Eine Weile hatten sie noch damit zu tun, die Ermittlungsarbeiten schriftlich festzuhalten, damit auch der Staatsanwalt über den Stand der Ermittlungen informiert werden konnte.

Die Sonne stand schon recht tief, als Lott aus der Stadt fuhr. Sie blendete ihn, aber er ließ die Sonnenbrille im Handschuhfach und kniff nur die Augen zu Schlitzen zusammen.

Zuhause empfing ihn Flaubert mit der Aufforderung zu einem Abendspaziergang. Lott zeigte sich bereit. Dabei weihte er Elli in die Geheimnisse des Kreisligafußballs ein.

Elli konterte mit Martin Walser: *Es gibt nur etwas, das noch sinnloser ist als Fußball: Nachdenken über Fußball.*

34

»Dürfen wir Ihnen eine Spritze zur Beruhigung geben?«

»Nein danke«, lehnte Lott das Angebot der Arzthelferin der Orthodoc Praxisklinik mit einem bedauernden Lächeln ab. Was schon sollte ihn bei dieser Kernspinuntersuchung in Unruhe versetzen?

»In der Röhre ist es eng, einige geraten da in Panik«, rechtfertigte die Arzthelferin ihr Angebot.

Lott lächelte wieder. Es war das Lächeln eines Bergsteigers, der eben gefragt wurde, ob er unter Höhenangst leide.

»Damit können Sie uns ein Signal geben, wenn wir die Untersuchung unterbrechen sollen«, fuhr die Arzthelferin fort und reichte Lott den Panikmelder, der einer Computermaus glich.

Der Kommissar lehnte ab. »Den werde ich nicht brauchen.«

»Die Aufzeichnung dauert etwa 20 Minuten. Möchten Sie Musik dabei hören?«

»Gerne.«

»Entspannungs- oder Unterhaltungsmusik?«

Lott dachte an die alten Schlager und wählte Unterhaltungsmusik.

Dann wurde er gebeten, sich in die schmale Kunststoffwanne zu legen, wurde dort festgeschnallt und kurze Zeit später in die Röhre geschoben.

Als Lott sich nun plötzlich im Inneren der Röhre wiederfand und die Decke kaum zwanzig Zentimeter über sich wahrnahm, dazu ein Lärm einsetzte, der an Bauarbeiten mit dem Presslufthammer erinnerte, gegen den die Orchesterversion von *Yesterday* nicht ankam, überfiel ihn eine so panische Angst, dass er sich Vorwürfe machte, den Panikmelder abgelehnt zu haben.

Keine Sekunde hätte er gezögert, die Aufzeichnung abbrechen zu lassen und diesem Ort unverrichteter Dinge den Rücken zu kehren. Er kam sich vor wie in einem Sarg. Lebendig begraben. Wie sollte er atmen? Wie sollte er zwanzig Minuten in diesem Zustand ertragen?

Wenn's hoch kam, war davon eine halbe Minute überstanden. Lott fürchtete, dass die folgenden neunzehn Minuten als gefühlte Zeit es locker mit einem ganzen Jahrzehnt aufnehmen könnten.

Zeit ist eine Illusion, dachte er jetzt, etwas Abstraktes, also physikalisch nicht nachweisbar. Und er erinnerte sich an die vielen philosophisch-literarischen Zeit-Definitionen, die Elli zitiert hatte.

Lott schloss die Augen. Wenn er zwanzig Minuten die Augen geschlossen hielt, konnte er vielleicht vergessen, dass er sich in der Enge eines Sargs befand. Der Lärm verstummte jetzt und *My Sweet Lord* konnte ungehindert durch die Kopfhörer in Lotts Ohren dringen. Nur die Augen nicht mehr aufmachen und an etwas Weites denken, dachte Lott. An eine Wiese zum Beispiel oder an ein Meer. Doch dann zog er es vor, einen endlosen Strand entlangzulaufen, ohne Ziel und mit gesunder Hüfte.

Aber plötzlich war Severin Freudenberg in seinem Kopf, und für den Bruchteil einer Sekunde war Lott felsenfest davon überzeugt, dass er es war, der diese Morde inszeniert hatte. Es musste ein Theatermensch sein; wer sonst hätte den Morden eine derart absurde Inszenierung beigesellt? Aber dann dachte Lott, dass der Mörder gerade dies vielleicht glauben machen wollte, nicht ahnend, dass Severin Freudenberg ein lupenreines Alibi hatte, weil er in Regensburg auf einer Freilichtbühne stand und in der Operette *Maske in Blau* seinen Auftritt hatte.

Ein Auftragskiller würde sich wohl kaum der Gefahr aussetzen, durch eine so umständliche Vorgehensweise erkannt zu werden. Die kamen, schossen, kassierten und verschwanden für alle Zeiten oder zumindest bis zum nächsten Auftrag.

Lott hielt die Augen immer noch krampfhaft geschlossen. Das Geräusch des Presslufthammers hatte erneut eingesetzt und die Musik, eine verpopte *Cavalleria Rusticana,* verdrängt. Um eine weitere, vielleicht vehementere Panikattacke zu vermeiden, floh er wieder in seine Ermittlungsgedanken. Plötzlich meinte er zu wissen, dass das Motiv für die beiden Morde jeweils ein anderes war. Aber war es denn möglich, dass er in diesem Ausnahmezustand überhaupt in Zusammenhängen denken konnte?

Und wie lange dauerten denn 20 Minuten genau? Wann endlich konnte er wieder ins gewohnte Leben zurückkehren?

Meine Art Liebe zu zeigen, das ist ganz einfach schweigen, sang Daliah Lahvi. Und dann schwieg auch der Presslufthammer und Lott nahm wahr, dass diese Schale, in der er festgezurrt lag, wieder aus der Röhre ins Freie gezogen wurde.

Er setzte sich auf, musste eine Weile verharren, weil ihm schwindlig war, dann auf den Arzt warten, der die Aufnahmen mit ihm durchgehen und erläutern würde. Der Arzt ließ sich Zeit. Als er kam, empfand Lott das eben Überstandene bereits als erzähltaugliche Episode.

Später, vor den Bildern, war es der Arzt, der irrigerweise an eine gemeinsame Sprache glaubte: »Der Befund zeigt eine normale Stellung in beiden Hüftgelenken, keinen Gelenkserguss. Ein homogenes Fettmarksignal der knöchernen Elemente und am Kapselansatz des oberen Pfannenrandes eine ödematöse Verdickung der Gelenkkapsel mit kleinen Kalkeinlagerungen und einer kleinen Knochenusur am Pfannenrand. Das bedeutet: Eine generativ-arthrotisch bedingte Kapselverdickung, Gelenkspaltverschmälerung und Pfannenrandusur im Bereich des rechten Acetabulumdaches. Die kleinen Verkalkungen könnten auf eine chronische Myositis ossificans in dieser Region und in diesem Zusammenhang hindeuten.«

Nun wusste Lott Bescheid. Er sollte Befund und Beurteilung sowie die MRT der Hüften dem behandelnden Arzt, also dem Maichel Bernd, vorlegen.

Lott trat ins Freie mit dem Gefühl, in Freiheit zu sein. Dabei dachte er: Krankheiten sind Gefängnisse. Man ist eingesperrt in einer maroden Zelle. Der Körper ist die Grenze, die man plötzlich wieder wahrnimmt.

Dann hatte Lott plötzlich den Impuls, Brauchle im Krankenhaus zu besuchen. Als er aber im Neuen Bau war, war die Empfindung vorbei. Ilona hatte Neuigkeiten.

»Tanja Törner heißt die Geliebte von Severin Freudenberg, von der Frau Mazur, die Bühnenbildnerin gesprochen hatte. Neunundzwanzig Jahre alt, in Sibiu, früher Hermannstadt, geboren. Seit sieben Jahren in Deutschland. Regisseurin, derzeit aber ohne Engagement. Ihr Taufname ist Maria, den Namen Tanja hat sie sich zugelegt. Sie hat vor einem halben Jahr in Göppingen Sternheims *Hose* inszeniert. Es war ihre erste eigenständige Regiearbeit. Und Severin Freudenberg hat den Scarron gespielt. Es muss auf Anhieb gefunkt haben, denn als Freudenberg sich mit dem Theaterintendanten überworfen hat, hat sich Tanja Törner auf die Seite des Schauspielers geschlagen und ihre Arbeit dort niedergelegt. Das war schon ein kleiner Skandal für den Ort.«

»Habt ihr in Göppingen etwas davon mitbekommen?«

Lotts Frage war an das Kleeblatt gerichtet.

»Wir sind nicht so fürs Theater. Wir gehen eher zu Frischauf zum Handball«, war deren einhellige Antwort.

»Wo lebt diese Tanja Törner?«, war Lohners Frage.

»Ihr letzter Wohnsitz war in Göppingen. Dort ist sie unbekannt verzogen. Vielleicht ist sie nach Rumänien zurück.«

»Und hat ihren Severin allein gelassen. Das kann ich mir nicht vorstellen«, erwiderte Petra.

»Ich mir schon«, konterte Ilona, »lange kann's doch keine mit ihm aushalten.«

»Vielleicht ist sie mit Freudenberg in Regensburg.«

Wenn Lotts Vermutung richtig war, dann hatte auch Tanja Törner ein Alibi.

»Wir sollten zumindest ihre Fingerabdrücke haben«, schlug Lohner vor.

»Können wir sie zur Fahndung ausschreiben?«, fragte Ilona.

»Noch ist Tanja Törner nicht tatverdächtig«, warf Petra ein.

»Es reicht, wenn wir sie über Freudenberg vorladen«, wiegelte Lott ab, um dann bei Ilona nachzuhaken: »Was hat es nun mit der Anzeige auf sich?«

»Vielleicht wollen sie ein gemeinsames Theater aufbauen. Mit dem Geld aus der Erbschaft. Sie als Regisseurin und er in Einpersonenstücken, immer der Hauptdarsteller.« Ilona lachte bei dieser Vorstellung.

Jetzt meldete sich einer der Göppinger: »Eine Nachbarin hat in Freudenbergs Wohnung Licht gesehen, obwohl der Freudenberg, wie sie sich ausdrückte, doch in Regensburg ist. Und dabei sei es auch laut gewesen, als ob zwei miteinander streiten würden.« Während der Göppinger redete, kramte er gleichzeitig den Bericht hervor, in dem er das alles vermerkt hatte, und reichte ihn Lott.

»Dem sollten wir dann doch nachgehen«, meinte Petra.

»Und zwar sofort«, stimmte Lott ihr zu.

Kurfeß aber hatte noch mitzuteilen, dass der Dauerauftrag an die AH-Kasse, über die Georg Bachthaler verfügte, am Tag vor der Ermordung von Waltraud Nass storniert worden war.

Doch im Augenblick schien das niemanden zu interessieren. Auch Lott hatte nur ein »Bleib dran« zur Aufmunterung für Kurfeß übrig. Bachthaler, so glaubten alle, war als Mörder aus dem Rennen.

Lott und Petra fuhren, als alle weiteren Maßnahmen unter den Kollegen verteilt waren, zu Freudenbergs Haus in den Maienweg. Den Angaben der Göppinger nach zu schließen, wohnte im Haus schräg gegenüber Frau Anger, die Nachbarin, die Licht und Geräusche im Hause Freudenberg wahrgenommen hatte, während er in Regensburg auf der Freilichtbühne stand.

Petra klingelte bei Anger. Nichts tat sich. Sie klingelte noch einmal. Nichts regte sich. Ein Metzgergang mehr, dachte Lott.

Gerade als sie sich anschickten wegzugehen, rief eine bellende Stimme: »Was wellet Sie?«

Der Kopf im Fensterrahmen war in ein Handtuch gehüllt.

»Frau Anger?«

»Ja?«

»Wir sind Polizeibeamte und hätten noch ein paar Fragen«, erklärte Petra.

»Kommet Se, i mach auf«, rief die Frau, die Lott auf etwas über sechzig schätzte, von oben herab.

Kurz darauf kam sie zur Tür und öffnete. Sie war im Morgenrock, das Handtuch hatte sie noch immer um ihre vermutlich nassen Haare gewickelt.

Sie bat die beiden Kriminalbeamten ins Wohnzimmer.

»Ich hab Ihre Kollegen doch scho alles gsagt«, begann sie das Gespräch, noch ehe Lott seine Fragen stellen konnte.

»Wissen Sie noch genau, wann Sie Licht und Geräusche bei Ihrem Nachbarn Herrn Freudenberg gesehen beziehungsweise gehört haben?«

»Immer wieder gibt's do drüba was. Obwohl doch der Herr Freudenberg in Regensburg isch. Aber ganz sicher war's am letzten Samstag, wo em Klosterhof des Zeitbeerfest war.«

Lotts Handy klingelte. *You're Beautiful.* Lina war dran. Sie hatte Freudenberg erreicht und wollte mit Lott den Termin abstimmen.

Petra führte die Zeugenbefragung fort: »Kann es nicht sein, dass der Sohn daheim war?«

»Noi, auf koin Fall. Der Pascal isch a ruhiger, der macht koin so an Krach. Außerdem kenn ich sei Auto. Ond seins isch net vor dr Tür gstanda.«

»Sondern?«, fragte Lott, der sein Gespräch mit Lina beendet hatte und sich wieder den Aussagen von Frau Anger widmete.

»Ein schwarzes, großes. Ziemlich neu.«

»Welche Marke?«

»Koi Ahnung. I kenn mi mit Autos net aus.«

»Haben Sie auf das Nummernschild geachtet?«

»Ja, aber i han's wieder vergessa. Aber es war koi Ulmer Nummer. Des woiß i gwieß.«

»RT?«, forschte Petra.

»Ond wenn Se mi totschlagad, i woiß es nemme.«

Lott gab ihr seine Visitenkarte. »Wenn Sie sich erinnern, oder wenn Ihnen noch etwas auffällt, rufen Sie doch bitte gleich an.«

»Aber für den Herr Freudenberg leg ich mei Hand ins Feuer. Der hat sei Frau net ombrocht. Des isch ein feiner Mensch!«

Die beiden Kriminalbeamten bedankten sich und gingen.

Als sie wieder unterwegs zum Neuen Bau waren, meinte Petra: »Vielleicht wohnt Freudenbergs neue Geliebte bereits bei ihm.«

»Und mit wem hat sie gestritten?«

Petra sagte nichts. Aber beide spürten, dass sie eine neue Fährte hatten, der sie folgen mussten.

»Heißt das, wir fahren nach Regensburg?«

Lott war sich nicht ganz im Klaren darüber, ob Mais Frage eine Befürchtung zum Ausdruck bringen sollte oder ob die Kollegin gegen eine kleine Dienstreise nichts einzuwenden hätte. Wie dem auch sei, Lott wehrte ab: »Das wird nicht nötig sein. Lina hat sich bereits mit Freudenberg in Verbindung gesetzt. Tanja Törner ist in Regensburg bei

Freudenberg und fährt Montagvormittag mit ihm nach Ulm. Wir haben das Verhör auf 14 Uhr angesetzt. Ich möchte, dass du mit dabei bist.«

Petra nickte. »Geht klar. Sollen wir Freudenbergs Haus observieren?«

Lott lachte: »Was des wieder kostet! Würde unser Brauchle sagen.«

»Warst du noch einmal bei ihm?«

»Nein. Aber ich hab's mir fest vorgenommen.«

»Und jetzt?«

»Muss ich zum Maichel Bernd.«

Petra schaute ungläubig.

»Er ist mein Hausarzt«, klärte Lott sie auf. »Ich muss ihm die Aufnahmen meiner Kernspinuntersuchung bringen.«

»Dann aktualisiere ich solange den Bericht für Mollenkopf«, kündigte Petra an.

»Ist gut«, sagte Lott.

Er stieg in seinen Wagen und fuhr nach Söflingen zurück. Weil sämtliche Parkplätze vor Maichels Praxis frei waren, befürchtete Lott, sie wäre geschlossen. Er war dann froh, dass das nicht der Fall war und die Sprechstundenhilfe ihn in ein fast leeres Wartezimmer führte, aus dem sie ihn kurze Zeit später noch vor der Frau, die eigentlich vor ihm dran gewesen wäre, ins Sprechzimmer rief.

Der Maichel Bernd empfing ihn mit einem so offenen Lächeln, das nur eine günstige Diagnose ankündigen konnte.

Dass er beim gemeinsamen Betrachten der Aufnahmen dann meinte, dass ihr Verfallsdatum allmählich näher rücke, holte Lott aber wieder aus seinen Zuversichtsgedanken.

»Eine neue Hüfte brauchst du jedenfalls nicht«, beruhigte ihn der Schulfreund, machte Therapievorschläge und reichte ihm ein Merkblatt mit Übungen zur Stabilisierung der Hüftgelenke.

Nebenbei fragte er: »Was glaubst du denn, wer Weltmeister wird?«

Lott antwortete: »Deutschland.«

»Bist du sicher?«

»Ich habe ein Interview mit Klinsmann gehört, der war ziemlich sicher.«

Da fiel dem Maichel Bernd ein, dass Lott sich schon als Kind nichts aus Fußball gemacht hatte, und er hätte seine Frage gerne zurückgezogen.

Lott sagte: »Aber die Australier unter den letzten sechzehn, das hätte auch keiner für möglich gehalten.«

Der Maichel Bernd darauf eifrig: »Und wir morgen gegen die Schweden!«

Später, als Lott schon wieder auf dem Weg zum Neuen Bau war, erinnerte er sich plötzlich, wie eine aus seiner damaligen Sicht wesentlich ältere Frau, die ihm bei einer Bahnfahrt gegenübersaß, gesagt hatte: »Wir reisen alle in dieselbe Richtung.«

Damals lag ihm die Antwort auf den Lippen: »Aber Sie haben einen erheblichen Vorsprung.« Von solchen Antworten war er jetzt weit entfernt. Im Gegenteil, nun gehörte er schon zu denjenigen, auf die diese Antwort zutraf.

Petra saß noch am Bericht für den Staatsanwalt, als er im Neuen Bau eintraf. Lander war nervös wegen des Aufwandes, den das morgige Spiel gegen Schweden mit sich bringen würde. Er hoffte auf schnelle deutsche Tore und auf einen Regenguss kurz nach Spielende. Das würde vieles erleichtern, meinte er.

Für die Tore würden Klose und Co. sorgen, aber was das Wetter betraf, da waren die Zuständigen schwer auszumachen.

Die Göppinger legten weitere Zeugenaussagen vor, von denen auf den ersten Blick jedoch keine von Bedeutung war. Lohner, Kurfeß und Ilona Raab hatten sich abrufbereit ins Wochenende verabschiedet. Nur Lina hielt noch die Stellung. Sie, die im Tausch gegen den WKD, wie es scherzhaft hieß, vom Landratsamt kam, hatte sich bereits unentbehrlich gemacht.

Lott strich ihr beim Adesagen vertraut über den Arm. Sie drehte sich zu ihm. Einen Moment lang hatten beide den Impuls zu einem wenn auch vielleicht nur flüchtigen Kuss.

Das Klingeln des Telefons verscheuchte ihr Gefühl. Sigrid Dirr kündigte an, dass sie sich um eine Stunde verspäten würde, um Lina abzulösen.

Lott ging zum Parkplatz und fuhr dann Richtung Autobahn. Im Rückspiegel hing für Augenblicke eine Ansicht der Stadt. Und Lott fragte sich, ob Ulm denn je mehr gewesen war als eine Kulisse seines Lebens.

Dann waren im Spiegel nur noch Autos und darin Menschen. Und alle fuhren sie in dieselbe Richtung.

35

Bruno ist tot. Die schwarzrotgoldene Fahne über dem Optikerladen trägt Trauerflor. Darunter ein Schild: *Zum Gedenken an Bruno.*

Lott war am Montagmorgen nach seinem freien Sonntag auf dem Weg zum Polizeipräsidium, als ihn die Nachricht von Brunos Abschuss erreichte. Hilbinger hatte ihn hergebeten. Schließlich gab es auch in Tübingen einiges, was nach wie vor in Lotts Aufgabenbereich fiel. Sein Engagement an der Polizeihochschule in Villingen-Schwenningen gehörte dazu. Wenigstens über *Kriminalistische Versionsbildung* sollte er, nach Hilbingers Vorstellung, referieren.

Lott freute sich, während er geradewegs auf die Datenstation zusteuerte, auf einen neuerlichen Flirt mit Frieda Rampf.

Die schmachtete ihn gleich an: »Eine untreue Tomate sind Sie.«

Dabei streckte sie ihm die Hand weit entgegen. Lott nahm sie und führte sie an seinen Mund.

»Wie Sie wieder duften!«, schwärmte er.

»Schmeichler«, hauchte sie und kokettierte weiter. »In Ulm haben Sie gewiss nicht ein einziges Mal an mich gedacht.«

Noch bevor Lott eine treffende Antwort einfiel, war Hilbinger hinter die beiden getreten.

»Herr Lott, schön, dass Sie schon da sind.«

Lott drehte sich um und grüßte seinen Chef mit Handschlag.

»Gehen wir in mein Büro«, sagte der mit entsprechender Geste.

Hilbinger erkundigte sich nach dem Stand der Ermittlungen in den beiden Ulmer Mordfällen.

»Wir verfolgen im Augenblick eine vielversprechende Spur«, gab Lott etwas zu großspurig an. Denn in Wirklichkeit hatte er immer noch das Gefühl, dass sie im Trüben fischten.

»Was denken Sie, wann Sie wieder hier sein können?«

»Zum Halbfinale, eventuell«, antwortete Lott.

»Hören Sie mir mit Fußball auf! Ich bin froh, wenn dieser Zirkus endlich vorüber ist!«

Lott lächelte: »Ich auch.« Ihre Gemeinsamkeit in dieser Sache amüsierte ihn aufs Neue.

»Wir brauchen Sic hier dringend. Außerdem wollen die an der Hochschule, dass Sie auch *Beweislehre* übernehmen.«

»Das neue Semester beginnt Ende September«, warf Lott ein.

»Die wollen aber noch vor den Sommerferien ihren Semesterplan unter Dach und Fach haben.«

»Sagen Sie mir, was ich tun soll«, antwortete Lott.

»Ich sag denen, wir können das zum jetzigen Zeitpunkt noch nicht festlegen. Welchen Termin soll ich nennen?«

»Halbfinale«, lachte Lott.

»Sie!«, Hilbinger fiel in Lotts Lachen ein, wurde aber rasch wieder ernst: »Was halten Sie denn von dem Abschuss des Bären?«

»Die dümmste aller Lösungen«, meinte Lott, und zitierte damit gleichzeitig den Präsidenten des Deutschen Naturschutzrings.

»Das meine ich auch«, stimmte ihm Hilbinger zu. »Da kommt nach 170 Jahren wieder ein Bär nach Deutschland und was machen wir? Wir erschießen ihn. Mein Gott, diese Bayern.«

»Wahrlich kein Volltreffer«, war Lotts Kommentar.

Hilbinger: »Wie das Ministerium verlauten ließ, ist der Bär schmerzlos erlegt worden. Klingt das nicht lächerlich?«

»Das klingt nicht nur so, das ist lächerlich«, stimmte ihm Lott zu. Dann dachte er an Waltraud Nass und an Kathrin Freudenberg und daran, ob sie auch, wie der Bär, schmerzlos erlegt worden waren. Exekutiert. Denn auch die Erschießung des Braunbären glich eher einer Hinrichtung als einem waidmännischen Ergebnis.

»Die Welt zu Gast bei Freunden. Das muss doch auch für Bären gelten.« Hilbingers Empörung hatte Stil.

Wie Lott der Radionachricht hatte entnehmen können, war es schon sehr verwunderlich, dass nur wenige Stunden, nachdem die finnischen Bärenjäger nebst ihren Hunden die Heimreise angetreten hatten, die Abschussgenehmigung für Bruno erteilt worden war.

»Die Schüsse sind ein Armutszeugnis«, empörte sich Hilbinger aufs Neue, diesmal allerdings mit weniger Esprit.

Dann kam er zum Wesentlichen: Die anliegende Arbeit, die durch Lotts Ulmer Einsatz zwar gebremst, aber nicht auf die lange Bank geschoben werden durfte. Als das geklärt war, steuerte Lott die Datenstation an.

»Ach, der arme Bär«, empfing ihn Frieda, ganz in Hilbingers Fahrwasser. Und griff nach Lotts Arm, um getröstet zu werden. Jetzt ein Kuss – das würde zur Erinnerung taugen, dachte Lott. Aber Frieda, ganz in Trauerlaune, war lediglich auf ein Taschentuch aus. Auf ihrem Schirm tauchte indessen die Meldung auf: *Kurz vor der Zwangsräumung ihrer Wohnung hat eine 39-jährige Frau aus dem Zollern-Alb-Kreis ihren dreijährigen Sohn getötet und sich vor den Augen von Nachbarn und Polizisten in den Tod gestürzt. Sie ist aus dem achten Stock gesprungen, nachdem eine Gerichtsvollzieherin geklingelt hatte.*

Es gibt Parallelwelten, dachte Lott und beließ es dabei, Frieda aus der Ferne, nämlich von der Tür aus, durch die er gerade ging, zu küssen. Dennoch nahm er wieder hüpfend die Treppe. Als er ins Auto stieg, kamen ihm Maichels Übungen für die Hüftgelenke in den Sinn. Die hatte er bisher nicht ein einziges Mal gemacht. Auch nicht an seinem freien Sonntag.

Lott schaute auf die Uhr. Es war jetzt kurz vor zwölf. Um zwei Uhr hatte Lina Frau Törner herbestellt. Er hatte also genügend Zeit für den Landweg. Und er wollte Radio hören.

SWR 4 – Schwabenradio. Da sind wir daheim.

Alles drehte sich um Bruno. Verschiedene Standpunkte wurden gehört. Entrüstung bei den Naturschützern. Morddrohungen, Rücktrittsforderungen. Appelle an die Touristen, Bayern als Urlaubsziel zu meiden. Ein Kommentar der Redakteurin: »Der Weg des Bären Bruno aus dem Trentiner Reservat durch Südtirol, Graubünden, Vorarlberg und Tirol nach Bayern hatte die Menschen fasziniert, sicher auch einen wohligen Schauder ausgelöst ob des Phantoms, das eine blutige Spur gerissener Schafe hinterließ und überall und nirgends war. Sie bangten mit diesem Heimkehrer aus der Welt der Mythen, Märchen und Waldsagen, der Polizisten, Jäger und einen Spezialtrupp finnischer Bärenfänger foppte, der von den Blaubergen über die Inntal-Autobahn ins Zillertal wechselte, in die Kreuther Berge zurückkam und die Bayerische Staatsregierung in ihrer erhabenen Hilflosigkeit vorführte. Bis sie in Panik reagierte, wie ein Bienenvolk, das vom honighungrigen Bären Bruno in alle Winde zerstreut wird.«

Und zwischendurch Musik. *Im Wald und auf der Heide, da find ich meine Freude, ich bin ein Jägersmann, ich bin ein Jägersmann.* Gesungen vom Männerchor des Stuttgarter Liederkranzes. Wie sinnig, dachte Lott und freute sich doch über die Ironie, zu dem die Verantwortlichen des Senders fähig waren.

Und dann wieder Nachrichten:

»An der Kümpflalm wurden kleine Gedenkkreuze mit Trauerflor aufgestellt, zum Missfallen des Erzbistums München-Freising, obwohl ein Bär das Wappen des Papstes Benedikt XVI. schmückt.«

Lott, du musst den Fall Bruno nicht lösen. Schalt das Radio aus. Konzentrier dich auf Tanja Törner. Du hast dich nicht vorbereitet.

Lott ließ jetzt auch das Seitenfenster auf der Beifahrerseite heruntersurren. Die Hitze war schon wieder so, dass man sich auf den November freute. Unter der Ruine Hohenurach hielt er an, um zu pinkeln und dann gleich wieder zu trinken.

Ohne noch einmal das Radio einzuschalten, fuhr er durch bis Ulm. Vor dem Haupteingang des Polizeigebäudes traf er auf Petra Mai. Die empfing ihn verhalten euphorisch: »Jetzt gegen Argentinien«, sagte sie. Das klang erfreut und gleichzeitig besorgt.

»Die putzen wir weg«, machte Lott ihr Mut. Petra schaute ihn skeptisch an. Warum redete sie über Fußball mit ihm? Sie wusste doch, wie viel Lott vom Fußball verstand. Nämlich so gut wie rein gar nichts.

Lott war froh, dass Petra nicht auch noch von Bruno anfing. Es gibt Parallelwelten, dachte er.

»Ob die Törner schon da ist?«, fragte Petra, mehr in die Luft als an ihren Kollegen gerichtet.

Der zuckte auch nur mit den Schultern und ging, Petra voran, zur Datenstation. Dort meldete Sigrid Dirr: »Frau Törner sitzt im Verhörzimmer, Lina ist bei ihr.«

Verhörzimmer, wie das klang. Lott überlegte, ob jemand von den Kollegen dieses Wort jemals benützt hatte.

Frau Törner, die von Lina bereits richtig positioniert worden war, drehte sich zur Tür, als Lott und Petra eintraten.

Gundel Gaukeley, durchfuhr es Lott, als er diese junge Frau mit dem zugespitzten, schwarzen, aus der Fasson geratenen Pagenschnitt und den mächtigen, ebenso schwarzen Wimpern, erblickte; und korrigierte sich dann gleich, es ist wohl doch Tanja Törner oder eine Maria Törner, die der Gundel Gaukeley auf eine entfernte Weise ähnlich sieht.

Lina hatte ihre Personalien bereits geprüft und aufgenommen, legte sie auf Lotts Tischseite, der die Angaben kurz überflog, ehe er die Vernehmung mit der Kontaktphase, wie er diese erste Berührung, die einen entscheidenden Einfluss auf den Verlauf der Vernehmung hat, begann, indem er sich und die Kollegin vorstellte. Dann aber sagte Lott nichts mehr. Er dachte an seine Vorlesungen in Villingen-Schwenningen. Oder war es doch eher ein Predigen, ein Dozieren? »Die psychologischen Grundlagen der Vernehmung«, »Belehrungsproblematik und Verwertbarkeit«, »Fehlerquellen der Beschuldigtenvernehmung«. Mein Gott, wie viel Theorie fand dann tatsächlich einen Platz in der täglichen Praxis!

Schon zu diesem Zeitpunkt sollte der Vernehmer um die Herstellung einer aufgeschlossenen, unverkrampften, von gegenseitiger Achtung geprägten Atmosphäre bemüht sein. Die erste Kontaktphase soll dazu genutzt werden, Gesprächsbereitschaft zu erzeugen. Es empfiehlt sich, das Gespräch zunächst auf allgemeine situationsabhängige Probleme wie zum Beispiel die Anreise der Vorgeladenen zu lenken. Floskelhafte Äußerungen dagegen oder der Situation unangepasste Plattheiten helfen nicht, einen inneren Draht zu der zu vernehmenden Person herzustellen. Der Aufbau einer vertrauensvollen Beziehung muss mit der nötigen Lockerheit vonstatten gehen. Der Zeuge oder Beschuldigte soll erkennen, dass er in einer Strafermittlung vernommen wird. Ziel ist, eine entsprechende Gesprächsebene zu schaffen, die Sprachmächtigkeit des Gegenübers auszuloten sowie dessen Intelligenz und Gemütslage festzustellen.

Vernehmungspsychologisch gilt es dabei, die staatliche Autorität nicht formell hervorzukehren.

Lott kannte seine Vorlesung auswendig. Man hätte ihn nachts aufwecken können und er wäre fähig gewesen, drauflos zu dozieren. Aber jetzt saß er dieser Frau gegenüber und hatte zur Sache nur einen Gedanken: Gundel Gaukeley. Dagobert Ducks ewige Widersacherin. Obwohl Frau Törner ihr wirklich nur auf eine entfernte Weise ähnelte.

Petra durchbrach die schon peinlich gewordene Stille und übernahm die noch taufrische Vernehmung.

Dabei übersprang sie sämtliche Phasen, die in Lotts Vorlesung in ihrer Reihenfolge festgelegt waren. Selbst mit der Belehrung nahm sie es nicht genau. Sie stürmte drauflos wie Lukas Podolski bei den beiden Toren gegen die Schweden.

»Wo waren Sie in der Nacht vom Samstag, den 17., auf Sonntag, den 18. Juni?«

Tanja Törner zögerte. Dachte sie ernsthaft darüber nach? Wie um Zeit zu gewinnen, wiederholte sie Mais Frage: »Wo ich am 17. war, fragen Sie?«

»Sie haben richtig gehört!«, sagte Petra vehement. »Sie waren doch in jener Nacht in der Wohnung der Freudenbergs?«

»Severins Wohnung«, korrigierte Frau Törner.

»Also, waren Sie dort?«

Ruhe ausstrahlen, keine Hektik erzeugen; Hemmungen und Erregungszustände des Zeugen abbauen, Pausen zum Nachdenken geben. Himmel, dachte Lott, wie konnte man denn so holterdipolter in die Befragungsphase eintauchen? Mais Art war alles andere als ein Paradebeispiel für eine Vernehmung zur Sache.

»Severin ist mein Geliebter und ich wohne von Zeit zu Zeit bei ihm«, antwortete Tanja ohne Umschweife.

»Auch wenn Herr Freudenberg in Regensburg Theater spielt?«

»Gelegentlich«, räumte Tanja ein.

»Auch in der Nacht vom 17. auf den 18. Juni?«

»Schon möglich.«

»Wie jetzt: ja oder nein?«

»Ich glaube: ja.«

»Sie sind sich nicht sicher?«

»Doch, jetzt wo Sie es sagen. Ich brauchte Ruhe, die ich in Regensburg nicht habe.«

»Einer Aussage zufolge hatten Sie aber an diesem Abend keine Ruhe. Sie hatten Besuch. Und es war laut. Ein Streit vielleicht?«

Tanja Törner lachte. »Wer behauptet das?«

»Eine Anwohnerin!«

»Die Frau aus dem Nachbarhaus, die dauernd am Fenster hängt?«

»Ja! Und sie ist sich ganz sicher.«

Das, was Petra da praktizierte, erinnerte schon sehr an eine Überrumpelungsstrategie, dachte Lott, die neben der Strategie zur abtastenden Vernehmung, der Sondierungsstrategie und der Zermürbungsstrategie zu den vier Grundstrategien bei einer Beschuldigtenvernehmung zählte. Aber wessen wurde Tanja Törner denn beschuldigt? Dass sie in jener Samstagnacht, in der Frau Nass ermordet wurde, im Hause Freudenberg wohnte? Lott war sich sicher, dass es an der Zeit war, in das Gespräch einzugreifen, als ihn Tanja Törners Antwort überraschte.

»Wir haben eine Szene gespielt. Theater, verstehen Sie? Severin und ich werden ein eigenes Theater gründen. Da suchen wir Schauspieler. Und an diesem Samstag hatte ich eine Art Casting. Das muss es gewesen sein, was die Frau Nachbarin als Streit verstanden hat.«

»Und wer hat Ihnen da vorgespielt? Sagen Sie mir Name und Adresse!«

»Ich bin nicht sicher, ob ich mir das notiert habe. Der Mann war ein entsetzlicher Dilettant. Der hat mir den Wladimir in Becketts *Warten auf Godot* geradezu vorgeschrien, wo er doch hätte geheimnisvoll und etwas schräg sein müssen. Schließlich ist es absurdes Theater.«

»So absurd wie eine Leiche in einem Rollstuhl.« Es war Lott, der das sagte.

Tanja Törner schaute ihn flackernd an. War es nur, weil er nun plötzlich in das Gespräch eingegriffen hatte?

»Ich weiß nicht, wovon Sie sprechen«, antwortete Frau Törner.

»Eine Frau wird erschossen, in einen Rollstuhl gesetzt und vor dem *Theater in der Westentasche* abgestellt. Hört sich das nicht nach absurdem Theater an?«

»Das ist geschmacklos, nicht absurd. Das absurde Theater zeigt uns die Wirklichkeit, und nicht nur das: Es zeigt uns den Verlust aller endgültigen Gewissheiten. Somit könnte man es die echte religiöse Suche unserer Zeit nennen.«

Petra fiel ihr ins Wort: »Haben Sie denn davon nichts in der Zeitung gelesen? Oder hat Ihnen Severin nichts erzählt? Es handelte sich schließlich um eine gute Bekannte seiner Frau. Schließlich hatten sie denselben Mörder!«

»Severin und ich reden nicht über Geschmacklosigkeiten. Wir wollen Theater machen, gutes Theater. Kein Kommerztheater. Und dazu braucht man ein eigenes. Ich bin Regisseurin.«

»Wo waren Sie zuletzt engagiert?«, fragte Lott weiter.

»In Göppingen.«

»Und davor?«

»Göppingen war mein erstes Engagement.«

»Sie haben Herrn Freudenberg dort kennen gelernt?«

»Das wissen Sie doch längst«, antwortete Tanja, »oder haben Sie über mich noch keine Erkundigungen eingeholt?«

»Sicher. Aber erzählen Sie uns doch mehr darüber«, bat Lott, der auf dem besten Wege war, den Verlauf der Vernehmung wieder in eine gewisse Schulmäßigkeit zu lenken.

»Ich habe dort Severin als Kollegen schätzen und als Mann lieben gelernt. Das Theater war allerdings eine Schmiere. Nichts für unsere Ansprüche.«

»Severin Freudenberg ist ein verheirateter Mann. Hat Sie das nicht gestört?« Es war Petra, die das fragte.

»Beim Theater gibt es andere Moralbegriffe«, parierte Tanja. Und lachte schrill auf. »Verheiratet sein! Ist das nicht auch absurdes Theater?!«

Petra blickte Lott fragend an, als fiele das Thema in sein Ressort. Doch noch ehe Lott etwas sagen konnte, spann Frau Törner ihren Gedanken bereits weiter: »Der Mensch, der keinen Ausweg findet aus dem unentrinnbaren Dilemma. Das ist die Botschaft des Absurden. Tätiges Streben und passive Trägheit führen zu demselben Ergebnis.«

»Sie halten sich zu unserer Verfügung«, bat Lott, der keine Fragen mehr hatte. Als Frau Törner gegangen war, meinte Petra: »Ihre Fingerabdrücke hätte sie uns wenigstens da lassen können.«

36. Kapitel

Warum denn alles gleichzeitig? Warum werden nicht erst die Tore geschossen, dann der Bär und am Ende erst die beiden Präsidentinnen?!

Warum denn alles auf einmal? Warum nicht brav nacheinander?

Im Juni der Fußball, im Juli der Bärenabschuss und im August füllen die beiden ermordeten Präsidentinnen das Sommerloch.

Das wäre der Zeitung zuträglich. Nicht aber Ereignisse, die sich gegenseitig hetzen.

Der Mensch unserer Tage kann zwar gleichzeitig essen und fernsehen und sich womöglich dabei sexuell betätigen, aber drei emotionale Events verkraftet er nicht. Da stumpft er ab. Da muss er sich entscheiden. Und er hat sich entschieden. Für den Fußball. Der Bär ist bereits abgehakt. Und die Nass und die Freudenberg waren nie wirklich präsent. Es scheint mir, es interessiert niemanden wirklich, wer die um die Ecke gebracht hat.

Und daran tragen Sie, Thürheimer, die Schuld.

Sie hätten die Sache anders aufziehen müssen. Mit mehr Leidensdruck und weniger Schadenfreude. Die Menschen müssten täglich fiebern: Wer ist der Nächste? Wen wird die Mörderhand niederstrecken? Stattdessen heulen sie um den Bären. Trauern um ihn. Und fiebern mit Klose und Schweini und Poldi. Und natürlich mit Klinsi, unserem Dalai Lama der WM.

Doch die müssen wir teilen. Mit allen teilen. Mit der ganzen Pressenation. Mit allen Medien. Kathrin Freudenberg aber und Waltraud Nass, die hätten uns ganz alleine gehört. Aber um die fiebert keiner mehr.

Dr. Ewald Keim, Chefredakteur der Lokal-Zeitung, ging im Konferenzzimmer unruhig, weil mit diesen Gedanken beschäftigt, auf und ab. Er wartete auf Thürheimer und Co. Wartete darauf, dass die Redaktionssitzung endlich beginnen würde ... Dann würde er das alles loswerden.

Als eine Viertelstunde später Thürheimer und die anderen Kollegen und Kolleginnen um den Tisch versammelt saßen, war seine flammende Rede jedoch bereits zu Asche zerfallen.

Und so sagte Dr. Ewald Keim, Chefredakteur der Lokalzeitung, nur: »Ich schlage für heute vor, wir befragen die Bürgerinnen und Bürger, was sie vom Abschuss des Bären halten.«

37

Lott war wieder auf dem Weg nach Tübingen. Es kam ihm so vor, als ob die Strecke, je öfter er sie fuhr, umso überschaubarer wurde. Manchmal nahm er sie gar nicht mehr wahr. Entweder unterhielt ihn das Schlagerkarussell oder er war versunken in seinen Ermittlungsgedanken. Im Moment war die Vergangenheit am Zug. *It's all over now.* Die Rolling Stones. Aber dieser Song gehörte schon zu Elli, da war seine Jugend schon um. Sie war am Tag, als er Elli kennen lernte, abrupt beendet. Er hatte aber seiner Jugend nie nachgetrauert. Am liebsten wäre Lott bereits als Erwachsener auf die Welt gekommen. Kindheit und Jugend, das waren Zeiten, die man hinter sich bringen musste, um endlich mit dem Leben anfangen zu können. Jetzt war er fünfundfünfzig. Es gab aber immer noch Tage, an denen er zweifelte, ob das Leben schon begonnen hatte oder ob es bereits gewesen war.

Aber dann schob Lott alle Erinnerungen zur Seite, schaltete das Radio aus und dachte nur noch an Tanja Törner. Und an Becketts Theaterstück, das Tanja Törner inszenieren wollte, im eigenen Theater, gemeinsam mit Severin Freudenberg, und zu dem sie noch Schauspieler suchte.

Lott hatte *Warten auf Godot* vor vielen Jahren mit Elli an der HfG, der Hochschule für Gestaltung, gesehen. Jetzt erinnerte er sich daran. Nicht an die Handlung. Aber dass das Stück damals einen tiefen Eindruck auf ihn gemacht hatte.

Lott dachte an Tanja Törner. Und er spürte, dass er etwas spürte, wenn er an sie dachte. An das Verhör. An ihre Augen. An das Flackern in ihren Augen. An die Selbstgewissheit in ihrer Weltbetrachtung, die sie in ein paar Sätzen offengelegt hatte.

Ein eigenes Theater! Ein Mordmotiv? Nicht, dass sie selbst Hand dabei angelegt und die Mörderin gegeben hätte. Aber inszeniert! Das zumindest konnte man ihr doch zutrauen. Oder nicht?

Inszeniert. Auf einer Bühne, die sie an sich gerissen hat. Mit Spielern, denen sie ihre Rollen aufgezwungen hat.

Mit Severin jedoch hätte sie die Hauptrolle nicht besetzen können. Der hatte bereits in Regensburg ein Engagement. Oder war dieses Alibi seine Hauptrolle? Die Hauptrolle überhaupt?

Lott dachte an Tanja Törner und spürte, dass er etwas spürte, das er getrost seine Intuition nennen durfte. Die war, bei allen Möglichkeiten, über welche die Kriminaltechnik verfügte, noch immer nicht ganz überflüssig geworden.

Lott spürte, dass er Witterung aufgenommen hatte. Diese Spur würde ihn weiterbringen. Jetzt war er der einsame Wolf, der dieser Blutspur folgen musste.

Gut, einsam war dieser Wolf gerade nicht. Schließlich stand ihm eine Soko zur Seite. Fähige Frauen und Männer, die er nur auf die Fährte lenken musste. Doch erst musste er zum Präsidium, zu Hilbinger. Der hatte schon wieder dringend um seine Anwesenheit gebeten. Es waren die Besetzungspläne, die ihm zu schaffen machten. Da war irgendetwas durcheinandergeraten. Und keiner blickte mehr durch. Aber danach gleich wieder zurück nach Ulm.

Im Präsidium angekommen, telefonierte er erst mit Lina und setzte die nächste Dienstbesprechung auf 19 Uhr an. Lina seufzte. Sie seufzte gleich für die Kollegen mit, wie es Lott schien.

Dann ließ er es sich aber nicht nehmen, bei Frieda Rampf vorbeizuschauen. Die schaute wie gebannt auf ihren Bildschirm.

Als Lott sie anstupfte, schreckte sie kurz zusammen. Dann, wieder gefasst, zeigte ihre Hand in Richtung Computer. Dabei hatte sie Tränen in den Augen. Lott schaute nun auch, was der Schirm Tränenvolles zu bieten hatte. Es waren virtuelle Grabsteine für Bruno. Und darunter: ein virtuelles Kondolenzbuch. *Bruno, du hast bewiesen, dass die Natur noch Kraft hat. Mach bitte im Namen aller weiter so und trage diese Nachricht hinüber in dein neues Reich. Ein Reich mit Frieden, ein anderer Himmel, gewiss ohne die Besieger der Natur.*

»Ist das nicht schön?«, fragte sie und schnäuzte sich dabei.

»Zum Weinen schön«, stimmte Lott ihr zu und suchte in seiner Tasche nach einem frischen Papiertaschentuch. Doch das, welches er fand, zeigte erhebliche Gebrauchsspuren, so dass er von diesem Minnedienst absah, während Frieda umständlich ein neues Taschentuch aus einer der Schubladen hervorkramte.

»Und denken Sie nur«, fuhr Frieda fort, »die Stiftung für Bären in Worbis in Thüringen will den 26. Juni zum ›Bärengedenktag‹ ernennen. Ist das nicht schön?«

»Zum Weinen schön«, wiederholte sich Lott und nutzte die Gelegenheit, Frieda nun tröstend in seine Arme zu nehmen und ihre Haare mit einem flüchtigen Kuss zu bedecken.

»Ach ja«, seufzte sie dann, schon wieder gefasst, schaute prüfend in ihren kleinen Kosmetikspiegel und war froh, dass ihre Dauerwelle keinen Schaden genommen hatte.

Bei Hilbinger ging es schnell. Die Übertragungsfehler, die bei der Besetzungsliste aufgetreten waren, konnte Lott rasch beheben. Hilbinger ließ ihn dann, sichtlich erleichtert, wieder nach Ulm ziehen.

Einen Moment lang hatte Lott überlegt, erst noch daheim etwas Kraft zu schöpfen, aber dann wollte er doch in der Stimmung bleiben, die ihn seit Tanja Törners Vernehmung nicht mehr verlassen hatte. Diese Stimmung, auf der richtigen Fährte zu sein. Von unterwegs rief er Petra an. Sie wollte er als Erste und ohne die anderen von seinem Maßnahme- und Durchführungsplan in Kenntnis setzen. Und vor allem davon, dass er glaubte, jetzt auf der richtigen Fährte zu sein.

Petra war nicht überzeugt. »Die Frau ist nur verstiegen. Die lebt in einer Theaterwelt. Nicht in der realen«, sagte sie. Und fing dann wieder davon an, dass die Morde etwas mit Fußball zu tun haben müssten. Sonst mache alles keinen Sinn.

Lott drückte das Gespräch enttäuscht weg. Er hatte gehofft, Tanja Törner hätte denselben Eindruck bei ihr hinterlassen wie bei ihm. Jetzt hatte ihn auch diese Stimmung verlassen: dass er spürte, dass er etwas spürte.

Vielleicht besuche ich erst Brauchle. Aber das war ein Fluchtgedanke. Und er fragte sich, warum er seiner Intuition nicht mehr wie früher traute und sie in Frage stellte. Und warum zauderte er bei seinen Ermittlungsschritten? Ist es, weil ich nicht mehr hierher gehöre? Ein Fremder im ehemals eigenen Haus geworden bin. Oder ist es das Alter, der Lebensschwund?

Ich bin kein Anti-Aging-Verfechter, dachte Lott. Ich nehme mein Alter an, wenn auch nicht klaglos.

Jetzt tauchte das Münster wie eine Kulisse auf. Und sobald er aus dem Wagen steigen würde, das wusste Lott, würde er auf die Bühne treten und seine Rolle spielen. Ob er nun wollte oder nicht.

Auf dieser Bühne kam ihm Petra gleich leichenblass entgegen. Was war passiert? Oder hatte sie ihre Periode? Da kam sie doch immer so gespenstisch daher. Aber es schien doch etwas Ernstes zu sein.

»Was ist?«, fragte Lott besorgt.

»Italien hat Australien geschlagen.«

»War das nicht vorauszusehen?«

»Ein Elfmetergeschenk in der 95. Minute. Ein Spiel auf diese Weise zu verlieren, ist grausam.«

»Das ist Fußball«, warf Lott wie ein altkluges Kind ein.

»Aber das Schrecklichste daran ist«, meinte Petra prophetisch, »wenn wir Argentinien schlagen, haben wir die Italiener im Halbfinale gegen uns. Und das bedeutet das Aus.«

Lott sagte nichts darauf und ging ihr voraus ins Konferenzzimmer. Das Spiel hatte begonnen, der Vorhang sich ein weiteres Mal geöffnet. Das Ensemble, Lohner, Kurfeß und Ilona, wartete bereits. Ebenso Lina und das Göppinger Kleeblatt. Und noch drei Kollegen, die Lander aus dem Hut gezaubert und bereitwillig abgetreten hatte.

Und Lott wartete, bis das Gefühl, dass er spürte, dass er etwas spürte, wieder ganz da war, und fasste dann seinen Verdacht, seine Theorie über die beiden Morde zusammen, und übergangslos instruierte er Kurfeß, die Vermögensverhältnisse von Maria Tanja Törner und eventueller Familienangehöriger festzustellen und auf Auffälligkeiten zu achten.

Das Göppinger Kleeblatt setzte er auf Freudenbergs Nachbarn an: »Notiert euch genau, wann und in welcher Form Unregelmäßigkeiten im Hause zu beobachten waren.«

»Ilona, die Regensburger Kollegen müssen Freudenberg und die Törner rund um die Uhr observieren.«

»Lohner, ich will alles über Tanja Törner wissen. Jetzt sind Internet- und Datenbankrecherchen gefragt.«

»Und ich?«, fragte Petra, als Lott sich schon zum Aufbruch bereitmachte.

»Wir holen uns bei Mollenkopf einen Durchsuchungsbefehl für die Villa. Und glaub mir, die Spurensicherung wird dort das fehlende Vergleichsmaterial finden. Sonst fresse ich einen Besen.«

Mollenkopf, den sie zu Hause antrafen, war von Lotts Verdacht nicht überzeugt.

»Es besteht doch, laut der mir vorliegenden Ermittlungsfakten, überhaupt kein dringender Tatverdacht gegen Frau Törner. Und dass man aufgrund eines Bauchgefühls, auch wenn es Ihr Bauch ist, Herr Lott, nicht mir nichts, dir nichts einen Durchsuchungsbefehl ausstellen kann, müssten Sie doch besser wissen als jeder andere.«

Lott schluckte. Mollenkopf hatte freilich Recht. Er selbst wusste zu genau, dass jede Durchsuchung von Personen oder Sachen einen Grundrechtseingriff darstellte. Dennoch ließ er nicht locker: »Wir müssen in diesem Falle auf diese kriminaltaktische Methode zurückgreifen. Ich bin mir sicher, dass wir in Freudenbergs Wohnung das fehlende Vergleichsmaterial finden werden.«

»Herr Lott, ich muss, wenn ich beim Richter die *Anordnung einer Durchsuchung* beantrage, sie doch begründen. Ich habe aber nichts, was diese Anordnung begründen könnte.«

»Tatvorwurf und Durchsuchungszweck sind doch klar«, wehrte sich Lott.

Und Petra half: »Sie dient im vorliegenden Fall doch der Auffindung bisher nicht erkannter Spuren, welche als Beweismittel von Bedeutung sein können.«

»Dann geben Sie mir das schriftlich und beachten Sie dabei bitte die Formvorschriften«, forderte Mollenkopf.

Lott ließ nicht locker und schlug dem Staatsanwalt vor: »Wenn wir Gefahr im Verzug annehmen, könnten wir den Richter umgehen.«

Mollenkopf reagierte verärgert: »Es genügen bei der Anordnung von Wohnungsdurchsuchungen keine bloßen Spekulationen mehr, sondern es müssen auf den Einzelfall bezogene Tatsachen vorliegen, dass andernfalls Beweismittel durch Zeitverlust verloren gehen können.«

Dann stand er auf und zog aus dem Bücherregal eine Broschüre. Während er sich wieder setzte, ließ er die Blätter rasch durch seine Finger gleiten, fand aber die gesuchte Stelle nicht. Dann sagte er: »So viel kann ich aus dem Stegreif sagen, dass mit dem am 20. Februar 2001 veröffentlichten Grundsatzurteil des Bundesverfassungsgerichts der Handlungsspielraum von Polizei und Staatsanwaltschaft deutlich eingeschränkt wurde und dabei der Vorrang der Gerichte bei der Anordnung von Durchsuchungen ausdrücklich betont worden ist ...«

»So kommen wir nicht weiter«, unterbrach ihn Lott, schon resignierend.

»Ich muss doch prüfen können, inwieweit polizeiliche Maßnahmen den Strafprozessrichtlinien entsprechen. Bringen Sie mir Fakten, und das so rasch wie möglich. Sagen wir bis morgen, am späteren Nachmittag. Dann könnte ich bis Freitag den Durchsuchungsbeschluss beim Richter durch haben.«

Nach Mollenkopfs Erklärung verließen Petra Mai und Lott das Büro des Staatsanwalts.

Petra fluchte: »Dann sind wir hoffentlich fertig, wenn Deutschland gegen Argentinien spielt.«

»Tut mir leid«, antwortete Lott, »aber die Sache duldet keinen Aufschub, auch wenn wir den Beschluss erst später bekommen. Ich hoffe nur, dass die anderen etwas zusammentragen konnten, was eine Durchsuchung rechtfertigt.«

»Dann hab ich eben mal wieder die Arschlochkarte gezogen!«

Lott dachte, dass man ja eigentlich Arschkarte sagte. Petra hatte den Ausdruck lediglich verfeinert.

38

»Hermann!« Tanja Törners Augen verengten sich zu Schlitzen. »Warum kommst du um alles in der Welt hierher?!«

»Will in deinen Arm!«

»Es ist Nachmittag. Da arbeiten andere Leute.«

»Estragon sagt: ›Also wir gehen!‹, Und Wladimir: ›Gehen wir‹. Aber beide bleiben auf der Stelle stehen. Ich kann beide Rollen.«

»Du warst fleißig, Hermann.«

»Dann lass mich in deinen Arm.«

»Komm.«

Sie setzte sich aufs Sofa und legte ihren rechten Arm auf die Lehne. Hermann rutschte zu ihr und verkroch sich darin. Die Beine zog er an. Er sah aus wie ein mutierter Embryo.

»Darf ich in deinem Theater spielen? Ich kann beide Rollen, den Wladimir und den Estragon.«

»Du darfst nicht so schreien. Wladimir schreit nicht.«

»Und Estragon?«

»Der auch nicht. Sie flüstern fast.«

»Aber dann versteht mich ja keiner.«

»Ich verstehe dich.«

»Muss ich jetzt wieder gehen?«

»Unbedingt.«

»Eine Szene noch.«

»Aber nur eine!«

Hermann stand auf. Der Teppich war jetzt seine Bühne.

Er deklamierte: »Wir kennen sie, sag ich. Du vergisst alles. Es sei denn, dass es nicht dieselben sind.«

Tanja: »Beweis, sie haben uns nicht erkannt.«

Hermann: »Das will nichts heißen. Ich habe auch so getan, als würde ich sie nicht erkennen. Und uns erkennt man sowieso nie.«

»Genug für heute«, sagte Tanja und schob Hermann zur Tür.

Der drehte sich noch einmal um.

»Du hast es versprochen.«

»Und du hast übertrieben.«

»Uns erkennt man sowieso nie ...«, flüsterte Hermann, sodass, stünde er jetzt auf der Bühne, nur Tanja ihn hören könnte.

»Es gibt noch eine Aufgabe«, sagte Tanja.

Hermann setzte sich wieder aufs Sofa und igelte sich ein.

Tanja kam mit einem Zeitungsphoto.

»Das ist ein Kriminalkommissar, er heißt Klaus Lott. Er wohnt in Tübingen.«

»Ist er im Weg?«

»Er will nicht, dass wir Theater spielen«, sagte Tanja und steckte ihm einen Zettel mit Lotts Anschrift in die Tasche.

Augenblicklich stand Hermann auf. Diesmal rannte er zur Tür.

»Ich will den Pozzo spielen, der darf wenigstens schreien.«

Und er schrie, weil er nun den Pozzo spielte: »Ein Tag ist wie der andere, und wenn wir sterben, ist es, als hätten wir nie gelebt.«

39

Beckenbauer hatte vor ein paar Tagen wieder geheiratet und in Italien drohte Juve der Zwangsabstieg in die Zweite Liga sowie die Aberkennung der beiden letzten Meistertitel. Das Wetteramt meldete weiterhin ein konstantes Hoch, also Temperaturen über 30 Grad Celsius.

Philipp Lahm ließ aus dem Lager der Nationalmannschaft verlauten, dass er sich um seine beiden Hasen *Brownie* und *Milky Way* sorge. Und gestand, nach jedem Match zu Hause anzurufen, um sich nach dem Zustand der beiden zu erkundigen.

Lott saß vor einer Tasse Tee und widmete sich dabei ganz seinem Elend: bei der Dresdner werden wieder 2500 Leute entlassen, der Ärztestreik, der einem Sklavenaufstand gleichkam, die Verschärfung der Hartz-IV-Gesetze und noch immer die Schmerzen in der Hüfte, denen nach wie vor nur mit den Tabletten aus der grünen Schachtel beizukommen war.

Dazu wieder hartnäckiger Harngrieß, eine Folge seiner geringen Wasserzufuhr.

Lott trank einen Schluck Tee und nahm sich vor, wieder mehr zu trinken. Auch wenn ihm unterwegs das ständige Pinkeln lästig war. Gesund sterben, das wäre ein Lebensmotto, dachte er.

Und dann rief auch noch Hilbinger an und bat ihn zu sich.

»Wie ich höre, fahren Sie heute nicht nach Ulm. Da könnten Sie doch nachher vorbeikommen.«

Da konnte Lott nur weiterlamentieren, später, nach dem Anruf, und ganz für sich: So sparsam ich mit den Staatsgeldern umgehe, so großzügig verfüge ich über das eigene Leben. Und mir ist, als verplemperte ich es. Warum schickt mich Hilbinger nach Ulm, wenn er mich hier nicht loslässt?

Als sein Lamento verklungen war, rief Lott in Ulm an. Lina war am Telefon. Er ließ sich mit Lohner verbinden, dann sprach er mit Petra. Diesen und auch den nächsten Tag würde es wohl dauern, bis die Recherchen über Tanja Törner so weit waren, dass sie für einen Durchsuchungsbeschluss ausreichen würden. Oder dieser unnötig wurde. Lott wollte die Ermittlung heute von hier aus lenken. Vielleicht auch morgen. Das kam ganz auf seine Hüfte an. Im Moment war jeder Schritt eine Tortur.

Er blickte jetzt vorwurfsvoll vom Balkon auf dieses Leben hinab, so vorwurfsvoll, wie vielleicht Gott täglich auf uns herabblickt.

Lott schenkte sich Tee nach und wartete, bis Elli und Flaubert von ihrem Spaziergang zurückkommen würden. Dabei wehten die Geräusche und Gerüche dieses Sommertages zu ihm herauf. Das frisch gemähte Gras, der Rasenmäher. Die Nachbarin, die mit fahriger Betriebsamkeit die Polster auf den Gartenmöbeln drapierte. Die willenlosen Finger eines Kindes, die von der Mutter gewaschen wurden.

Dann hörte Lott Flaubert bellen. Der zog jetzt nach Hause. Und es schien, als hätte er Elli an der Leine und nicht sie ihn.

Elli lächelte herauf mit ihrer ganzen Harmoniesucht. Mit ihr zu streiten bedeutete, sie auf Entzug zu setzen.

Lott dachte, dass sie in all den Jahren gewiss viel weniger miteinander gestritten hatten als andere Paare.

Verletzungen, die sich halsstarrig festsetzten und den Nährboden für verletzende Erwiderungen bildeten, gab es dennoch.

Streitigkeiten kann man allenfalls gelten lassen, mehr nicht, sagte Elli dann immer und war bereits wieder auf dem Weg zur Harmonie.

Lott schaute vom Balkon herab. Er dachte an sein Leben und ob er es mit einem anderen Leben würde tauschen wollen. Aber eigentlich wollte er das nicht. Doch was er wirklich wollte, wusste er auch nicht.

Elli setzte sich zu ihm. Sie nahm sich von dem Tee und erzählte, wie es draußen in der Welt zuging.

Danach hatte Lott auch wieder Lust auf die Welt, zumal die Tabletten jetzt wirkten. Er zog sich an und fuhr zu Hilbinger. Und schaute dort erst bei Frieda Rampf vorbei. Sie steckte heute in einer grasgrünen Bluse, darunter spitzte ein blaues Top hervor. Grün und blau ist Kaspers Frau. Sie schaute ihn aus großen Augen an. Die schönsten Frauen sind die, denen wir gefallen, dachte er, und war sich im nächsten Moment nicht sicher, ob das nicht auch eine von Ellis Weisheiten war.

Den Bär hatte Frieda schon abgehakt. Heute trauerte sie mit den Unfallopfern eines Schulbusses, der eine Böschung hinuntergestürzt war. Lott fragte sich, ob die Datenstation der rechte Platz für Frieda war. Dann bot er sein gesamtes Trostvermögen, zu dem er heute imstande war, auf und drückte sich ein wenig in Friedas Dauerwelle. Danach kam Hilbinger an die Reihe. Ihn zu trösten gestaltete sich als ungemein schwieriger. Denn dass Ulm Priorität hatte, wollte Hilbinger jetzt nicht mehr wahrhaben. Zudem blieb Lotts Vorgesetzter in der Sache Villingen-Schwenningen konsequent, weil Tübingen an der Polizeihochschule immer vertreten war. *Beweislehre – Kriminalistische Versionsbildung* und nun auch noch *Fahndungstaktik*. Von Oktober bis Dezember. Das konnte man doch nicht ablehnen.

Lotts Einwand war so flügellahm, dass Hilbinger ihn als Zustimmung nahm und sich für Lotts Bereitschaft bedankte.

Der Händedruck, den sie danach tauschten, war beiden zu fest. Doch keiner verzog eine Miene dabei. Indianer kennen keinen Schmerz. Als Lott in seinen Wagen stieg, kamen die Hüftprobleme zurück. Begleitet von einem Fieberschub mit Schüttelfrost.

40

»Tanja Törner ist wie vom Erdboden verschluckt.« Das war das Erste, was Lohner sagte. Und fuhr fort: »Selbst Freudenberg weiß nicht, wo sie gerade steckt.«

»Was habt ihr über sie erfahren?«

Lott hörte am Telefon, wie Lohner in seinen Unterlagen kramte.

»Ihre Daten hatten wir ja schon. Hier habe ich dir noch die Familienverhältnisse: Der Vater ist bereits vor zehn Jahren gestorben, Die Mutter lebt noch in Sibiu. Einen Bruder gibt es noch. Hermann. Drei Jahre jünger als Tanja. Lebt noch bei der Mutter.«

»Und weiter?«

»Keine wirklichen Auffälligkeiten«, antwortete Lohner. Und wie um Lott aufzumuntern, fügte er hinzu: »Ilona ist noch dran und recherchiert im Umfeld der Törners.«

»Gebt mir Nachricht, wenn es etwas Neues gibt.«

»Gute Besserung«, sagte Lohner.

Lott legte das Telefon auf das Nachttischschränkchen zurück. Eine Bewegung, die ihn, trotz der Spritze, die der Vertrauensarzt der Tübinger Polizei ihm gegeben hatte, schmerzte. Das Fieber dagegen war zurückgegangen. 37,5 hatte er noch. Elli umsorgte ihn mit leichter Kost, Flaubert lag auf der Bettumrandung und hielt Wache. Die Rollläden waren bis auf einen Spalt heruntergelassen; Lott konnte Licht und Sonne nur in diesem Umfang ertragen.

Er trank jetzt die ganze Zeit. Auch wenn das bedeutete, ständig aufs Klo zu müssen. Und das wiederum hieß, Schmerzen in der Hüfte zu haben. Liegend war zum Glück alles erträglich.

Elli hatte einmal einen Kriminalroman gelesen, in welchem der Ermittler bis auf den linken kleinen Finger gelähmt war. Mit diesem bediente er das Telefon und einen aufwändigen Computer. Und löste so alle Fälle. Elli war beeindruckt gewesen. Für ihn hatte sie nur wieder eine Weisheit parat: *Kleine Leiden erhalten die Demut.* Ach Elli!

Lott nahm einen Schreibblock zur Hand und notierte waagerecht:

Tanja Törner. Freudenberg. Hermann. Und darunter Regensburg. Sibiu. Söflingen. Und darunter: Theater.

Dann schob er den Block von sich weg, legte den Kopf zurück aufs Kissen und starrte zur Decke.

Den wirklichen Fußball findest du nur in der Kreisliga. Alles darüber ist Operette.

Warum fiel ihm das, was Fred Utz, der Trainer der TSG Söflingen, ihm gesagt hatte, jetzt ein? Das war doch geradezu absurd. Ebenso, wie dass ein verschobenes Fußballspiel in der Amateurklasse ein Mordmotiv sein könnte, wie Bobo und Uwe Schwegler glaubten. Dennoch kribbelte es in Lotts Beinen, es kribbelte so, dass er jetzt davonlaufen wollte. Und sei es mit einer desolaten Hüfte.

Da klingelte das Telefon. Lott nahm es vom Nachttischschränkchen. Mit Schmerzen. Ilona war dran und machte es unnötig spannend. Erst als Lott sie drängte, ließ sie die Katze aus dem Sack: »Der Bruder von Tanja hat einen Schauspielkurs belegt. In einer vhs-ähnlichen Einrichtung. Nun pass auf. Eines Nachts stand da vor der Tür zur Probebühne ein Rollstuhl mit einer toten Frau darin.«

»Ist die auch ermordet worden?«, fragte Lott.

»Nein, das nicht. Es wurde keine Fremdeinwirkung festgestellt. Aber jemand hatte diese Frau einfach tot dort abgestellt. Ist das nicht ein seltsamer Zufall?«

Lott spürte sein Herz heftiger schlagen. Das war ein Zeichen. Ein Zeichen dafür, dass er spürte, dass er etwas spürte.

»Ich muss den Freudenberg sprechen, sofort.«

Ilona gab ihm die Telefonnummer. Im Hintergrund hörte er Petra maulen: »Das haben doch wir schon gemacht.« Lott ließ ihr durch Ilona erklären, dass er dem Impuls nachgebe, selber mit ihm sprechen zu müssen. Zwar hatte er die Telefonnummer auch irgendwo notiert, aber so sparte er sich das Aufstehen. Als das Gespräch mit Ilona beendet war, rief er Freudenberg an. Der war zu Hause. Und nahm ab. Lott meldete sich. Freudenberg war nicht überrascht.

»Es geht um den Bruder von Frau Törner«, fiel Lott gleich mit der Tür ins Haus.

»Den kenne ich nicht«, wehrte Freudenberg ab.

»Aber Sie wissen, dass Frau Törner einen Bruder hat.«

»Gewiss, aber ich habe ihn noch nicht kennen lernen dürfen. In dieser kulturfeindlichen Zeit ist unsereins ja immer nur unterwegs.«

»Wissen Sie denn inzwischen, wo Tanja Törner sich aufhält?«

»Nein! Noch immer kein Lebenszeichen von ihr. Ich bin nun in Sorge. Obwohl sie mir sagte, sie sei auf dem Wege zu ihrer Mutter. Doch das war schon gestern. Sie müssen wissen, dass sie mein Kind unter ihrem Herzen trägt.«

»Sie ist schwanger von Ihnen?«

»Empört Sie das?«

»Nein«, wehrte Lott ab.

»Sie hätten auch kein Recht dazu.«

»Herr Freudenberg, wir müssen Tanja und ihren Bruder finden.«

»Tun Sie das! Bitte! Denn im Theater hat die Nacht noch eine Königin.«

Lott wusste nicht, was Freudenberg damit ausdrücken wollte, doch selbst ein vorsichtiges Nachfragen schien ihm fehl am Platze. Und so bat er ihn nur, ihn oder die Kollegen umgehend zu informieren, wenn Tanja sich melden würde.

Lott beendete das Gespräch mit dem Gefühl, etwas Wesentliches versäumt zu haben.

Eine Stunde später meldete sich Ilona erneut. Die Soko hatte, um zur Anordnung einer Durchsuchung zu gelangen, inzwischen die rechtlich vorgeschriebenen Argumente für den Durchsuchungszweck aufgrund ihrer Recherchen niedergelegt, wobei im Vordergrund die Notwendigkeit der Eingriffsmaßnahme sowie die Erfolgsvermutung standen. Ihr Antrag war bereits auf dem Weg zu Mollenkopf.

Plötzlich wusste Lott, was es war, was er versäumt hatte. Nämlich Freudenberg zu bitten, eine Durchsuchung auch ohne richterlichen Beschluss zuzulassen. Die Spurensicherung sollte dabei nach verwertbaren Fingerabdrücken und brauchbarer DNA suchen, die zum vorhandenen Vergleichsmaterial passten.

Da musste systematisch vorgegangen werden, wenn auch auf gut Glück. Und ohne dass es den Hausherrn groß belästigte.

Also rief Lott gleich noch einmal bei Freudenberg an.

»Haben Sie Tanja aufgespürt?«, fragte der, noch ohne Lott nach dem Grund seines Anrufs zu fragen.

»Nein, aber es gäbe eine Möglichkeit, die alles beschleunigen könnte«, sagte Lott.

»Und die wäre?«

»Wir müssten in Ihrer Wohnung nach Fingerabdrücken suchen.«

»Tanjas Fingerabdrücke?«

»Und eventuell die ihres Bruders.«

»Der war noch nie hier!«

»Während Sie in Regensburg waren, vielleicht.«

»Es ist mehr als nur der Samen eines Mannes, es ist der Samen des Theaters schlechthin, der nun aufgeht. Schützen Sie die Saat! Schützen Sie das anfällige Pflänzlein.«

»Heißt das, Sie sind einverstanden?«

»Wenn dadurch die Nacht ihre Königin zurück bekommt, warum mich dagegen sträuben?«

»Danke, Herr Freudenberg. Ich werde unsere Spurensicherung zu Ihnen schicken. Und noch einmal, danke für Ihre Mithilfe.«

»Ich danke Ihnen, Herr ...«

»Lott.«

Lott legte das Telefon auf den Nachttisch zurück. Er konnte jetzt nicht gleich in Ulm anrufen. Er musste das alles erst in sich ruhen lassen. Freudenbergs Kooperation war entwaffnend gewesen. Wie sollte so einer morden oder Morde in Auftrag geben. Oder war es so, dass Freudenberg alles um sich herum als seine Bühne betrachtete, vom Leben so weit entfernt, dass für ihn einfach alles Theater und Gegenstand einer bizarren Inszenierung war?

Im Theater gibt es noch eine Königin der Nacht. Was hatte Freudenberg mit seinem Satz gemeint? War Tanja diese Königin? Und war sie aus demselben Holz geschnitzt wie die Königin der Nacht aus der Zauberflöte?

Flaubert, der die ganze Zeit an Lotts Bettseite gelegen hatte, begann zu winseln. Es schien, als hätte er jetzt genug von der Krankenwache, und er heulte die geschlossene Schlafzimmertür an.

Elli befreite Flaubert und brachte gleichzeitig Suppe.

Hühnersuppe mit Gemüse. Eine Empfehlung der heiligen Hildegard von Bingen für den kranken Menschen. Lott löffelte sie deshalb fast ehrfürchtig.

»Leg dich ein wenig in die Sonne«, schlug Elli vor, als er seine Suppe gegessen hatte.

Das Fieber war jetzt ganz weg. Das wusste Lott, ohne dass er messen musste. Er konnte eine Faust machen, das war ein untrügliches Signal dafür.

Aber erst musste er in Ulm anrufen und alles in die Wege leiten. Jetzt war er imstande dazu. Er bekam Lohner an den Apparat und instruierte ihn. Sein Anruf zeigte Wirkung. Wie einem aufgescheuchten Hühnerhaufen ging ihnen jede Strategie verloren. Petra schrieb eine internationale Fahndung aus, ohne das mit Mollenkopf vorher abzusprechen.

Lott stieg aus dem Bett. Die Schmerzen waren noch da, aber erträglich. Sogar auftreten konnte er. Dennoch nahm er zur Sicherheit die Gehstütze.

Elli hatte ihm auf dem Balkon die Liege aufgestellt. Er legte sich so, dass die Sonne ihn verschonte. *Auch ich war in Arkadien geboren ...* Lott wunderte sich, warum ihm gerade das jetzt einfiel. Hatte Freudenberg ihn infiziert? Elli setzte sich zu ihm mit neuer Lektüre.

»Das Beben« von Mosebach war die neue Aufgabe ihres Lesezirkels.

Lott machte die Augen zu. Er spürte, wie die Sonne sich auf seine kranke Hüfte legte. Dort hatte sie allerhand zu heilen.

Dann fiel ihm ein, dass morgen die Beerdigung von Waltraud Nass war.

41

Es ist dasselbe Stück, nur auf einer anderen Bühne, mit einem frischen Ensemble in einer neuen, jedoch kaum veränderten Inszenierung, dachte Lott. Doch anders als bei Kathrin Freudenberg wurde der Trauergottesdienst bereits am Vormittag in der überfüllten Klosterkirche Mariä Himmelfahrt zelebriert. Jetzt, am frühen Nachmittag, exakt um 13.30 Uhr, standen die Feierlichkeiten zur Beisetzung auf dem Programm.

Ein wenig abseits, mit einer Thujahecke dazwischen, standen Lott und Petra und folgten so aus einer gewissen Distanz den Beisetzungsritualen.

Waltraud Nass, die in der Nacht des Söflinger Zeitbeerfestes ermordet wurde, sollte heute ihre letzte Ruhestätte finden.

Der Ehemann stand allein und dem Grab am nächsten. Dahinter hatten sich, in gebührendem Abstand, die Mitarbeiter der Backfirma Nass aufgereiht. Auf der anderen Seite, also der Herzseite von Waltraud Nass, standen Ulms Oberbürgermeister sowie die gewählten Vertreter der UWS, der Unabhängigen Wählervereinigung Söflingen. Dahinter lugten der Filialleiter der Söflinger Sparkasse, Söflinger Unternehmer, Waltrauds Friseur, Redaktionsmitglieder des *Spatz* und ihr Steuerberater der Treuhandgesellschaft, hervor. Immer um einen Blick aufs Grab bemüht und darum, auch in zweiter Reihe gesehen zu werden. An der Stirnseite des Grabes standen die Männer und Frauen der TSG Söflingen. Georg Bachthaler war ihr Fahnenträger. Die Vertreter der Presse verhielten sich mobil, tauchten mal hier, mal dort auf; schrieben, zeichneten auf, blitzten und knipsten die nicht enden wollenden Reden am Grab und deren Verursacher.

Die Reden waren mit denselben Floskeln bestückt wie die bei Kathrin Freudenbergs Beerdigung. Nicht nur eine herausragende Vereinspräsidentin und eine umsichtige Unternehmerin sei Waltraud Nass gewesen, eine Freundin sei sie gewesen, dem Verein und uns allen.

Auf den Söflinger Friedhof brannte eine unbarmherzige Junisonne herab. Und als Wilhelm Nass am Ende der Feierlichkeiten, als auch Lott kondolierte, den Kommissar zum Leichenschmaus ins Turnerheim einlud, war Lott nahe daran, die Einladung anzunehmen. Denn er war durstig geworden und hungrig und beim Schütteln der vielen Hände wurde er daran erinnert, dass er ein Söflinger und somit einer von ihnen war.

Aber Petra zupfte ihn mahnend am Jackett, so dass sie beide sich nur noch die abschließenden Darbietungen des Kirchenchors anhörten, den selbstredend Waltraud Nass auch unterstützt hatte.

Unterdessen warteten im Neuen Bau Kurfeß, das Göppinger Kleeblatt und die übrige Soko, die noch immer keinen Namen hatte, auf das Ergebnis der Spurensicherung. Als es endlich eintraf, sagte Lohner: »Die Fingerabdrücke, die wir in Freudenbergs Wohnung gefunden haben, stimmen mit denen am Rollstuhl und mit denen in Kathrin Freudenbergs Auto überein.«

Von diesem Ergebnis war niemand wirklich überrascht. Das Vergleichsmaterial stimmte überein. Der Mörder hatte sich in Freudenbergs Wohnung aufgehalten.

Mollenkopf hatte sofort einen Haftbefehl gegen Severin Freudenberg erlassen, denn der Schauspieler stand nun unter dem dringenden Verdacht, gemeinsam mit Tanja Törner die Morde geplant zu haben.

Lott, der sich vom Vertrauensarzt noch einmal eine Spritze hatte geben lassen, so dass er fieber- und schmerzfrei nach Ulm fahren konnte und wieder im Vollbesitz seiner Kräfte war, vernahm die Informationen mit Erleichterung.

»Wir sind fast am Ziel«, sagte er, »Freudenberg und seine Tanja haben den Bruder für die beiden Morde angeheuert.«

»Du meinst, wenn wir den Bruder haben, haben wir den Mörder«, folgerte Ilona.

»Das glaube ich«, sagte Lott.

»Es gibt noch einen weiteren Anhaltspunkt, eine Rechnung der Avis über einen Leihwagen. Ein schwarzer Golf Goal. Auf Severin Freudenberg ausgestellt«, informierte Lohner weiter.

»Autokennzeichen HH«, konstatierte Petra. »Das Kennzeichen, an das die Nachbarin sich nicht mehr erinnern konnte.«

»Ein schwarzes Auto«, nahm Lott den Faden auf, »daran konnte sie sich aber erinnern«, und wunderte sich im selben Augenblick, warum selbst Autotypen einen an die Welt des Fußballs erinnern mussten. *Golf Goal.* Dann aber streifte er den Gedanken wie eine fremde Haut ab, instruierte die Soko und setzte somit ein letztes Mal, wie er hoffte, die Maschinerie in Gang.

42

Und immer wieder das Wort *Deutschland.* Achtmal hintereinander gesungen. In abwechselnder Tonfolge. Dass so etwas wie eine Melodie heraussprang. Und die schwarzrotgoldene Fahne dabei. Als Zeichen, dass man dazugehörte. Im richtigen Lager war.

Noch eine halbe Stunde bis zum Anpfiff. Viertelfinale. Die erste Begegnung: Deutschland – Argentinien.

Lander war nervös. Sein Aufgebot hatte er noch einmal aufstocken müssen. Mit Hilfe der Krumbacher aber war das problemlos möglich gewesen, trotz der Hundertschaft, die für die Fahndung nach Tanja Törner und ihrem Bruder Hermann abgestellt werden musste. Dass dieses Viertelfinalspiel am Nachmittag stattfand, hatte Vor- und Nachteile.

Im Schutz der Dunkelheit waren Randale und die damit verbundenen Sachschäden und Körperverletzungen wahrscheinlicher als am Tage. Dagegen war die Wirkung des Alkohols bei der heute herrschenden sengenden Hitze ungleich verheerender.

Lott saß im Neuen Bau. Die Fahndung nach Tanja Törner und ihrem Bruder lief auf vollen Touren, war bislang aber leider erfolglos geblieben. Jetzt gab es eine Spur, die nach Ulm führte. Der gesuchte Golf Goal war im Parkhaus *Am Salzstadel* entdeckt worden.

Lott starrte auf den Stadtplan, der in seinem Büro hing. Es war noch derselbe wie vor seinem Weggang. *Ulms Neue Mitte* war darauf noch nicht geplant. Dennoch war die Welt weder besser noch schlechter geworden. Er überlegte, welche Richtung Tanja und ihr Bruder eingeschlagen hatten, nachdem sie den Wagen abgestellt hatten. Vorausgesetzt, sie waren gemeinsam auf der Flucht.

Lott fragte sich, warum sie sich in Ulm aufhielten, das ergab doch keinen Sinn.

Petra ging im Büro unruhig hin und her. Brauchle würde sagen: Wie eine legige Henne. Das erinnerte Lott daran, dass er noch immer nicht bei Brauchle gewesen war. Wann aber hätte er ihn auch besuchen können? Aber angerufen hatte er, jedoch mehr, um sein Gewissen zu beruhigen.

»Lass uns rausgehen«, meinte Petra.

»Suchen wir die Nadel im Heuhaufen?«, warf Lott ein.

»Warum nicht!«, konterte Petra.

43

Also tauchten sie ein in Schwarzrotgold und in die achtmal hintereinander gesungenen Deutschlandrufe, die so etwas wie eine Melodie hergaben. Und tauchten damit ein in die Symbole, die Gemeinsamkeit beschwören sollten. Welche Sehnsucht war das, die sich dahinter versteckte? Was um Gottes willen hatte man denn wirklich davon, wenn die deutsche Mannschaft gewann? Gab das der Unterschicht, wie es neuerdings wieder hieß, frischen Mut? Hartz-IV-Empfänger bejubeln Millionäre. Nur noch Party feiern. Lotts Moralkeule war heute unerbittlich. Dabei hatte er seine Hüfte im Griff wie lange nicht mehr. Seit der zweiten Spritze war er so gut wie schmerzfrei. Da ließ sich die Moralkeule gut schwingen: Ach, fände diese Gemeinschaft doch woanders als vor der Großbildleinwand statt. Nicht mehr die Ausnahme von der Regel sein. Nicht einmal Lottogewinner. Und nicht an einem noch namenlosen Virus erkranken, der dann mit dem eigenen Namen bedacht wird, einem Namen, mit dem man ein Leben lang durch die Welt gegangen war. Nur noch eine La-Ola-Welle im Ozean sein, von der Euphorie getragen und zum Weltmeistertitel geschwemmt.

Und Lott kämpfte gegen diese Deutschland-Rufe unerbittlich an: Diese Fußball-Fasnacht-Euphorie wird auch noch ihren Aschermittwoch erleben und die innere Verödung wieder ans Tageslicht bringen.

Vom Münsterplatz wehte der WM-Song herüber:

54-74-90-2006, ja, so stimmen alle ein.
Mit dem Herz in der Hand und der Leidenschaft im Bein
werden wir Weltmeister sein.

Petra sang mit. Textsicher und mit kräftiger Stimme. Lott, der neben ihr herging, schaute genervt.

Petra schüttelte nur den Kopf. »Hast du denn kein WM-Gefühl?«

»Doch«, sagte Lott.

»Davon merke ich aber nichts.«

»Dem Volk wird die WM geschenkt und den großen Konzernen rund acht Milliarden durch die Unternehmenssteuerreform. Das ist mein WM-Gefühl.«

»Wenn wir Weltmeister werden, kommt auch das in Ordnung.«

Mais Optimismus war ungebremst.

»Denk an Italien«, sagte Lott.

»Spielverderber«, sagte Petra. Und fügte hinzu. »Heute müssen wir erst einmal Argentinien schlagen.«

Schon wieder dieses »wir«, dachte Lott. Dieses »Wir-Gefühl«. Was lief im übrigen Leben denn so falsch, dass es für dieses Gefühl eine Fußballweltmeisterschaft brauchte?

»Wenn Tanja und ihr Bruder irgendwo in der Stadt untertauchen wollen, ist das jetzt der richtige Augenblick dafür«, unterbrach Petra Lotts Weltverbesserungsgedanken.

»Eine Nadel im Heuhaufen«, antwortete Lott.

Dann vibrierte sein Handy in der Hosentasche. *You're Beautiful.* Das aber war kaum zu hören. Lina war dran.

»Im Gasthaus Forelle glaubt eine Bedienung, Tanja Törner erkannt zu haben. Schwarzer, ausufernder Pagenschnitt und ungewöhnlich lange schwarze Wimpern. Ganz wie es im Radio durchgegeben wurde.«

Gundel Gaukeley, dachte Lott und sagte: »Wir sind unterwegs. Informiere die Streifen im Innenstadtbereich.«

Lott fasste Petra an der Hand und lenkte seine Schritte nach rechts. Dabei zog er die Kollegin fast mit sich.

»Was ist los?«, rief Petra und befreite sich aus Lotts Griff.

»Gasthaus Forelle. Tanja Törner soll sich da aufhalten.« Mehr musste er nicht sagen. Nun war es Petra, die drängte, obwohl das Länderspiel im selben Augenblick angepfiffen wurde.

Lott dachte an seine Hüfte und daran, dass seine schnellen Schritte nicht ohne Folgen bleiben würden. Aber nichts war im Augenblick wichtiger als Tanja Törner. Petra lief voraus. Da konnte er nicht mehr mithalten. Dann sah er, wie die Kollegin nach ihrer Waffe griff. Vor dem Gasthaus blieb Petra stehen und wartete auf Lott.

»Zappelfrische Forellen« wurden auf einer Tafel am Eingang angepriesen. Mahlzeit, dachte Lott und stellte sich eine zappelnde Forelle auf seinem Teller vor. Dann entstand aus dem Fischkopf plötzlich das Antlitz von Tanja Törner oder doch eher ihre Comicversion Gundel Gaukeley.

»Hast du keine Waffe?«, fragte Petra.

»Im Büro«, sagte Lott.

Dann stürmte Petra, mit Lott im Schlepptau, das menschenleere Lokal. Die Bedienung kam ihnen entgegen. Vor Mais gezückter Pistole erschrak sie.

»Sie ist schon weg. Hat zwanzig Euro auf den Tisch gelegt und ist gegangen.«

»Haben Sie beobachtet, in welche Richtung sie verschwunden ist?«, fragte Lott.

»Zur Donau hin«, stammelte die Kellnerin, noch immer ihren Blick auf Mais Waffe gerichtet.

»Steck doch das Ding weg«, bat Lott die Kollegin.

Augenblicklich folgte die Kommissarin der Aufforderung. Dann griff Lott erneut zum Handy und gab Lina durch, welchen Weg Tanja Törner vermutlich genommen hatte.

Die Sonne brannte herab, es war später Nachmittag und an der Donau war es so gut wie menschenleer. Eine Frau mit einem Kinderwagen ging vor ihnen. Irgendwann kam ihnen ein Betrunkener entgegen, in der Nähe des Metzgerturms dann eine verirrte japanische Reisegruppe.

»Sie ist weg«, konstatierte Petra.

Auf der Höhe des früheren Stadtbades wurden sie von einer blonden Radlerin überholt. Als die sich nach ihnen umdrehte, erkannte Lott, dass es Tanja Törner war.

Sie sah, nunmehr blond, nicht mehr wie Gundel Gaukeley aus, hatte aber noch immer etwas Entenhaftes. Beim Weiterradeln lächelte sie, trat dabei aber kräftig in die Pedale und verschwand, vorbei am Glaspyramidenbau der Stadtbibliothek, in Richtung Münsterplatz. Von dort wehte ein Wind der Enttäuschung her. Argentinien war mit 1 : 0 in Führung gegangen.

44

»Diese geballte Polizeipräsenz auf dem Münsterplatz tut der Sache nicht gut«, meinte Lander. »Die Fans wissen ja nicht, dass sie nicht ihnen gilt. Aber wenn wir ihnen den wirklichen Grund sagen, geraten sie erst recht in Panik.«

Lott musste ihm Recht geben. »Wir dürfen auch Tanjas Bruder, der vermutlich eine Waffe hat, nicht aufschrecken«, warnte er außerdem. »Wer weiß, zu was der noch fähig ist.«

Lott hatte die Soko instruiert, alle Fahndungshilfen und Informationssysteme der Polizei in Gang zu setzen. Also INPOL, SIS und ZEVIS. Hinzu kamen die Fahndungsaufrufe in den Presseorganen, im Fernsehen und im Radio sowie in den telefonischen Ansagediensten. Jetzt war eine Ringalarmfahndung angesagt. Die Kontrollstellen mussten allerdings in einem möglichst weiten Radius angeordnet werden.

»Wie lange dauert das Spiel denn noch?«, fragte Lott unruhig.

Lander schaute auf die Uhr. »Um 17 Uhr hat es angefangen«, war seine Antwort. Lott blickte auf den Großbildschirm. Der zeigte an, dass die 75. Minute lief. Petra hielt nun nichts mehr. »Lass uns die Nadel im Heuhaufen suchen«, sagte sie schon wieder. Und zog Lott mit sich, hinein ins Getümmel der Fans. Der Security zeigten sie ihre Ausweise. Petra drängte zu Mildes Tribünen, von dort aus ließ sich das Spiel am besten verfolgen.

»Ich dachte, du willst die Nadel im Heuhaufen suchen?«, fragte Lott ironisch. Die Antwort war eine wilde Umarmung Petras, begleitet von ausgelassenen Jubelschreien, die von allen Seiten über ihn hereinstürzten. Es lief die 80. Minute. Klose hatte soeben den Ausgleich erzielt.

Als die Fahnenschwenker den Blick auf die Leinwand wieder freigaben, wanderten Lotts Blicke über die Köpfe der gespannt harrenden Fußballfans. Uwe Schwegler und Bobo Müller saßen in einem der Fußbälle, in dem auch Kathrin Freudenberg Stunden vor ihrem Tod noch gesessen hatte. Vielleicht war ihr Mörder in diesem Augenblick ganz nahe und hatte beim Ausgleichstor mitgejubelt, um nicht aufzufallen.

Das Spiel steuerte auf eine Verlängerung zu und als die Verlängerung lief, auf ein Elfmeterschießen. Lott schaute zu, ohne zuzuschauen. Er dachte an Pascal Freudenberg, der über seinen Vater gesagt hatte, dass der, um einen Mord zu begehen, ein Drehbuch brauche. Hatte Tanja Törner dieses grausame Mörderspiel inszeniert? Und Lott fragte sich, ob Freudenberg mitinszeniert hatte. Severin Freudenberg hat sich auch als Regisseur versucht, doch die Inszenierungen am Theater waren allesamt dramaturgische Plagiate, hatte Ilona Raab behauptet. Ein bisschen Theater am Halleschen Ufer und ein bisschen Schaubühne. Severin Freudenberg hatte nie eine eigene Idee.

Dann dachte er an Tanjas Bruder, von dem er nur wusste, dass er Hermann hieß und dass er einmal erlebt hatte, wie ein Rollstuhl mit einer toten Frau vor einem Theaterraum abgestellt worden war.

Lott schaute auf die Großbildleinwand, auf der bereits das entscheidende Elfmeterschießen lief. Ballack hatte soeben zum 3 : 2 verwandelt. Jetzt lief Ayala an und Lehmann parierte. Gleich war Petra wieder zu Umarmungen und Küssen aufgelegt. Sie nahm, als Podolski zum nächsten Elfmeter anlief, Lotts Hand und gab sie nicht mehr frei. Die nächsten Schützen fanden alle ihr Ziel. Borowski verwandelte zum 5 : 3. Jetzt lief Cambiasso an. Petra drückte Lotts Hand, als bestünde sie aus lauter Daumen, die man drücken musste. Lott fieberte nun auch ein wenig. Er merkte, wie sein Herz pochte, oder war es das Herz aller hier Versammelten, das jetzt, als Cambiasso anlief, kollektiv schlug?

Petra schrie. Hüpfte. Schlang die Arme um Lott. Küsste. Und schrie wieder, einen überkippenden Jubelschrei.

Deutschland war im Halbfinale.

Für ein paar Viertelstunden war die Fahndung ins zweite Glied gerückt. Auch die meisten der Kollegen hatten das Spiel in irgendeiner Weise verfolgt. An den Fernsehgeräten, die in bald jedem Schaufenster flimmerten, am Radio, oder man hatte per Handy die Zwischenstände abgerufen.

Lotts Fluchtgedanken gingen im Siegestaumel unter. Petra hing trunken an seinem Arm. *Oh, wie ist das schön!* Und dann wieder *Deutschland.* Achtmal hintereinander gesungen, dass so etwas wie eine Melodie heraussprang. Aus den Lautsprechern, weit über den Münsterplatz hinaus hörbar, ertönte indessen der WM-Song schlechthin: *54-74-90-2006. Ja, so stimmen alle ein. Mit dem Herz in der Hand und der Leidenschaft im Bein, werden wir Weltmeister sein.* Allmählich kannte selbst Lott den Text auswendig. Dass es ihm gelang, die Kollegin ins Präsidium zu bugsieren, war nicht sein Verdienst. Es war der Strom der Fans, dem sie sich hingaben, und der floss kurioserweise Richtung Neuer Bau.

»Es wird nicht lange dauern, dann werden die Autokorsos durch die Stadt und über Land ziehen, und wenn da unsere Kontrollstellen die Fahrzeuge überprüfen ... ich will mir gar nicht ausmalen, was dann passiert.«

Es war Lander, der die Befürchtung aussprach.

Lott musste ihm Recht geben. In diese Stimmung hinein eine so massive Polizeipräsenz, das konnte im Chaos enden.

»Im Schutz der Schlachtenbummler wird es aber für Tanja und ihren Bruder ein Leichtes sein, die Stadt zu verlassen«, warf Ilona ein.

»Gut dass wir wenigstens den Freudenberg schon verhaftet haben«, spannte Lohner den Bogen weiter, »denn dann ist eine so flügellahme Ringfahndung für die Katz.«

»Wir müssen Freudenberg verhören. Der weiß doch, wo seine Tanja unterschlüpfen könnte«, schlug Petra vor.

»Dann lasst ihn herbringen«, entschied Lott.

Lohner rief Lina an und bat sie, das Verhör mit Freudenberg in die Wege zu leiten. Lott instruierte inzwischen das Göppinger Kleeblatt, in ihrer Heimatstadt nach Tanja zu fahnden. Dort hatte sie immerhin ihr erstes Engagement und gewiss Bekannte oder gar Freunde, bei denen sie eventuell Zuflucht suchte.

Ilona sollte noch einmal Kontakt mit den Behörden in Sibiu aufnehmen. Vielleicht suchten die beiden zur Fahndung Ausgesetzten ja den Weg in die Heimat.

Als Lina meldete, dass Freudenberg im Verhörzimmer sitze, machte sich Lott mit Petra auf den Weg.

»Holde Freiheit, wann sehe ich dich wieder ...« Freudenberg brummte mehr als er sang, Text und Melodie aber waren unverkennbar der Gefangenenchor aus Verdis Nabucco. Als er die beiden Ermittler wahrnahm, verstummte er plötzlich, zog es vor, nun stumm zu schmollen, was für einen Schauspieler gewiss nicht einfach ist.

»Herr Freudenberg, Sie müssen uns helfen«, begann Lott.

Freudenberg blickte erstaunt auf. »Ich denke, ich bin der Mörder«, sagte, nein, deklamierte er, mit bebender Stimme, die er im nächsten Moment anhob, den Faust zitierend:

»Welch Schauspiel! Aber ach! Ein Schauspiel nur!«

»Herr Freudenberg, wir suchen Tanja Törner und ihren Bruder. Wohin können die beiden geflohen sein? Zu wem haben sie in Ulm Kontakt oder in Göppingen?«

»Welch Schauspiel! Aber ach, ein Schauspiel nur.«

»Herr Freudenberg!«

»Ich – der Mörder!«

»Herr Freudenberg, helfen Sie uns, Ihre Unschuld zu beweisen.«

Petra hatte ins Verhör eingegriffen. Freudenberg blickte sie lächelnd an, dann rollte er die Augen, hob die Hände gen Himmel und deklamierte: »Es kann der Mord bisweilen den Königen, der Mörder nie gefallen.«

»Wo finden wir Tanja?«, unterbrach ihn Lott.

»Ich weiß es nicht«, sagte Freudenberg leise, aber noch immer getragen.

»Wenn Sie nichts mit dem Tod an Ihrer Frau und dem Tod an Frau Nass zu tun haben, müssen Sie helfen. Sollten Sie die Morde allerdings in Auftrag gegeben haben, ist es Ihr gutes Recht zu schweigen. Schweigen Sie also, wenn Sie sich durch Ihr Reden belasten würden. Aber reden Sie bitte, wenn Sie uns helfen wollen, den Mörder Ihrer Frau zu finden.«

Lotts Aufforderung war so eindringlich gewesen, dass Severin Freudenberg ihn aufgeschreckt anschaute.

»Und wie kann ich helfen?«, fragte er kleinlaut und fast normal.

»Wir haben in Ihrer Wohnung Fingerabdrücke gefunden, die mit den Fingerabdrücken, die wir im Zusammenhang mit den beiden Mordopfern gefunden haben, übereinstimmen. Das heißt, der Mörder war in Ihrer Wohnung. Vermutlich in der Zeit, als Sie in Regensburg waren. Und wir nehmen an, dass Tanjas Bruder die beiden Morde begangen hat.«

»Hermann?«, fragte Freudenberg, geheimnisvoll flüsternd.

»Hermann Törner!«

»Ich habe ihn nie gesehen. Er studiert Schauspiel in Sibiu, das hat mir Tanja erzählt.«

»Was wissen Sie sonst über ihn?«

»Nichts sonst. Tanja hat nie über ihn geredet. Nur einmal, als sie gesagt hat, dass auch Hermann zum Theater will.«

»Hat Tanja in Ulm Bekannte?«, fuhr Petra die Befragung fort.

»Nicht dass ich wüsste.«

»Lieben Sie Tanja?«

»Sie ist meine Königin der Nacht.«

»War das eigene Theater Ihre Idee oder die von Tanja?«

»Ein Kind hat immer Vater und Mutter. Die Idee ist wie das Kind, das sie von mir trägt, aus uns beiden entstanden.«

»Würden Sie für diese Idee über Leichen gehen?«, fragte Lott.

»Für einen Leichnam bin ich nicht zu Haus«, sagte Freudenberg und war in Gestik und Mimik, weil er den Mephistopheles zitierte, wieder ganz und gar Schauspieler.

Petra und Lott schauten sich an. Ihre Blicke verrieten, dass Severin Freudenberg ihnen nicht weiterhelfen konnte.

»Er flieht in seine Welt, um der Realität zu entgehen«, meinte Lott, schon an der Tür. Beide hörten sie aber noch Freudenbergs lautes Flüstern: »Schnöder Mammon, ersetzt er den Hauch des Moschusduftes, der durchs Bad weht ...«

Sie vernahmen auch noch sein Schluchzen, als die beiden Beamten ihn in die Zelle zurückführten.

45

Es war spät geworden. Lott drängte nach Hause. Ein paar Stunden in meinem Bett, dann bin ich wieder bereit, dachte er. Und dann: Es ist nur noch eine Frage der Zeit, bis sich alles in Wohlgefallen auflöst. Das genau war der Punkt, an dem sie angelangt waren. Dass sich die Dinge verselbständigten, einem Ablauf, einer Dramaturgie folgten, die, so schien es, von Anbeginn bereits feststand.

Lott fuhr aus der Stadt. Die Autokorsos, die ihm begegneten, waren mager geworden und die Gesänge der kostümierten Fans wirkten gezwungen. Drei schwarze Golf Cabrios, mit Blondinen besetzt, überholten ihn kurz vor der Autobahnauffahrt. Etwas für die Statistik, dachte Lott.

Es vergingen kaum zehn Minuten Autobahnfahrt, da war seine Hüfte wieder ein einziger Schmerz. Bei der ersten Raststätte hielt Lott an und suchte nach der grünen Schachtel mit den Schmerztabletten. Dabei fiel aus dem Handschuhfach das Fußball-Regelbuch, das ihm Petra geschenkt hatte. Er schlug es auf und las: *Regel Nr. 4 – Schienbeinschützer müssen von den Strümpfen vollständig bedeckt sein, müssen aus einem geeigneten Material bestehen (Gummi, Plastik oder ähnlichen Materialien), müssen einen angemessenen Schutz vor Verletzungen bieten.*

Er schlug das Regelbuch zu und dachte, ohne jedes Triumphempfinden, dass er von Anfang an nicht an ein Fußballmordmotiv geglaubt hatte. Als er die Tabletten gefunden und zwei davon geschluckt hatte, fuhr er weiter. Weil die Schmerzen blieben, schaltete er das Radio ein. Schließlich war das nur erfunden worden, damit Menschen, die unter Schmerzen litten, abgelenkt würden.

Lebt denn der alte Holzmichel noch war der Musikwunsch von Heidi Österle mit einem Gruß an ihren Großvater, der heute seinen 80. Geburtstag feierte.

Lott schaltete das Radio aus. So schlimm waren die Schmerzen dann doch nicht. Er dachte an Severin Freudenberg und schloss aus, dass dieser an den Morden beteiligt war. Das war Tanja Törners Inszenierung, und ihr Bruder war der Schauspieler, der nach ihren Anweisungen handelte. Lott hatte Probleme, sich Hermann vorzustellen. Die einzige Version, die er gelten ließ, war die, dass da einer eine Rolle übernehmen musste, von der er glaubte, es sei nur eine Rolle in einem Theater, in dem es den Tod nicht gibt. Die Rolle des Mörders, der nun den Gegenpart zu den Opfern spielte, mehr nicht. Eine Rollenverteilung, für die er nicht verantwortlich war.

Lott fragte sich, wie lange es dauern würde, bis die Fahndung einen Erfolg verbuchen konnte. Denn dass sie Hermann und Tanja aufspüren würden, dessen war er sich sicher.

Er spürte, wie eine bleierne Müdigkeit sich in seinem Körper breitmachte. Er hatte Mühe, die Augen aufzuhalten. Kribbelnde Arme und Beine waren weitere Symptome für seinen Erschöpfungszustand. Allein die Schmerzen in der Hüfte hielten die Müdigkeit in Schach.

Lott dachte an die Polizeihochschule in Villingen-Schwenningen und an seine Vorlesung über Fahndungstaktik, die er zu Beginn seiner Dozentur gehalten hatte. Er dachte daran, um nicht noch müder zu werden, nicht am Steuer einzuschlafen. Von Wachwerden war keine Rede mehr. Er zählte die Themen auf, die er bei neuerlichen Vorlesungen vermutlich aufgreifen würde.

Allgemeine Fahndungsgrundsätze. Fahndungsarten nach PDV 384, Ziff. 4.1 Tatortbereichsfahndung. Zielfahndung. Schwerpunktfahndung. INPOL-Bund und INPOL-Land. Rasterfahndung. Schleppnetzfahndung. Fahndung durch automatisierten Datenabgleich. Vorrangfahndung. Öffentlichkeitsfahndung. Bundesalarmfahndung, Landesalarmfahndung ... Fahndung. Fahndung. Fahndung.

Das war wie Schäfchenzählen. Wie sollte einen das wach halten? Und wann kam endlich die Ausfahrt, die er brauchte? Und dann dachte er: Man wartet auf Godot. Von der Geburt bis zum Tode.

46

Etwa eine Viertelstunde, nachdem Lott den neuen Bau verlassen hatte, nahm Lina Bausch einen Anruf entgegen, den sie an Petra Mai weiterreichte. Die schaltete den Lautsprecher ein, so dass auch Lohner und Ilona, die noch im Präsidium ausgeharrt hatten, mithören konnten.

»Hier ist Tanja Törner, nach der Sie suchen«, meldete sich die Anruferin. »Ich habe Ihnen mitzuteilen, dass ich mit den Morden an den beiden Frauen nichts zu tun habe. Und ich habe Ihnen mitzuteilen, dass es mein Bruder war, der diese Wahnsinnstaten begangen hat.«

»Warum hat Ihr Bruder das getan?«, unterbrach Petra.

»Um mir zu gefallen.«

»Da hätte es doch andere Möglichkeiten gegeben.«

»Er wusste, wie sehr ich mir ein eigenes Theater wünschte. Und er wünschte es sich auch. Eine Bühne, auf der er den Pozzo hätte spielen dürfen. Jeden Abend den Pozzo.«

Eine Weile herrschte Schweigen. Dann fragte Petra, scharf und misstrauisch: »Warum sagen Sie uns das?«

»Weil mein Bruder noch einen Mord begehen will.«

Petra Atem ging heftiger. »Sprechen Sie!«

»Er hat einen Kollegen von Ihnen im Visier. Einen Kommissar. Mir fällt jetzt der Name nicht ein.«

»Lott?«, fragte Petra.

»Richtig. So sagte mein Bruder. Lott heißt der Mann.«

»Warum will er ihn ermorden?« Petras Stimme kippte über.

»Mein Bruder glaubt, dass ihm der Kommissar das Theaterspielen verbieten will.«

»Ist Ihr Bruder verrückt?«, schrillte Petra.

»Nichts liebt er mehr als das Theater.«

»Außer Ihnen«, warf Petra ein und fragte: »Wo sind Sie und wo ist Ihr Bruder?«

»Ich bin ganz in Ihrer Nähe. Wenn Sie es wünschen, komme ich jetzt zu Ihnen. Aber warnen Sie Ihren Kollegen. Mein Bruder hat eine Waffe. Er wird wieder töten. Verhindern Sie das. Auch wenn Sie meinen Bruder dabei töten müssen. Ich würde das verstehen.«

»Kommen Sie her«, schrie Petra ins Telefon und legte auf, um dann gleich Lotts Handynummer zu wählen.

You're Beautiful. Der Klingelton kam aus der Richtung, in der Lotts Schreibtisch stand. Seine Jacke hing über dem

Bürostuhl. Lohner stürmte hin und wühlte Lotts Handy heraus.

»Großartig!«, stöhnte er.

Er tauschte mit Petra einen Blick, dann war beiden klar, was sie unternehmen würden.

Sie rannten zu Petras Dienstwagen, Lohner setzte Blaulicht.

Dann fuhren sie los.

Während Petra den Weg zur Autobahn einschlug, wurde Lina von Lohner instruiert, Schutzpolizei für eine etwaige Festnahme von Tanja Törner anzufordern. Danach rief Lohner per Funk die Streife, die in Richtung Stuttgart ihre Kontrollstelle für die Ringfahndung eingerichtet hatte.

Zur selben Zeit befand sich Lott auf der Autobahn und dachte daran, dass seine Zeit in Ulm jetzt zum zweiten Mal abgelaufen war. Was jetzt anstand, würden andere erledigen. Die Fahndung würde greifen. Wenn nicht in dieser Nacht, dann morgen oder übermorgen. Die Beweislage war überzeugend, und seine Kollegen kamen nun auch ohne ihn zurecht.

Hilbinger wird aufatmen, wenn ich wieder da bin. Dann dachte Lott an Frieda Rampf und fragte sich, ob ihre Dauerwelle einer ekstatischen Liebesnacht mit ihm würde standhalten können. Er brauchte jetzt solche Gedanken, um wach zu bleiben. Ihre Dauerwelle ist vielleicht belastbarer als meine Hüfte. Diese Einrede kam aber wieder eher der Müdigkeit und damit dem Einschlafen zugute. Resignation schläfert ein.

Lott dachte jetzt an den Maichel Bernd. Dass der ein Leben lang nicht aus Söflingen hinauskam, war auch beneidenswert. Das Leben als Arzt in Söflingen musste die Erfüllung schlechthin sein. Dass die Hüftschmerzen allmählich nachließen, war auch sein Verdienst.

Lott musste jetzt dringend pinkeln. Wenn er solchen Harndrang verspürte, durfte er nicht zu lange warten. Sonst setzte sich der Grieß fest. Früher hatte er damit keine Probleme gehabt. Probleme hatte es gegeben, aber andere. Lott glaubte, dass jeder Mensch bei seiner Geburt eine Reihe von Problemen mit auf den Weg bekommt. Wie er sich die Probleme einteilt, ist der Spielraum an Freiheit, den er hat.

Bis zum nächsten Parkplatz waren es jetzt nur noch dreihundert Meter. Er ging vom Gas, setzte den Blinker und verließ die Autobahn. Er war allein, was ihm recht war. Er wollte einen Baum suchen, einige Meter vom Auto entfernt, an dem er sein Wasser abschlagen konnte. Für ein entspanntes Pinkeln eigneten sich Bäume am besten. Das wusste nicht nur Flaubert. Bevor Flaubert sich allerdings für einen Baum entscheiden konnte, musste er vorher etliche anvisieren. Da war Lott unkomplizierter. Ihm war der erstbeste Baum gut genug. Während er an seiner Hose nestelte, blickte er zum Himmel. Dunkle, gelbstichige Wolken zogen auf. Das Gewitter saß bereits in den Startlöchern und drohte mit Hagelschlag und Platzregen. In diesem Augenblick hörte Lott den Wagen.

Er ging ein paar Schritte weiter, um ungestört zu sein. Der Wagen wurde ein Stück weit hinter seinem geparkt. Die Lichter erloschen. Es schien jetzt dunkler zu sein als vorher. Die gelbstichigen Wolken waren jetzt dunkelblau.

Noch bevor sich Lott ganz seinem Bedürfnis hingeben konnte, fuhr er zusammen. Hinter ihm bewegte sich etwas. Als er sich aber umdrehte, sah er nur noch einen Schatten, der aus dem Lichtkegel eines herannahenden LKWs verschwand.

Der Fahrer des LKWs stieg nicht aus. Weiter weg hörte Lott die Sirene eines Polizeiwagens. Als er zu Ende gepinkelt hatte, war die Sirene ganz nah. Er lenkte seine Schritte nach rechts, wo sein Wagen stand. Dann ging alles ganz schnell. Das Blaulicht. Die Sirene. Der Mann, der plötzlich aus der Dunkelheit aufgetaucht war und ihm mit gezückter Waffe gegenüberstand. Petra, die als Erste reagierte. Dann Lohner. Zwei Schüsse. Der Schrei des Mannes, der Lott verfolgt hatte, um ihn zu erschießen. Nun lag er da, im Licht der

Autoscheinwerfer. Und wimmerte. Und schrie: »Ein Tag ist wie der andere, und wenn wir sterben ist es, als hätten wir nie gelebt!«

Und schrie weiter. Und wimmerte wieder. Und dann war er ruhig.

Petra atmete tief durch, ging zu ihrem Kollegen und schaute ihn erleichtert an: »Hier dein Handy«, sagte sie.

»Ich hatte meine Jacke liegen lassen«, entschuldigte sich Lott.

»Kann ich dich nach Hause bringen?«, fragte Petra.

»Danke«, sagte Lott, »aber ich bin jetzt hellwach.«

Als der Krankenwagen kam und Hermann Törner nach der Erstversorgung ins Krankenhaus gebracht wurde, stieg auch Lott in seinen Wagen. Beim Wegfahren winkte er der Kollegin.

Auf der Autobahn holte ihn das Geschehen ein. Noch einmal sah er den Mann vor sich, der ihn hatte töten wollen. Aber weder jetzt noch in dem Augenblick, als er die Waffe auf sich gerichtet sah, hatte er Angst empfunden. Das erschreckte ihn. Aber vielleicht kam die Angst ja später, wurde nachgereicht, stand irgendwann überraschend vor der Tür oder lag im Briefkasten, wie einst dieser Drohbrief, der aus einer einzigen Zeile bestand: *Wo lebt sich's besser als im Schoße der Familie. Halte dich daran, sonst ...*

In diesem Moment war sich Lott sicher, dass er der Forderung, wer immer auch der Urheber dieser Zeile sei, folgen würde. Im Schoße der Familie das ihm verbliebene Leben aufbrauchen.

Die Morgendämmerung hatte eingesetzt.

Lotts Handy klingelte. *You're Beautiful.* Lott drückte die entsprechende Taste. Es war Lisa.

Epilog

Das Verfahren gegen Tanja Törner und ihren Bruder Hermann Törner wurde auf mehrere Verhandlungstage festgesetzt.

Am vorletzten Verhandlungstag legte Tanja Törner ein vollständiges Geständnis ab. Sie gab zu, ihren Bruder Hermann zu dem Mord an Kathrin Freudenberg angestiftet zu haben. Kathrins bevorzugte Wanderparkplätze kannte sie aus Severin Freudenbergs Sticheleien. Danach habe sie, so die Aussage von Tanja Törner, im Umfeld von Severins Ehefrau genauestens recherchiert. Alles Weitere war eine Sache der Inszenierung.

Hermanns Regieanweisung lautete: töten und entsorgen.

Auf Waltraud Nass war Tanja gekommen, weil ihr Liebhaber ihr erzählt hatte, seine Frau und sie hätten den Hass der Fußballer auf sich gezogen. Man hätte sie verdächtigt, die Abteilung ruinieren zu wollen. Das kam Tanja als vorgebliches Mordmotiv gut zupass, insbesondere, weil auch in der Presse in dieser Richtung spekuliert wurde. Die Nass war somit ein reiner Alibimord.

Die Sache mit dem Rollstuhl war dagegen allein Hermanns Idee gewesen.

Das Gericht schloss sich im Falle von Tanja Törner der vom Staatsanwalt geforderten Höchststrafe an.

Auch Hermann Törner wurde zu lebenslanger Freiheitsstrafe verurteilt, allerdings würde er diese in der geschlossenen Abteilung einer psychiatrischen Anstalt verbüßen.

Bei der WM verlor Deutschland das Halbfinalspiel gegen Italien in der Verlängerung mit 2 : 0.

Italien spielte gegen Frankreich und wurde Weltmeister.

Danksagung

Ich danke meinen Freunden, Uwe Schmidt für die Idee, einen Krimi zu schreiben, der etwas mit dem Ulmer Fußball zu tun hat, und Uwe Schweigert für seine Informationen über die Ulmer Kriminalpolizei und für alles, was er mir über Kriminalistik erzählt hat.

Dieses Buch ist ein Roman. Handlung und Personen sind frei erfunden. Ich habe mir gelegentlich auch faktische Freiheiten erlaubt, zum Beispiel was den Termin des Zeitbeerfestes betrifft.

Manfred Eichhorn